Kawis

Assaf Gavron
HYDROMANIA

Assaf Gavron

HYDROMANIA

ROMAN

Aus dem Hebräischen übersetzt
von Barbara Linner

Sammlung Luchterhand

Die Originalausgabe erschien 2008 unter dem Titel *Hydromania*
bei Kinneret/Zmora-Beitan/Dvir, Or-Jehuda.

FSC
Mix
Produktgruppe aus vorbildlich
bewirtschafteten Wäldern und
anderen kontrollierten Herkünften

Zert.-Nr. GFA-COC-1223
www.fsc.org
© 1996 Forest Stewardship Council

Verlagsgruppe Random House FSC-DEU-0100
Das FSC-zertifizierte Papier *Munken Print* für die
Sammlung Luchterhand liefert Arctic Paper Munkedals AB, Schweden

1. Auflage
Deutsche Erstausgabe

Satz: Greiner & Reichel, Köln
Druck und Einband: CPI – Clausen & Bosse, Leck
Printed in Germany
ISBN 978-3-630-62156-2

www.luchterhand-literaturverlag.de

ERSTER TEIL

Ewig

Sie erwacht durstig wie üblich, doch diesmal ist es schlimmer, als ob sie Sand im Hals hätte. Sie richtet sich im Bett auf und streicht sich über den Hals, versucht, Speichel im Gaumen zu sammeln, damit das Schlucken nicht wehtut. Von ihrem Hals fährt sie mit den Fingern hinunter zum Arm, auf halbe Höhe zwischen Ellbogen und linker Schulter, und berührt die kleine hervortretende Hautstelle. Da ist kein Geld mehr, geht ihr durch den Kopf. Ich habe nichts. Mit diesem Silikon-Titan-Teilchen könnte ich mir ebenso gut die Zähne putzen. Dabei fällt ihr ein, was Dagi gesagt hat. Sie steigt aus dem Bett und klettert die innere Leiter aufs Dach hinauf. Es ist voll mit Dschi-Dschi-Tanks, Rezeptoren, Sensoren und einem Wolkenbeobachtungsturm, doch es ist ihr gelungen, eine Ecke freizuräumen, und von dort aus schaut sie nun über die langen Dünen, zum Meer mit dem Aquädukt und der Herodes-Hafenstation, dahinter die schwimmenden Stadtviertel, die alten russischen Zerstörer und nördlich davon die Großstadt Cäsarea, umringt von den verstreuten Gemeinden. Im Osten steht die Sonne schon hoch, verhüllt dunstig die Berge, die braungrauen Konturen scheinen zu dieser Tageszeit so weit weg, wie sie tatsächlich sind, unerreichbar. Der Himmel ist wolkenlos wie immer.

Sie liebt ihr Dach, doch heute Morgen ist sie nicht hinaufgestiegen, um die Aussicht zu genießen. Sie überprüft ihre persönliche Dschi-Dschi-Anlage, die Wasserspeichertanks. Ob sie etwas Morgentau absorbiert haben. Ob noch etwas drin ist. Sie geht von einem Behälter zum nächsten, weiß die Schlosskombinationen auswendig, tippt sie ein, dreht die Deckel und öffnet den letzten, der speziell eingepasst ist, mit Hilfe des kleinen Fingers. Sie weiß, was sie finden wird, schließlich ist im Laufe der Nacht kein Tropfen vom Himmel gefallen, es wird kein verstecktes Reservoir an frischem Wasser zum Vorschein kommen. Sie ist bald am Ende. Sie wird austrocknen. Die nächste Regenflut ist erst im Dezember, in drei Monaten, zu erwarten. Bis dahin kann sie nicht durchhalten. Sie hat kein Geld, um genügend Wasser zu kaufen, nicht einmal für sich allein. Und in nächster Zeit würde sie – würden sie beide – mehr Wasser als sonst brauchen.

Sie taucht ein kleines Glas in den Behälter. Der Wasserstandsanzeiger besagt 9,3 Liter. Das ist alles, was ihr geblieben ist. Ihr ist heiß, sie berührt ihren Arm, tippt auf den Chip und fragt die Temperatur ab. 32,6 Grad. Die Uhrzeit. 8.12 Uhr. Ein Glück, dass es noch ein paar Gratisdienste gibt. Mit dem Glas, darauf bedacht, keinen Tropfen zu verschütten, kehrt sie über die Leiter in die Wohnung zurück. Sie trinkt langsam, Schluck für Schluck. Es gelingt ihr, jedes Mal mit weniger Schmerz zu schlucken, indem sie die Flüssigkeit im Mundraum behält, alle Ecken und die Zwischenräume der Zähne befeuchtet, bevor sie das dünne Rinnsal zuletzt die Kehle hinunterlaufen lässt.

Sie berührt wieder ihren Arm und verlangt ein Audiogespräch mit Dagi (ein Glück, dass es noch ein paar Gratisdienste gibt). »Maja«, antwortet er, in ihrem Ohr. Sie zieht Sandalen an, schließt die Riemen um die Knöchel. »Dagi, erzähl mir noch mal von diesem Chip.«

Sie kann hören, dass er lächelt. Sie lächelt nicht. »Du

hast doch gesagt, dass dich solche Sachen nicht interessieren.«

Sie setzt ihre Interface-Brille auf, eine Toyota-C, streicht ihr kurzes Haar zurück und schließt die Tür hinter sich. »Jetzt interessiert es mich«, sagt sie.

Er erwidert: »Komm zum Frühstück.« Sie berührt ihren Arm, um die Verbindung zu trennen.

Maja geht sehr gern zu Fuß durch die Stadt, doch der Denscha-Zug kostet kein Geld, wenn man bereit ist, sich mit Werbung berieseln zu lassen, und momentan vermeidet sie lieber jede Anstrengung, um nicht allzu sehr zu schwitzen. Sie steigt in Süd 6 ein und tippt bei Nord 3, Dagis Station, auf den Plan. Sie lässt den Scanner den Chip an ihrem Arm einlesen und die Werbung für ihre Toyota-C arrangieren. »Ya, Maja! Ohiya – tauch in dein Leben ein.« Die Tropfen des Hologramms wirken so echt und kühl, dass sie die Zunge herausstreckt und versucht, sie aufzufangen. Also wirklich, sie schüttelt den Kopf. Das hat ihr gerade noch gefehlt, dass ihr der multinationale Wassergroßkonzern vorschlägt, ins Leben einzutauchen. Obwohl, vielleicht ist es wirklich das, was sie tun muss, denkt sie. Bis sie Nord 3 erreicht, hat sie auch Werbungen von Vizi und von Gobogobo gesehen, die ein einmaliges Aktionsangebot versprechen, sowie einiges, das nichts mit Wasser zu tun hat: Kommunikationszellen von Honda, ein Chip von Chinese Express. Schließlich hat sie genug davon, stellt leise und schließt die Augen.

Dagi, mit seiner großen Interface-Toyota auf der Nase und den weißen Boss-Lautsprecherohrclips, signalisiert ihr von weitem, einen kleinen Moment zu warten. Er befindet sich offenbar in einem Gespräch. Sie hält Abstand, doch sie hört den beunruhigten Ton in seiner Stimme, und seine Schultern sind leicht gebeugt. Sie glaubt zu verstehen, dass er sagt: »Ja, heute noch, ich werde dafür sorgen.« Der schwarze Haarschopf auf seinem Kopf sieht merkwürdig aus. Das letzte Mal, als sie sich gesehen haben, vor einigen Tagen, hatte er noch lange schwarze Locken, die sich wie Glöckchen auf seinem Rücken türmten. Er berührt seinen Arm und kommt auf sie zu.

»Was gibt's Neues, meine Liebe? Du bist hübsch heute.«

»Ich hatte schon bessere Morgen.« Sie küsst ihn und streicht über seine Schulter.

»Durstig?«

»Aber sicher.«

»Gehen wir rein.« Er führt sie in seine Wohnung. Nord 3 ist ein schönes Viertel, das auf einem früheren Golfplatz errichtet wurde, mit Blick auf Wadi Zarka. Die Wohnungen hier sind geräumig, gut ausgestattet. Dagi tritt zu einer Gobogobo-Anlage von 100 Litern in der Küchenecke und füllt ihr ein Glas ab. Das Display zeigt einen Wasserstand von 98,2. Er sieht, wie ihre Augen sich weiten. »Es gibt jetzt eine super Aktion für den Hundertliter«, sagt er.

»Ich weiß«, sagt sie. »Einmaliges Angebot. Ich habe die Werbung gesehen.«

»Freust du dich nicht, mich zu sehen?« Er nimmt seine Interface-Brille ab und lächelt sie mit ausgebreiteten Armen an. Die Narbe auf seinem Wangenknochen sieht nicht mehr so schlimm aus, denkt sie, aber diese Haare?

»Wie oft soll ich dir noch sagen, dass ich deine Mutter sein könnte?«

Er lässt die Hände sinken. Das Lächeln und die Zähne verschwinden hinter geschlossenen Lippen.

»Ich habe gerade mit dem Mann für dich geredet.«

»Ja?«

»Ich wollte sichergehen, dass der Chip noch frei ist.«

Während Maja darauf wartet, dass er weiterredet, trinkt sie langsam das köstliche Wasser. Sie hat seit langem kein Wasser mehr von den Konzernen gekauft. Sogar wenn sie es sich hätte leisten können – sie hat geschworen, den Wasserkonzernen keinen einzigen Kuay in den Rachen zu werfen. Sie verlässt sich lieber auf kleine, lokale Unternehmen. Doch auch sie sind teuer, also speichert sie. Rüstet sich für die Regenfälle, bereitet die Behälter vor, rationiert die Zuteilungen für die Dusche, sucht nach billigen Deals mit unabhängigen Wasserhändlern. Diesmal jedoch sitzt sie auf dem Trockenen, wie so viele. Sie hatte auf den Regen gebaut, der Ende dieses Monats fallen sollte, hatte ihren Wasserspeicher und ihr Geld darauf eingestellt, doch dann war die Vorhersage annulliert worden. Die nächsten Regenfälle würden erst im Dezember niedergehen, für die Dauer einer ganzen Woche, sagten sie in den Nachrichten der Ohiya-Wassergesellschaft (»Tauch in dein Leben ein«). Das seien gute Nachrichten, beruhigten sie. Ihren Wissenschaftlern sei es gelungen, das Wasser, das im September erwartet wurde, bis zur nächsten Flut zu bewahren, weshalb diese kommende Flut umso stärker ausfallen und Wasser bringen werde, das für ein Jahr ausreiche. Maja weiß allerdings, dass man ihnen nichts glauben darf, dass das bloß eine weitere Manipulation ist, um die Leute zu zwingen, Wasser von ihnen zu kaufen, Kredite bei ihren Banken aufzunehmen, in ihre Aktien zu investieren. Sie hat kein Geld und kein Wasser mehr, und bald wird sie es mehr denn je brauchen.

»Er heißt Ewig«, reißt Dagi sie aus ihren Gedanken.

»Was? Wer?«

»Der Vorbesitzer deines Chips.«

»Es ist noch nicht meiner. Erzähl mir von ihm.«

»Ich habe dir schon erzählt, was ich weiß. Ein junger Mann, der gestorben ist.«

»Wann?«

»Ist das nicht egal, wann? Vor ein paar Tagen.«

»Wie?«

»Im Meer. Er ist von einem Wolkenbeobachtungsturm in einem der schwimmenden Stadtviertel gefallen.«

»Welches Viertel?«

»Meer 8«, antwortet er und blickt sie an. Meer 8 ist ein gutes Viertel, so viel weiß sie.

»Von einem Wolkenbeobachtungsturm gefallen? Einfach so?«

Dagi zuckt die Achseln. »Ich weiß nicht, ob einfach so. Runtergefallen eben. Meine Leute sagen, er sei völlig sauber. Ein guter Junge.«

»Ewig«, sagt sie.

»Das ist sein Name.«

»Und auf seinem Chip ist viel Geld.«

»Sie wissen nicht genau, wie viel, aber seine Arbeit, seine Wohnung – er hatte Geld.«

»Und woher weiß ich, dass er völlig sauber ist?«

»Meine Lieferanten sind zuverlässig. Sie irren sich nicht. Deswegen kommen die Leute zu mir, um Chips zu kaufen. Es besteht ein Risiko, aber ein kleines. Du kennst mich lange genug. Du weißt, dass ich dein Bestes will.« Dagi kratzt sich den schwarzen Schopf auf seinem Kopf. Er ist mager und dunkelhäutig, und der Gegensatz zwischen seiner dunklen Hautfarbe und den blauen Augen kann einen abstoßen. Maja stößt er nicht ab, sie hat seine Aufrichtigkeit immer gemocht. Sie vertraut ihm.

»Wie viel nimmst du?«

»Zehntausend. Vierzehntausend, wenn mein Chirurg die Doy-Operation macht, um den Chip auszutauschen.«

Maja lacht. Die Falten um ihre Augen sind hübsch, feine Krähenfüße, Lachfältchen, keine Altersfalten. »Wenn ich solche Beträge hätte …«

»Vergiss nicht, dass ich die Leute bezahle, die der Leiche den Chip für mich abgenommen haben.«

»Und wenn auf seinem Chip keine solche Summe ist?«

»Alle Zeichen deuten darauf hin, dass er noch viel mehr hat. Darüber hinaus kann ich für nichts garantieren. Ich sag's noch mal, es besteht ein gewisses Risiko.«

»Und was mache ich dann? Wenn kein Geld drauf ist, wie zahle ich es dir zurück?«

»In den seltenen Fällen, in denen das passiert, nehme ich weniger. Die Auslagen, die Doy-Operation, eine minimale Summe für die Verbindungsleute. Weil du es bist, stecke ich das weg. Wir werden uns schon einig, keine Sorge. Das sollte kein Hinderungsgrund sein.«

»Was sollte dann einer sein?« Sie trinkt einen letzten Schluck Gobogobo-Wasser und stellt das Glas auf die Theke. Ihr fällt ein, dass er etwas von Frühstück gesagt hat, und anscheinend erinnert auch ihn etwas in ihrem Gesichtsausdruck daran, denn er sagt plötzlich: »Moment, ich habe dir ein Frühstück versprochen, oder?«

Über den Toasts, Oliven und warmen Feigen versuchen sie ein wenig Smalltalk: die annullierten Septemberregenfälle, die wahren Motive von Ohiya, die Möglichkeiten, dass es diesen Monat trotzdem noch regnet, die Chancen, dass die Palästinenser versuchen, den nächsten Regen unter ihre Kontrolle zu bringen … Aber Maja möchte jetzt nicht über Politik reden, sie hat Fragen zur Doy, schließlich ist sie eine Kundin. Also lenkt sie das Gespräch wieder darauf zurück.

»Was passiert, wenn ich nach einiger Zeit meinen Chip wiederhaben will?«

»Warum solltest du das wollen?«, fragt Dagi.

»Um zu meiner Identität zurückzukehren, oder nicht? Ich würde das Geld von Ewig auf mein Konto übertragen und wieder ich selbst werden.«

Er schüttelt den Kopf. »Du kannst deine Identität mit seinem Chip behalten. Du wirst Maja sein, du unterschreibst mit Maja, alle werden dich als Maja adressieren. Das sind schlichte Definitionsveränderungen. Nur die Chipzulassung bleibt auf Ewigs Namen registriert, aber es besteht kein Grund, weshalb das jemanden interessieren sollte. Außerdem bekommst du mit seinem Chip nicht nur Geld. Da ist seine Wohnung in Meer 8. Und die Dienstleistungen, die er abonniert hat. Sie sind ausschließlich an den gebunden, der den Chip trägt. Wenn du eine Doy-Operation zurück zu deiner alten Identität machen lässt, verlierst du das alles.«

»Moment mal. Wenn der Chip auf Ewig zugelassen ist, stellt dann die Polizei keine Fragen?«

»Falls sie eine Untersuchung beschließen. Aber warum sollten sie? Wenn man dich wegen was verhaften würde … Gibt es einen Grund, dass dich jemand verhaftet?«

»Natürlich nicht.« Sie steckt eine Feige in den Mund. Die Oliven sind gut, doch sie möchte keinen Durst bekommen. »Aber für den Fall, dass ich trotzdem meinen armen alten Chip wiederhaben möchte …« Maja streichelt den winzigen Chip in ihrem Arm und sieht das Hauptmenü in ihrer Interface-Brille. Sie hat eine Idee. »Hast du die Adresse von Ewig?« Dagi sieht nach und sendet sie ihr. Sie überprüft die Homepage. Ein lächelnder junger Mann. Anwalt für internationales Handelsrecht, Junggeselle. Ein paar blockierte Links, aber die Basisinformation ist zufriedenstellend.

Sie blinzelt, um das Programm zu beenden. »Und wo wird mein Chip dann sein?«

»Bei dir. Kein Problem. Versteh doch, du kannst natürlich noch mal eine Doy machen lassen, solltest du das beschließen. Aber meiner Erfahrung nach wechseln wenige zurück. Sie genießen ihren neuen Chip zu sehr.«

»Hat er kein Testament hinterlassen?«

»Nein. Sie haben es überprüft. Er war Junggeselle. Sogar wenn es ein Testament gäbe, würden wir zurechtkommen. Es gibt Wege, ein Testament zu ändern. Das ist Unsinn, Maja, es wird alles gutgehen.«

Sie essen schweigend. Maja trinkt noch mehr Wasser. Ihr Hals fühlt sich schon viel besser an. Schließlich steht sie auf. Es gibt nichts mehr zu überlegen. Sie hat gewusst, dass dieser Moment kommen wird. »Wann machen wir die Doy?«

Dagi wischt sich den Mund ab. Er setzt die Toyota auf die Nasenspitze und tippt auf seinen Arm. »Können wir jetzt kommen?«, fragt er den, der ihm am anderen Ende der Verbindung antwortet.

Sie hat Dagi vor drei Jahren kennengelernt. Er behauptet zwar, er sei auf ihrer Hochzeit in Tiberias dabei gewesen, doch sie kann sich nicht an ihn erinnern. Sie erinnert sich an ziemlich wenig von ihrer Hochzeit, nur an verschwommene Bilder von einem lächelnden Ido, der ihre Hüften umfasst und sie hochhebt. Viel ist seitdem den Fluss hinuntergeströmt, wenn auch nicht viel Wasser. Vor drei Jahren, im Juli des Affenjahrs, eroberten die Palästinenser das Westufer des Sees Genezareth. Idos Eltern und sein kleiner Bruder Tschio wurden beim Angriff auf Tiberias getötet. Ido und Maja wohnten damals in Nord 6 in Cäsarea, das nach dem Fall von Tiberias zur letzten

Großstadt wurde, die in israelischen Händen verblieb. Dagi war ein guter Freund Tschios gewesen, und er tauchte einige Tage nach dem Fall von Tiberias in Idos und Majas Wohnung auf. Dagi verdankt ihnen seine Genesung, seine Rückkehr ins Leben. Das ist der Hauptgrund, weshalb sie ihm bezüglich der Doy-Operation vertraut.

Sie fahren mit Dagis Ayscha, einem kleinen Solar-Honda, bis zur Herodes-Hafenstation, nehmen ein Meng-Bootstaxi nach Meer 8 und erreichen fünfzehn Minuten später das schwimmende Viertel. Vom Deck des Mengs aus sieht sie die großen Sonnenkollektoren des Sonnenblüten-Projekts – eine Photovoltaikanlage zur Speicherung der Sonnenenergie.

Maja ist lange nicht hier gewesen. Die Leute hier leben, denkt sie, als ob es keinen Regenmangel im Land gäbe. Eine leichte Aufregung kriecht in ihren Hals anstelle des Sands, der in der Früh dort war. Mit dem neuen Chip könnte dieses Leben das ihre sein. Dagi legt ihr die Hand auf die Schulter, wie zur Bestätigung ihrer Gedanken. An der Anlegestelle blickt sie zurück zur Küste mit den Aquäduktbögen, zu den Häusern Cäsareas unter der grellgelben Sonne. Sie berührt ihren Arm, um die Temperatur und die Zeit zu erhalten. 38,6 Grad, 11.20 Uhr. Hinter Dagi betritt sie die verglaste Unterwasserstraße. Dreiundzwanzig Grad und ein sauberer Geruch nach Solarklimaanlage. Sie gehen schweigend durch schmale Gassen, betreten den Aufzug, der sie hinunterbringt, in die Tiefen des Viertels. Als sie aussteigen, glänzen die Sodiumlichter wie Tageslicht, und die Luft hat immer noch exakt dreiundzwanzig Grad. Sie passieren einige Geschäfte, Menschen und Hunde, alle mit perfekten Haaren, Zähnen und Haut; frisches Gemüse, reines Leinen, Sauberkeit in jeder Ecke. Noch ein Aufzug. Dagi bleibt vor einer Tür stehen, berührt seinen Arm. Die Tür öffnet sich mit weichem Schwung.

Ido begann sich lange vor der Ausrufung des weltweiten Notstands mit Wasser zu beschäftigen, noch bevor die internationalen Konzerne anfingen, das Leben aller zu beherrschen. Bevor es jemandem einfiel, seinen Chip auszuwechseln, weil er nicht genug Wasser und Geld hatte. Ido war ein brillanter Kopf, seiner Zeit voraus, doch möglicherweise war es ebendieses Talent, das eines Tages zu seinem spurlosen Verschwinden führte. Als Junge in Tiberias, in einer Zeit, da das Wasser noch jederzeit einfach aus den Hähnen floss, pflegte er die Badewanne zu füllen und das Wasser mit einer Anlage zu filtern, die er selbst gebaut hatte, aus Sand (zur Aussonderung von Partikeln), Aktivkohle (zur Absorption löslicher Bestandteile) und einer ultravioletten Lampe (zur Desinfektion) – ein simpler Vorgang, seiner Behauptung nach. Er erhielt Flaschen durch einen Deal mit einem Freund, der in einer Recyclingfirma arbeitete, desinfizierte sie mit einem haushaltsüblichen Dampfgerät, füllte sie ab und stellte sie in den Familienkühlschrank oder verteilte sie an Freunde. Später studierte er Wassertechnik an der Technischen Hochschule in Tiberias, schloss mit Auszeichnung ab und begann bei Mekorot, den staatlichen Wasserwerken, am Projekt »Degania« zu arbeiten, das sich mit der Aufbereitung und Filterung von Wasser aus dem See Genezareth befasste. Er war Mitglied in einem Team, das den Filter entwickelte, lernte jedoch auch alle übrigen Aspekte und Technologien von Wasserbehandlung kennen – Speicherung, Filtrierung, Reinigung sowie Wasserwirtschaftspolitik.

Das alles war, bevor er in Majas Leben trat, bevor sie »Ido-Wasser« gründeten, bevor sie heirateten. Vor dem Fall von Tiberias und dem Absturz ihrer Firma Ido-Wasser, vor dem Dschi-Dschi-System. Und bevor er abrupt aus ihrem Leben verschwand. Maja wird das letzte Telepräsenzgespräch, das er führte, nie vergessen. Es war im April, dem grausamsten aller Monate. Sie stand neben ihm, als er seinen Arm berührte und antwortete (später sah sie es sich Hunderte Male an. Sie bestellte den Ausschnitt von Sky-Eye-Earth, SEE, fünftausend Kuay pro Sekunde für eine audiovisuelle Aufnahme von allem, was überall, auf dem ganzen Planeten, in den letzten fünfundzwanzig Jahren passiert war).

Er sagte: »Ya?«

Und danach: »Spricht.«

Und dann nahm sein Gesicht einen Ausdruck an, der in etwa besagte, ich weiß nicht, aber ich kann's mir mal anhören, schätze ich, und genau das sagte er: »Ich weiß nicht, aber ich kann's mir mal anhören, schätze ich.«

Und dann: »Ich werde da sein.«

Er berührte seinen Arm, trennte die Verbindung, nahm die Interface-Brille ab und sagte: »Das war jemand Wichtiges. Ein Geschäftsmann. Er will ein Angebot für das Dschi-Dschi machen. Er sagt, er denke, meine Sorgen im Leben seien vorbei.« Er lachte, und Maja fragte lächelnd: »Was soll das heißen, die Sorgen sind vorbei? Wovon redet er? Wer ist das?«

Bis zu dieser Stelle hatte sie die Aufnahme von SEE gekauft, fünfundzwanzig Sekunden, hundertfünfundzwanzigtausend Kuay, ein nicht unerheblicher Teil des Geldes, das sie in den Jahren von Ido-Wasser gespart hatten, und ab da verließ sie sich auf ihre Erinnerung: Ido hatte zu ihr gesagt, er habe auf diesen Kontakt gewartet, und wollte in einem Restaurant feiern. Er bestellte eine Flasche Wasser von Vizi und eine Flasche Sake. Er erzählte, es handle sich um jemanden, den er seit einiger Zeit im Visier habe, er habe ihn überprüft, und er sei für eine Partnerschaft, für das Dschi-Dschi-System, geeignet. Es war ein unvergesslicher Abend, der Abend des Erfolgs, der die harten Jahre in ihrem Leben beenden sollte; ein

Abend der Hoffnung, bevor etwas Neues, Großes, Aufregendes begann. All ihre Sorgen im Leben seien vorbei, hatte der Mann gesagt, und der Sake half ihnen, es zu glauben. Nach dem Essen kehrten sie nach Hause zurück. Ido hatte noch ein paar Stunden Zeit bis zu dem nächtlichen Treffen, und sie verbrachten sie im Bett. Natürlich hatte sich ihr diese letzte gemeinsame Nacht ins Gedächtnis eingebrannt, doch noch bevor Maja wusste, dass es ihre letzte Nacht gewesen sein sollte, hatte sie in ihrem Beisammensein eine Intensität gespürt, die sie seit Jahren nicht mehr empfunden hatte, wenn überhaupt jemals. Etwas war anders gewesen. Ido küsste sie und ging. Er sagte ihr nicht, wohin er ging. Er kam nicht zurück.

In Ewigs Wohnung erwarten sie zwei Männer und eine Frau, Chinesen. Sie nicken Maja zu, die ihr Nicken erwidert. Der Größte von ihnen, mit silbernem Haar und breitem Gesicht, beginnt, mit abwechselnd lächelndem und ernstem Ausdruck mit Dagi zu sprechen. Majas Chinesischkenntnisse sind nicht gut. Sie könnte das Simultanübersetzungsprogramm in ihrer Toyota-C aktivieren, doch sie tut es nicht. Die Chinesin folgt konzentriert dem Gespräch, das zwischen dem hochgewachsenen Mann und Dagi stattfindet, die Hände wie beim lockeren militärischen Stand hinter dem Rücken verschränkt und den Kopf geneigt, von dem ein Pferdeschwanz glatt und schnurgerade herunterhängt. Auf einmal lachen alle und richten ihren Blick auf Maja. Sie schickt Dagi ein verlegenes Lächeln.

»Okay, Mädchen«, sagt er zu ihr.

»Was?«

»Hast du's nicht gehört?«

Sie wendet ihren Blick den drei Chinesen zu, die sie stumm anschauen.

»Was soll ich jetzt tun?«

Dagi tritt zu ihr und legt eine Hand auf ihre Schulter. »Jetzt machen wir die Doy. Miy hat erzählt, dass die Frau hervorragend ist, sie hat das schon Hunderte Male gemacht. Ich habe ihnen gesagt, dass du daran denkst, irgendwann später zu deinem Chip zurückzukehren. Das fanden sie lustig. Miy sagt, solche Fälle gibt es kaum. Aber es ist kein Problem für ihn, wenn du deinen alten Chip behältst.«

Maja blickt die Frau an. Die Chinesin lächelt und verbeugt sich. Maja nickt leicht. Vielleicht hat sie nicht genug darüber nachgedacht, vielleicht sollte sie es doch nicht tun, aber jetzt ist es zu spät. Obwohl das Messer ihre Haut noch nicht berührt hat, hat sie das Gefühl, dass es schon begonnen hat, dass sie jetzt nicht mehr zurücktreten und um fünf Minuten Bedenkzeit bitten kann. Sie sagt sich, keine Angst, du hast keine andere Wahl, dein Wasser geht zu Ende … Dagi ergreift sie am Arm und führt sie ins Schlafzimmer. Er setzt sie aufs Bett und sagt: »Es dauert ein paar Minuten. Du wirst nichts spüren.« Die Chinesin kommt hinter ihnen herein und schließt die Tür. Maja bittet Dagi, im Zimmer zu bleiben. Als er sich neben sie setzt, fällt ihr auf, dass sein Haar eine neue Form angenommen hat. Kein merkwürdiger Schopf, sondern glatt mit Mittelscheitel.

Die Chinesin legt eine steife Tasche neben sie auf das Bett und stellt eine Frage, die Dagi übersetzt: »Örtliche Betäubung?« Maja nickt. Die Frau drückt eine Salbe aus einer kleinen Gummitube auf ihren Finger. Maja sieht ihr gleichmütig zu, ihre Hände ruhen auf dem Bauch. Sie hat den Stresshöhepunkt überschritten, die Aufregung hinter sich, akzeptiert das Urteil. Bestreichen und Einmassieren, und sie spürt, wie sich das Mittel in ihrer Schulter ausbreitet. Maja berührt ihren Chip, streicht über seine Konturen, über die Narbe der letzten Doy von vor dreizehn Jahren, die ihre zweite war: Ihren ersten Chip erhielt sie mit siebzehn (heute wird jedem Kind im Alter von zwei Jahren ein Chip eingesetzt) und den zweiten, als sie siebenundzwanzig war. Während die Chinesin Vorbereitungen trifft, die Stelle zum dritten Mal zu öffnen, denkt sie, dreizehn Jahre sind eine lange Zeit. Trotz der regelmäßigen Programm-Updates ist es vielleicht an der Zeit, die Hardware auszutauschen. Zwischen den Fingern der Chinesin entdeckt sie unvermittelt den neuen Chip, Ewigs Chip. Sie streckt die Hand aus, möchte ihn genauer sehen, diesen Silitita-Chip in Reiskorngröße, und sie hält ihn vor die Augen, um die winzigen Buchstaben zu lesen. Dann gibt sie ihn der Chinesin zurück, die ein scharfes Messer herausholt. Sie zwickt Maja, um sich zu vergewissern, dass die Stelle am Arm ausreichend betäubt ist. Dagi lächelt ihr zu. Er ist unrasiert. Was liegt im Blick seiner blauen Augen? Mitgefühl, Begehren, Sorge? Oder sehen sie nur die Zehntausende Kuay, die er verdienen wird?

Sie spürt etwas, wendet den Blick und sieht, dass ihr Arm bereits einen Schnitt aufweist, aus dem die Chinesin nun mit Hilfe einer feinen Zange behutsam ihren Chip herauszieht. Sie legt ihn ab, säubert die Zange und erfasst damit den neuen Chip. Maja richtet ihren Blick zur Decke und schließt die Augen. Sie versucht, die Angst zu überwinden, die Furcht vor Veränderung, vor dem Unbekannten. Anscheinend ist sie eingedöst, denn irgendwann spürt sie eine Hand, die ihre Wange streichelt, schlägt die Augen auf, und Dagi sagt: »Geschlafen?« Sie lächelt und streckt sich, und da fällt es ihr wieder ein. Sie wirft einen schnellen Blick nach links, ihr Arm scheint wie immer auszusehen, doch beim zweiten Hinsehen entdeckt sie die kleinen, exakten Nähte, eingebettet in eine leichte Schwellung. Die Chinesin ist nicht mehr im Raum.

»Wie fühlst du dich?«, fragt Dagi.

»Wie immer«, antwortet Maja.

»Wie immer?«, wiederholt er. Sie bemerkt, dass sein Blick auf ihrem Bauch ruht, und legt wie zum Schutz die Hände darüber.

»Ist es das, was ich denke?« Er hat jetzt sein flirtendes Lächeln aufgesetzt. Sie spürt ihr Herz klopfen, ihr Hals ist zugeschnürt. Sie hat es noch niemandem erzählt. Nicht einmal vor sich selbst wirklich ausgesprochen. Leicht verlegen lächelt sie ihn an.

»Wow«, sagt er leise. »Wow, wow, wow!«

»Wow«, erwidert sie. Er fixiert die Wand hinter ihr, als versuche er, die Bedeutung der Entdeckung zu ergründen. Schließlich kehrt er ins Jetzt zurück.

»Komm ins andere Zimmer. Sie warten auf uns. Wir werden den Chip aktivieren, die Benutzerdefinitionen programmieren und die Bezahlung erledigen.«

Sie steht vom Bett auf und folgt ihm in den anderen Raum. Laut Dagis Worten ist das ihr neues Wohnzimmer, doch sie schaut sich nicht weiter um, sie will noch nichts kennenlernen, sie möchte … Wasser, ein bisschen Geld … Sie will nur leben.

Die subkutanen Silikon-Titan-, kurz Silitita-Chips waren schon vor Jahrzehnten populär geworden, doch zur generellen Pflicht wurden sie erst im vergangenen Jahrzehnt – zunächst in den asiatisch-arabischen, zwei Jahre darauf in den amerikanisch-europäischen Blockstaaten. Man legte Normen für Bankwesen, Identifizierung, Kommunikation und Handel fest, denen sämtliche Chips entsprechen mussten. Damals war bei Maja die Doy-Operation durchgeführt worden, bei der sie den Chip erhielt, der jetzt gerade aus ihrem Arm entfernt worden war.

Über diese Chips wurde alles für den Privatmenschen und die Behörden Erforderliche abgewickelt: Identifizierung, Zahlungsverkehr, Kommunikation, Information, Unterhaltung, Werbung. Der Beginn der Silitita-Normierung markierte das Ende von Schlangen, Kassen, Kontrollposten. Um einzukaufen, ging man in ein Geschäft, wählte die Waren aus und nahm sie mit. Die Kontrollsensoren in dem Geschäft registrierten den jeweiligen Chip und buchten die Summe vom Konto ab (falls zu wenig auf dem Konto war, fanden sie einen schon ...). Die Inanspruchnahme von Serviceleistungen, jede Informationssuche, die audiovisuelle Kommunikation mit anderen Menschen wurden unmittelbar ausgeführt – eine Berührung des Chips, Order, Bestätigung. Bei Flügen und Grenzübertritten entfielen alle Identifizierungsmaßnahmen und Kontrollen, da jeder Einzelne Tag und Nacht durch seinen Chip kontrollierbar war.

Natürlich gab es auch dementsprechende Kriminalität, wie überall, wo Technologie und Mensch zusammentreffen. Die effektive Konzentration von Information und Macht auf einem einzigen kleinen Chip war zugleich seine Schwachstelle. Technische Defekte begleiteten die Chips in ihren Anfangstagen, Netzüberlastungen, Identifizierungsfehler, Hacker, die Chips unter ferngesteuerte Kontrolle brachten, und Viren, die Programme lahmlegten und Tausende Menschen zu Programm-Updates oder Doy-Operationen trieben. Die Silitita-Normierung bereitete solchen Problemen ein Ende. Die neuen Chips waren vor Viren und anderen Manipulationen geschützt, und das Netz garantierte durch tägliche, mehrmalige Kontrollen und Updates hundertprozentige Zuverlässigkeit.

Doch wie gesagt, es ist von Menschen die Rede. Auch wenn sich die Chips nicht mehr manipulieren ließen, so konnte man doch damit handeln. Sie rauben. Einen Mord dafür begehen. Es geschah nicht häufig, denn die Chips waren mit Schutzmechanismen, Blockierungen und Alarmsystemen ausgestattet, doch es kam vor. Oder wie in Ewigs Fall, laut Dagi: ein tragischer, aber unschuldiger Tod, ohne Testament oder unmittelbare Verwandte, eine Sofortaktion, Chip raus und Doy. Weshalb ist der Chip nicht automatisch gesperrt, wenn er aus der Haut entfernt wird? Weil alle ab und zu eine Doy-Operation zu Instandhaltung, Reinigung und Material-Update machen lassen müssen. Wieso lassen sich die Händler den Chip eines so vielversprechenden jungen Mannes wie Ewig nicht selbst einsetzen? Weil sie selbst genügend gute Chips haben, also nein danke, warum sollten sie das Risiko eingehen? Die Menschen neigen dazu, bei dem zu bleiben, was sie haben.

Die Chinesen sind noch im Wohnzimmer. Miy überragt alle anderen um einen Kopf und ist elegant gekleidet. Zwei Falten verlaufen quer über seine Stirn, und seine hellen Augen lächeln. Sein Gefährte ist in ein entspanntes Gespräch mit irgendjemandem vertieft, die Augen hinter großen Prismenlinsen einer Interface-Honda-Hay verborgen, in der Hand ein Glas Wasser. Er ist dünn, und ein großer Fleck in einer Gesichtshälfte zieht sich vom Backenknochen bis unter die Honda-Linse. Er sagt etwas, bricht in Lachen aus, und Miy lacht mit. Die chinesische Chirurgin blickt Maja an und fragt nach ihrem Befinden. Maja versteht sie – die Simultanübersetzung des neuen Chips ist am Werk – und antwortet, es gehe ihr gut. Die Chinesin bietet Maja Wasser aus der Ohiya-Anlage in der Ecke an. Das Display zeigt 71,1 Liter. Maja trinkt langsam.

Miy klopft seinem Gefährten aufs Knie, und dieser beendet seine Verbindung und nimmt die Interface-Brille ab. Nun sieht Maja, dass es sich bei dem Fleck um eine Video-Tätowierung handelt, irgendein Logo, das in seinem linken Auge endet. Dagi sagte: »Lass uns deinen Chip prüfen.« Sie nickt. Aus irgendeinem Grund ist sie nicht mehr angespannt, obwohl sie von vier Leuten in einer fremden Wohnung umringt ist, die auf eine Menge Geld warten, das sie ihnen für den unbekannten Chip schuldet, der gerade in ihren Arm implantiert wurde. Als habe von dem Moment an, in dem die Doy ausgeführt war, das Schicksal entschieden, und sie könne ohnehin nichts dagegen tun.

»Die Brille«, sagt Dagi. Sie setzt die Toyota-C auf die Nase. »Chip.« Sie berührt ihn und sieht das Hauptmenü. Ein anderes Betriebssystem als das, das sie von ihrem alten Chip kennt. Im Eck sieht sie das Logo von Chinese Express und den Text: *Ya, Ewig.* »Was siehst du?«, fragt Dagi. Sie sagt es ihm. »Okay. Wähle Definitionen.« Sie führt rasch seine Anweisungen aus: wechselt den Benutzernamen, importiert Zahlen, Symbole, Adressen, Dokumente und ihre übrigen persönlichen Dateien. Der Chip begrüßt sie und bietet ihr eine Orientierungsrunde im System an. Sie wählt *später.* Dagi, hinter seiner Interface-Brille, dirigiert sie zum Bankkonto und zeigt ihr, was sie eintippen muss – Reihen von Buchstaben und Ziffern, Zugangskodes. Schließlich ist es so weit: Sie wählt Konto und tippt auf verfügbaren Betrag. Schließt die Augen. Und öffnet sie wieder.

»Was steht dort?«, fragt Dagi.

»Es genügt«, antwortet sie, bemüht, ihre Stimme normal klingen zu lassen.

Sie spürt, dass Dagi überlegt, ob er sie zu einer etwas präziseren Auskunft drängen soll, doch er verzichtet. Er leitet sie an, vierzehntausend Kuay auf sein Konto zu übertragen, klickt sich dann in sein eigenes Konto ein und transferiert die Summe, die Miy zusteht.

Nicht schlecht für eine Arbeitsstunde, denkt Maja. Bei Ido-Wasser mussten sie wochenlang schuften, um auf vergleichbare Beträge zu kommen, und auch das nur in guten Zeiten.

»Gut«, sagt Dagi. Sie surft noch immer in dem Bankkonto, das ihr nun zur Verfügung steht, ein kleines Mädchen in einem riesigen Puppenhaus.

Dagi räuspert sich. Sie tippt auf ihren Arm und nimmt die Interface-Brille ab. Die Chinesen sind schon gegangen. »Willst du mit mir in die Stadt zurück?«

Sie überlegt. »Du sagst, diese Wohnung gehört jetzt mir?«

»Voll und ganz dir.«

»Und wenn jemand kommt? Behauptet, dass es seine sei oder dass Ewig sein Bruder war, sein Freund oder seine Frau?«

»Das wird nicht passieren. Und wenn, dann sagst du, dass du heute hier eingezogen bist und die Wohnung aus dem Nachlass gemietet hast.«

»Und das Bankkonto?«

»Was ist damit?«

»Wie ist das möglich? Es ist eine Menge Geld drauf. Es kann doch nicht so einfach sein, das zu übertragen …«

»Es ist überhaupt nicht einfach, sämtliche Kodes zu knacken. Abgesehen davon, es ist eine Doy. Wie viele Doy-Operationen hat ein Mensch im Leben? Denk mal Jahre zurück. Du hast die Kreditkarte von jemandem gefunden, mit seinem Geheimkode, und dieser Jemand stirbt, es gibt kein Testament, und niemand weiß von der Existenz der Karte und des Kontos. Nur dass es jetzt noch besser ist, sein Name erscheint nirgendwo offen, bloß tief im Innern in der Chipzulassung. Du bist jetzt auf die Wohnung eingetragen, auf das Bankkonto, den Chip.«

Sie betrachtet ihn eine ganze Weile, mit einem halben Lächeln auf den Lippen.

»Warum? Wie viel Geld ist drauf?«

»Viel.«

»Wie viel? Über eine Million Kuay?«

»Nein … übertreib nicht. Er ist nur Rechtsanwalt.«

»Dann ist es nicht viel. Das wird keinem auffallen. Die Banken fangen nur zu schnüffeln an, wenn Konten mit dicken Summen in andere Hände übergehen.«

Sie fragt ihn nicht, was eine dicke Summe ist, sondern sagt: »Ich werde noch ein bisschen hierbleiben. Ich möchte mich ausruhen, daran gewöhnen.« Sie spürt den Brechreiz, den sie inzwischen schon kennt, von ihrem Magen nach oben kriechen.

»Okay.« Sein Mittelscheitel hat sich zur Seite verschoben. Nun begreift sie endlich. Es ist ein Programm, das jede Stunde willkürlich die Frisur verändert. Fast sagt sie, dass sie das ziemlich geschmacklos findet, doch dann schweigt sie. Auch er schweigt, aber sie spürt, dass er etwas sagen will.

»Was?«

»Was wohl? Was ist das da?«, sagt er. Sie versteht nicht gleich, doch dann sieht sie, dass sein Blick auf ihren Bauch gerichtet ist.

»Wonach sieht es denn aus für dich?«

»Wann hast du … also ich meine, wer …?«

»Sei nicht blöd, was heißt hier, wer? Wer kann das gewesen sein? Ein kleines Andenken von Ido«, sagt sie scherzend, doch sie spürt den Stich der Trauer, und zwar die ganze Zeit, Aufruhr und Kummer, Erwartung und Angst, Glück, Wut. Die Gefühle überschlagen sich, überfluten sie aus allen Richtungen, attackieren sie, bis sie manchmal in ihnen ertrinkt oder ihr Augen und Mund überlaufen.

»Hei«, sagt Dagi sanft. »Tut mir leid. Ich hab's nicht so gemeint.«

Er legt einen Arm um sie, eine angenehme, erregende Berührung. Sie erwidert seine Umarmung, streichelt ihn. »Danke, ich meine, für die Doy.«

»Ach, Unsinn«, winkt er ab.

Schließlich verabschiedet er sich. »Genieß den Chip. Dreh eine Runde zum Kennenlernen. Nimm dir Zeit, gewöhn dich dran. Wenn du Fragen hast, ruf an, ich kenne Chinese Express bis in die letzten Fasern. Lad mich bei Gelegenheit zum Essen ein, dann reden wir.«

Sie lächelt müde: »Sicher.«

Er streckt die Hand aus. Sie beugt sich zu ihm, drückt ihm einen Kuss auf die stoppelige Wange, und ihre Lippen verharren eine Sekunde länger, als sie beabsichtigt hat. »Danke.«

Als er die Tür hinter sich geschlossen hat, beschleicht sie ein bedrückendes Gefühl. Das ist nicht ihr Zuhause. Sie schenkt sich wieder Wasser aus der Ohiya-Anlage ein. Noch heute Morgen hat sie zweimal über jeden Schluck nachgedacht, und jetzt stehen ihr hier über siebzig Liter plus eine Million dreihundertfünfzigtausend Kuay auf dem neuen Konto zur Verfügung. Die Wohnung ist geräumig. Das Bad ist aus einem Guss. Wände aus rostfreiem Stahl. Eine Suzuki-Monitorwand. Eine hyperfunktionelle Küche. Sie überprüft die Dusche, auch sie ein Produkt von Ohiya. Es ist lange her, dass sie sich eine zehnminütige Dusche geleistet hat. Ewig hatte Stil, zweifellos.

Eine Woge von Müdigkeit überschwemmt sie. Sie setzt sich

auf das Sofa im Wohnzimmer, bleibt eine lange Weile einfach so sitzen, nach hinten gelehnt, mit geschlossenen Augen, während sie schlückchenweise das kühle Wasser trinkt. Dann berührt sie ihren Arm. Das Hauptmenü heißt sie willkommen, und sie verlangt eine Einführungsrunde. Ewig hatte jeden Service, den sie kennt, abonniert, und eine Reihe andere, von denen sie noch nicht einmal gehört hat: dreidimensionale Kommunikationszellen von Honda, sämtliche Kanäle von Unterhaltungsspielen, Filmen und Musik, uneingeschränkten Zugang zu Informationsdatenbanken einschließlich Landesnachrichtenagenturen, sogar ein Abonnement für SEE. Und noch etwas, das ihre Aufmerksamkeit fesselt – umfassende ärztliche Untersuchungen in Echtzeit, ständig abrufbar.

Es ist ein Silitita-Chip mit hundert Peta-Bytes – ihr voriger hatte ein Peta-Byte. Sie begreift, was Dagi gemeint hat, als er sagte, es würde ihr nach der Doy schwerfallen, auf den Chip wieder zu verzichten. Die Welt wirkt jetzt schärfer und heller durch ihre Interface-Brille. Dieser Chip und das damit verbundene Geld werden es ihr ermöglichen, eine Menge Dinge zu tun, die sie sich nicht hatte träumen lassen. Gleichzeitig schwankt ihr Gemütszustand. Einen Moment lang ist sie glücklich, versteht überhaupt nicht mehr, weshalb sie all die Jahre, als sie noch Geld hatte, keine neue Doy hat machen lassen; im nächsten Moment hat sie Angst, fühlt sich fremd in diesem Leben, in dieser Wohnung von jemandem namens Ewig, von dem sie bis heute früh noch nie gehört hat und in dessen Leben sie sich nun plötzlich befindet. Es gehört ihr nicht. Sie hat es gestohlen, hat sich eingeschlichen. Sie erinnert sich, was beim letzten Mal passiert ist, als man Ido versprach, seine Sorgen seien vorbei. Doch dann denkt sie wieder daran, dass sie ja dafür bezahlt hat, sie ist ein Risiko eingegangen, also gehört es ihr. Ewig ist nicht mehr da, und niemand fordert seinen Besitz ein. Die Wand ihr gegenüber besteht aus einem Bildschirm von zwei auf drei Metern. Sie kann ihre Interface-Toyota darauf projizieren, was sie auch tut, um das Hauptmenü zu öffnen, die medizinischen Untersuchungen, Ultraschall. Sie lenkt ihre Finger zu ihrem Bauch, drückt und löscht die ärztliche Untersuchung vom letzten Mal, und da erscheint sie auf dem Bildschirm vor ihr: »Afuna«, die Erbse. So hat der Arzt sie bei der ersten Untersuchung – bei der sie völlig schockiert war – genannt, was damals, vor fast zwei Monaten, ihrer Größe entsprach. Jetzt ist sie schon viel größer, eine Walnuss vielleicht, doch für Maja bleibt sie die Erbse, die in ihr wächst. Lange und staunend starrt sie auf den gerundeten, unspezifischen Körper, registriert die kleinen, schnellen Schläge des Herzens, sie hat tatsächlich schon ein Herz. Erneut stehlen sich Tränen in ihre Augen, während sie das Geschöpf vor ihr, diese lebendige Erbse, betrachtet, und sie fragt sich wieder, ob sie sich anders fühlen würde, wenn Ido an ihrer Seite wäre. Doch das ist er nicht, und so schaut sie nur und schnieft, bis sie mit einem Mal der Brechreiz überfällt und sie zur Toilette rennt, wo sie es gerade noch schafft, alles in Ewigs gestylte Kloschüssel zu spucken.

Als sie ins Wohnzimmer zurückkehrt, wählt sie eine Landschaftssimulation als Standardscreen für den Wandbildschirm.

Maja beschließt, einen anonymen Transfer von zweihunderttausend Kuay von Ewigs Konto auf die Cashkarte vorzunehmen – was weniger sicher ist als eine Überweisung auf ihr Konto, doch so würde niemand das Geld bis zu ihr verfolgen können. Danach fühlt sie sich etwas beruhigter. Sollte irgendetwas schiefgehen und sie wäre gezwungen, ihren alten Chip wieder zu benutzen, hätte sie zumindest ein bisschen Geld.

Dann will sie die zehnminütige Dusche ausprobieren. In ihrer Wohnung in Süd 6 kann sie sich nur eine Zwei-Minuten-Dusche mit minderwertigem Wasser erlauben. Bei Ewig ist auch das Duschwasser von höchster Qualitätsstufe. Sie zieht sich aus und steckt ihre Kleider in das Expresstrockenreinigungsgerät, dreht das Wasser auf und stellt sich darunter. Es ist die schönste Dusche seit Jahren. Ihr Arm prickelt noch unter dem warmen Wasserstrahl, doch das ignoriert sie. Sie will die guten Dinge auskosten, solange sie die Möglichkeit dazu hat. Nach zehn Minuten trocknet sie sich gründlich ab und zieht die Kleider an, die das Gerät sauber ausgeworfen hat.

Sie fühlt sich nicht wohl bei der Vorstellung, dort zu bleiben, den Wechsel auf einen Schlag zu vollziehen, und daher trifft sie eine Entscheidung: Sie wird in ihre Wohnung zurückkehren und Wasser bestellen, um alle Tanks auf dem Dach zu füllen, sowie das Hundert-Liter-Set, das einmalige Aktionsangebot von Gobogobo, kaufen. Für Ido war das Wasser der Konzerne stets tabu, und sie ist immer seiner Meinung gewesen und hat den Boykott in den Monaten seit seinem Verschwinden fortgesetzt. Doch mit dem heutigen Tag hat sich etwas geändert. Sie hat ihre Zukunft und die der Erbse selbst in die Hand genommen. Sie hatte eine Doy-Operation. Ido ist nicht da. Und wenn er da gewesen wäre oder jemals wieder sein würde, müsste er ihr verzeihen. Ihr Gewissen jedenfalls verzeiht es ihr. Außerdem ist dieses Wasser, von dem sie heute so viel getrunken hat, gar nicht schlecht.

Sie führt ihren Entschluss noch am gleichen Abend aus.

Maja und Ido waren sich zwölf Jahre zuvor begegnet, im vergangenen Jahr des Schweins. Sie war achtundzwanzig, er sechsundzwanzig. Er kam aus Tiberias, sie aus Cäsarea. Die beiden letzten israelischen Großstädte existierten zu dieser Zeit in einer völlig getrennten Realität. Tiberias hatte den See Genezareth oder genauer gesagt, die Hälfte, die im Vergleich zu früheren Zeiten davon noch übrig war. Cäsarea war das wirtschaftliche und politische Zentrum. Dort befanden sich die Flug- und Schiffshäfen, die Israel mit der Welt verbanden, die Ministerien, die in den vergangenen Jahren von Jerusalem über Tel Aviv hierher umgezogen waren, und die große Universität, die die Reste der Fakultäten Tel Avivs, Jerusalems und Haifas vereinte. Maja arbeitete in der Rechnungsstelle des Finanzministeriums. Ido war Wasseringenieur, Experte für Filtersysteme, bei den staatlichen Mekorot-Wasserwerken. Er kam zu einem Termin im Wasserwirtschaftsministerium, anstelle seines Chefs Micha, dem Leiter des Wiederaufbereitungsprojekts Degania, das das aus dem See Genezareth abgesaugte Wasser in zwei zentralen Pipelines, grün für unbehandeltes und blau für gefiltertes Wasser, nach Tiberias, in die Siedlungen des Emek, des Galil und nach Cäsarea und Umgebung beförderte. Die beiden Leitungen lieferten, bis zum Fall von Tiberias, den Großteil des Trinkwassers und deckten den Wasserbedarf der Landwirtschaft und der Industrie in Israel.

Micha hasste Besprechungen. Er, der große Experte für Filtertechnik, hasste es zu reden und entzog sich dem Termin lieber, obwohl er für die zukünftige Etatsicherung von gravierender Bedeutung war. Er fragte seinen jungen Assistenten Ido, ob er ein Problem habe, vor Publikum zu sprechen. »Worüber?«, fragte Ido. »Über das Projekt«, antwortete Micha. Ido hatte kein Problem damit.

Er fuhr zu der Besprechung, die im Regierungsviertel von Cäsarea stattfand. Er setzte dem Wasserwirtschafts- und dem Finanzminister das Filterungsprojekt Degania und seine entscheidende Bedeutung für die Wasserqualität des gesamten Staates auseinander. Er erklärte: »Ohne den Budgetumfang, den wir für uns angesetzt haben, wird das Projekt Degania nicht weitergeführt werden können. Es ist ohnehin der billigste Weg, Trinkwasser zu gewinnen. Billiger, als Wasser zu importieren, als Abwässer zu klären, ganz zu schweigen von der Entsalzung von Meerwasser …«

»Auch als solare Entsalzung?«, warf der Finanzminister mit hochgezogenen Augenbrauen ein.

»Auch die solare Entsalzung«, erwiderte Ido, »erfüllt hinsichtlich Leistung und Gestehungskosten noch lange nicht die Erwartungen, die daran geknüpft wurden. Ohne Budget können wir allerdings keine durchgängige Ausstattung mit Filtern, Druckpumpen, Chemikalien und Mineralen gewährleisten, wobei ich noch nicht einmal von der Energie und geschultem Personal für den Betrieb der Anlage rede. Ohne uns wird die Wasserqualität sinken, was heißt, dass wir ohne Trinkwasser und mit minderqualitativem Wasser für Landwirtschaft und Industrie dastehen werden. Wohin das führen wird, muss ich wohl nicht erklären.«

»Erklären Sie, erklären Sie nur«, forderte ihn der Wasserwirtschaftsminister auf, der daran interessiert war, dass der Finanzminister mit eigenen Ohren hörte, in welche Katastrophe das den Staat führen würde. Er war mit dem jungen Mann aus Tiberias zufrieden, und sein Ärger darüber, dass sich Micha schon wieder gedrückt hatte, verflog.

»Also gut«, nickte Ido. »Schädigung der Landwirtschaftsprodukte, der Geschmacksqualität von Früchten, Gemüse und Getreide, ihrer Haltbarkeit. Schädigung der Haut, geringere Körperabwehr – äußerlich und innerlich, mehr Krankheiten. Soll ich in die Details gehen?« Er musterte die Anwesenden im Raum, etwa achtzehn Personen. Sein Blick fiel auf eine Frau, die er ausnehmend attraktiv fand – Maja, wie sich bald herausstellen sollte. Es ist wirklich keine große Affäre, dachte er, vor einem Publikum zu sprechen, auch nicht vor Ministern. Er schenkte der attraktiven Frau ein kleines Lächeln und wandte seinen Blick dem Wasserwirtschaftsminister zu. »Tun Sie das, tun Sie das«, ermunterte ihn der Minister mit energischen Handbewegungen. Er war ein korpulenter Mann mit blauen Augen und einem dicken Schnauzer unter der Nase. Seine Kindheit hatte er auf dem Dorf verbracht, als es diese ländlichen Siedlungen noch gab. Ido begann also mit der Auflistung: Cholera, Ruhr, Typhus, Bilharziose, Guineawurm, Nieren- und Schilddrüsenkrankheiten, bestimmte Krebsarten, Leberentzündungen, Tuberkulose, Anämie, Sklerose, neurologische Probleme, Alzheimer, Diabetes, Asthma. Er beschrieb haargenau, wie sich die Cholerabakterien an die Seitenwände des Darms heften und den chemischen Stoff produzieren, der innerhalb von vierundzwanzig Stunden zum Tod führt, und wie der Fadenwurm blutsaugend im Dünndarm haust. Ihm fiel auf, dass die attraktive Frau von den abstoßenden Schilderungen nicht besonders mitgenommen schien.

Der Finanzminister zeigte sich zwar tief beeindruckt von den Erläuterungen des jungen Filterexperten aus Tiberias, doch zu seinem Bedauern konnte er nirgendwo zusätzliche Gelder für das Projekt abzweigen oder zusammenkratzen. »Vielleicht ist es Ihnen noch nicht aufgefallen«, sagte er, »aber wir schaffen es kaum, den Kopf über Wasser zu halten …« Er hielt inne, sann einen Moment über den Ausdruck nach, der ihm da entfleucht war, und wechselte dann einen betretenen Blick mit seiner Sekretärin. Der Wasserwirtschaftsminister erkundigte sich, ob der Finanzminister begreife, dass frisches Wasser für die Existenz unabdingbar sei – zum Trinken, für Landwirtschaft, Energie, Verkehr, zum Erhalt eines gesunden ökologischen Systems. Ob er sich dessen bewusst sei, dass es keinen Sinn habe, den Kopf über Wasser zu halten, wenn dieser Kopf kein sauberes Wasser trinken könne. Der Finanzminister erwiderte, er verstehe das sehr wohl, worauf ihn der Wasserwirtschaftsminister fragte, welche Vorschläge er denn habe. Ido verfolgte den Dialog mit belustigter Aufmerksamkeit. »Maja«, bat der Finanzminister, der trotz seiner aufrechten Sitzhaltung in die Ecke gedrängt schien, »lesen Sie ihnen bitte die Fakten vor.«

Maja räusperte sich. Sie sprach nicht gern vor Publikum, doch danach hatte sie niemand gefragt. Sie trug Listen, Zahlen und Summen vor, die geflossen waren, erhobene Steuern, zugesicherte und effektive Quantitäten und eine Reihe weiterer Daten. Als sie geendet hatte, verschränkte der Finanzminister seine Hände und lehnte sich zurück. Der Wasserwirtschaftsminister wirkte betroffen. Sein Gesicht hatte sich gerötet, seine blauen Augen schienen aus den Höhlen zu quellen. Ido betrachtete ihn überrascht, noch immer amüsiert. »Was schlagen Sie also vor?«, wiederholte der Wasserwirtschaftsminister schließlich seine Frage an den nun völlig entspannten Finanzminister. Dieser richtete seinen Blick auf zwei Männer, die an der Ecke des Tisches saßen und bisher keinen Ton von sich gegeben hatten. Sie waren sorgfältig frisiert, trugen teure Anzüge und das Hologramm einer blutroten Nelke auf jeder Tasche. Als sie, wie auf ein Signal hin, lächelten, wurden ihre Augen noch schlitzförmiger.

So wechselte das Wiederaufbereitungsprojekt Degania aus den Händen des Staates in den Besitz des Ohiya-Wasserkonzerns über. Als Ido wenige Minuten später ein Telepräsenzgespräch mit seinem Chef Micha führte und Bericht erstattete, zuckte der die Achseln und fragte: »Hättest du irgendwas machen können?«

»Nein«, antwortete Ido.

»Hätte ich irgendetwas tun können, wenn ich da gewesen wäre?«

»Nein.«

»Okay«, seufzte Micha. Ido schwieg. Ein paar Sekunden darauf fügte Micha hinzu: »Es ist ja nicht so, dass Mekorot eine Riesensache gewesen wäre.«

»Stimmt«, antwortete Ido.

»Kommst du dann zurück? Es gibt viel Arbeit.«

»Demnächst«, erwiderte Ido. Er berührte seinen Arm, um die Verbindung zu trennen, und nahm seine Somimoto-Interface-Brille ab. Maja stand neben ihm. »Verzeihung, gibt es hier eine Cafeteria?«, fragte er sie. Sie legte die Hand über den Mund und lachte. »Was ist so lustig?«, fragte er.

»Cafeteria …«

Er lächelte und sagte: »Wie nennt man das denn bei euch?«

»Kommen Sie«, entgegnete sie und begann die Treppe hinunterzugehen. Ihre Hüften gefielen ihm ausnehmend gut.

»Warum nicht Cafeteria?«, beharrte er, bemüht, ihr auf den Fersen zu bleiben.

»Vielleicht weil es schon seit ziemlich vielen Jahren keinen Kaffee mehr gibt?«, schlug sie vor.

»Vielleicht«, erwiderte er nachdenklich. »Interessant, dass man in Tiberias da noch nicht draufgekommen ist.« Sie schnitt eine Grimasse, die in etwa ausdrückte, na ja, überrascht jetzt nicht wirklich, oder? Und er lachte.

Am Nachmittag fuhr er in dem luxuriösen Ayscha der beiden neuen Manager, die Gebrüder Yodscho, die bei Ohiya für den Nahostsektor verantwortlich waren, zurück und erzählte ihnen weitere beeindruckende Geschichten von dem Projekt. Als sie die kleine Baracke betraten, die als zentrales Büro diente, übermannte den älteren Yodscho ein Hustenanfall, der fast zwei Minuten lang anhielt. Micha, der den hohen Besuch nicht erwartet hatte, beeilte sich, die Brüder mit einem Glas gefiltertem Wasser zu besänftigen, bevor er sich wieder um seine eigenen Angelegenheiten kümmerte.

Sie freut sich jeden Morgen aufzustehen, ein großes Glas Wasser von Gobogobo zu trinken und die Erbse zu begrüßen. In den ersten Tagen verhält sie sich, als müsse sie sich beeilen, das neue Geschenk noch ausnutzen, bevor es damit vorbei ist, und sie hat auch noch, wie sie sich eingesteht, Schuldgefühle gegenüber Ido, weil sie Wasser von einem Konzern gekauft hat. Sie ersteht einige Sets intelligenter Kleidung, die sich von selbst ihrer wachsenden Größe anpassen, zwei Paar Sandalen und eine neue Interface-Brille, eine Toyota-D. Nach wenigen Tagen jedoch hat sie sich schon an die gesicherte Wasserversorgung gewöhnt – wie das eben ist: Wenn man es hat, ist es so leicht zu vergessen, wie schwierig es ist, wenn es keines gibt. Auch an das Chinese-Express-Menü ihres neuen Chips und an die Unterhaltungs- und Informationskanäle, die ihr vorher nicht zugänglich waren; an die tägliche Begegnung – manchmal sogar mehrmals am Tag – mit der Erbse und den Schlägen ihres winzigen Herzens sowie all die Untersuchungen, die sie zwar nicht genau erklären könnte, deren Ergebnisse jedoch nie die rote Linie überschreiten, also im Normalbereich liegen; an das Bankkonto und die Sicherheit, die es verleiht … Ab und zu fragt sie sich, wer wohl dieser Ewig war, was er gemacht hat, welche Freunde, Verwandten, Geliebte er hatte? Haben sie es nicht verdient, in den Genuss seiner Hinterlassenschaft zu kommen? Doch sie blockt diese Gedanken ab. Ewig ist tot. Es ist sinnlos, sich damit zu befassen.

Sie fährt nicht in seine Wohnung in Meer 8, obwohl sie größer, schöner und sicherer ist als ihre und in einem größeren, schöneren und sichereren Viertel als ihrem liegt. Ihr Zuhause bleibt Süd 6, in der Enge, bei den Armen und Durstigen. Sie sind ihre Freunde, ihre Familie. In den Monaten, seit Ido verschwunden ist und Ido-Wasser praktisch zu existieren aufgehört hat, ist es ihr nach dem ersten Schock, nach den gescheiterten Nachforschungen und den bürokratischen Mühen in Zusammenhang mit der Schließung der Firma gelungen, ihr Leben zu verlangsamen und zu stabilisieren. Sie verbrachte die meiste Zeit zu Hause, drehte täglich ein paar Mal eine Runde im Viertel, um Luft zu schnappen. Ein feststehender, ruhiger Tagesablauf, noch im Gewöhnungsprozess an das Alleinsein, an den abrupten, unerklärlichen Verlust, und danach wieder an das Zusammensein – mit dem anderen, dem neuen Leben, das sie plötzlich in sich entdecken musste. Die Erbse, die sie aufwühlt, aufregt, erschöpft, an ihrer Energie zehrt, sie jeden Tag zum Erbrechen bringt (manchmal auch mehrmals pro Tag), als wolle sie sich selbst aus der Gebärmutter katapultieren oder einfach Aufmerksamkeit einfordern. Daher will sie ihre mühsam errungenen Gewohnheiten nicht ändern, auch wenn sie die Möglichkeit hätte, in das schöne schwimmende Viertel Ewigs umzuziehen. Noch nicht.

Etwa zehn Tage nach der Doy-Operation kehrt sie von einer solchen Runde zurück und berührt den Chip. Sie studiert die Zeitung und stößt auf die Anzeige eines Restaurants im Marina von Meer 8. Fast klickt sie weiter, doch dann fällt es ihr ein. Dagi ist ihr in den letzten Tagen damit in den Ohren gelegen, dass er sich mit ihr treffen wolle, sehen, wie sie zurechtkommt, und sie hat ihm ein Essen versprochen. Bisher war sie zu träge, aber jetzt denkt sie, warum eigentlich nicht? Sie kann es sich leisten. Sie hat Zeit. Sie fühlt sich relativ gut heute. Und er hat es verdient. Sie berührt ihren Arm.

Sie treffen sich an der Herodes-Hafenstation und nehmen ein Meng-Bootstaxi nach Meer 8. Diesmal hat Dagi wieder dichte schwarze Locken und Bartstoppeln, die wie gewöhnlich nur bis zu der Narbe auf seiner Wange reichen. Er sieht gut aus. Sie trägt ein intelligentes Kleidungsset aus mercerisierter Baumwolle, und Dagi macht ihr lächelnd ein Kompliment. »Das gute Leben, eh?«

»Nicht übel«, erwidert sie. »Ich gewöhne mich daran. Noch habe ich nicht das Gefühl, dass es meines ist.«

»Du wirst es bald haben«, entgegnet er. Seine Locken tanzen im Wind auf dem Oberdeck des Mengs. Cäsarea versinkt hinter ihnen im Dunst, wie unter einer gelben Staubglocke begraben. Die schwimmenden Viertel vor ihnen wirken wie die Zukunft, weiß und glitzernd, überragt von den Sonnenblüten-Kollektoren. Sie stellen beide ihre Brillengläser auf dunkelste Stufe. Die Sonne ist gnadenlos, der Salzgeruch beißend. »Wohin gehen wir?«, fragt Dagi.

»Ins Amamizu.«

Er ist erstaunt. »Sehr schön. Aber du weißt, du musst mich nicht unbedingt einladen …«

»Sei still«, unterbricht sie ihn. »Du hast es verdient. Du warst gut zu mir. Als ich dich gebraucht habe …« Ihre Worte verwehen im Wind, der mit dem Meng die Richtung wechselt.

Das Bootstaxi läuft in die überdachte Anlegestation von Meer 8 ein, verlangsamt. Maja stellt ihre Brillengläser wieder auf Automatik, wodurch sie heller werden. Dagi lächelt: »Pass nur auf, Maja, du könntest meine Mutter sein.«

Sie essen eine hervorragende trübe Sinaikapernsuppe, anschließend Wels-Sushi mit Algen und Mesquitenbohnenpüree. Sie erzählt Dagi einiges von Ewigs Chip. »Er hat dieses Programm, das Frisuren verändert«, sagt sie mit einer Olive im Mund. »Was meinst du, soll ich's ausprobieren? Würdest du es empfehlen?« Er errötet.

»Ich …«

»Es ist abartig«, sagt sie. »So siehst du viel hübscher aus.« Dagi ist immer noch rot.

Er berührt seinen Arm, eine Nachricht ist eingegangen. Mit einer kurzen Entschuldigung zieht er sich in Richtung der Restaurantterrasse zurück, die Cäsarea überblickt. Er dreht ihr den Rücken zu, und sie mustert seinen mageren, dunklen Körper in den weiten weißen Hosen und dem dünnen Hemd. Seine Mutter? Nicht ganz, sie ist nur sieben, acht Jahre älter als er. Dagi kommt zurück.

»Stürmische Geschäfte im Chiphandel?«

»Nein, es … doch, könnte man sagen, Geschäftspartner.« Sie wirft ihm einen fragenden Blick zu, doch er lässt sich nicht weiter aus. Er wirkt leicht gestresst, wie ihr scheint.

Er fragt sie nach der Schwangerschaft, wie sie sich fühle, und sagt, wenn sich Ido irgendwo befinde, müsse er einfach zurückkehren, um seine Tochter zu sehen. »Woher weißt du, dass es ein Mädchen ist?«, lächelt Maja.

Der Nachtisch, eine Drachenfruchtcreme, wird serviert, purpurrot, saftig, köstlich, und sie essen einige Minuten in genussvollem Schweigen.

»Und was ist mit Ido?« Er nimmt das Thema wieder auf.

Sie sagt: »Das fragst du mich jedes Mal, Dagi, und ich kann dir bloß immer das Gleiche sagen. Ich weiß es nicht. Ich weiß auch nicht, ob ich jemals etwas erfahren werde. Nicht, ob er lebt, nicht, was ihn zurückbringt, und auch nicht, ob sie ihn zurückholen wird.« Dabei deutet sie auf ihren Bauch. »Jetzt wirst du mich fragen, ob ich vorhabe, das Dschi-Dschi-System allein, ohne Ido, weiterzuentwickeln. Das ist immer deine nächste Frage.« Sie lächelt, doch er nickt ganz ernst.

»Stimmt. Jetzt hast du endlich viel Geld. Du wolltest es für ihn tun, nicht?«

»Ja. Aber es ist nicht nur das Geld, Dagi, du kennst die Antwort. Es ist seine Entwicklung, sein Patent, sein Projekt. Ich kann es nicht ohne ihn umsetzen.«

»Maja«, sagt Dagi langsam, »Ido ist nicht mehr da.«

»Ich muss mir Zeit lassen damit, Dagi. Ich bin noch nicht so weit. Ein Mensch kann nicht einfach so verschwinden.« Wie oft hat sie diesen Satz in den letzten Monaten gesagt? Inzwischen weiß sie nicht mehr, ob sie noch wirklich daran glaubt.

»Aber auch das kannst du jetzt vorantreiben, oder nicht? Das Geld und die Serviceleistungen von Ewig werden dir helfen, die Suche auszuweiten …«

»Vielleicht«, erwidert sie, doch die Art, wie sie ihren Mund dabei verzieht, sagt ihm, dass sie nicht glaubt, dass Geld irgendetwas ändert. »Was kann ich denn tun? Noch mal SEE? Ich habe rausgeholt, was möglich war. Noch ein Privatdetektiv? Ich weiß nicht, wenn du eine Idee hast …«

»Komm, wir gehen zu Ewigs Wohnung«, entgegnet er.

»Warum?«

»Gehst du nicht oft dorthin?«

»Ich hab's dir schon gesagt. Ich war seit der Doy nicht mehr dort.«

»Dann komm. Ich will sie sehen. Es interessiert mich.«

»Warum hast du sie dir nicht angeschaut, als wir dort waren?«

»Die Chinesen waren da. Du hattest gerade die Doy hinter dir. Es passte nicht.«

Dagi führt sie durch die hübschen Gassen von Meer 8. »Du kannst dich noch erinnern?«, fragt Maja.

»Ich nicht«, antwortet er, tippt auf seinen Arm, führt einige

Bewegungen aus, und nun sieht sie in ihrer Interface-Brille den Weg, den sie gehen, markiert vor sich bis zu der Wohnungstür mit Ewigs Namen. Sie lächelt.

Als sie angekommen sind, tritt Dagi als Erster über die Schwelle, und Maja folgt ihm. Sie fühlt sich fremd in der Wohnung, die sie mit dem Schlüsselkode ihres Chips geöffnet hat. Dagi betätigt sich als Detektiv, erforscht die Räume, bleibt neben einem Wandmonitor stehen, »Suzuki, eh?«, und kurz darauf, »Zehn-Minuten-Dusche, nicht schlecht, willst du mit mir zusammen duschen?« Ihr Herz macht einen kleinen Sprung. Ob das der Grund war, dass er mit ihr hierherkommen wollte? War sie naiv? Aber ist die Idee eigentlich so schlecht? Es ist Monate her, seit sie mit einem Mann zusammen war, eine Ewigkeit für sie, zu lang … Doch da taucht er wieder im Wohnzimmer auf, mit einem Lächeln auf den Lippen. Er füllt zwei Gläser Wasser und stürzt seines rasch hinunter, als sei Wasser eine Nebensächlichkeit. Fast möchte sie ihn zurechtweisen, ihm sagen, er soll langsam trinken, dieses Wasser gehört jetzt ihr, aber ganz so ist es nicht.

In den letzten Tagen hat sie viel mehr Wasser getrunken, als sie gewöhnt ist, wie in den Zeiten, als Ido und sie Wasser verkauften, als sie genügend davon hatten. Sie bemerkt bereits die Wirkung – wie ihre Haut schimmert, ihr Herz schlägt, ihr Körper tagsüber wach und aktiv ist. Ido sagte immer, man könne nie zu viel trinken, Wasser sei gut für jede Zelle im Körper. Dagi gratuliert ihr zu dem Glanz in ihrem kurzen Haar, zu ihrer Haut. »Etwas, irgendwas an dir wirkt irgendwie … lebendig?«, meint er fragend.

Sie lacht. »Hab ich vorher wie eine Leiche für dich ausgesehen?«

Er schlägt in die Luft, als zerquetschte er eine Fliege mit der Hand. Nicht nur das Wasser ist für ihr verändertes Aussehen verantwortlich, wie sie weiß, doch sie erwähnt die Erbse jetzt nicht. Sie trinkt noch einmal und versucht, die Maja von vor zwei Wochen oder zwei Monaten zu vergessen, die jeden Schluck zählte, versucht zu glauben, dass dieser Überfluss anhalten wird. Plötzlich fällt ihr die Stille auf. Schon seit einigen Minuten hat Dagi keinen Ton mehr gesagt.

»Dagi?« Keine Antwort. »Dagi?« Sie macht einen Schritt vorwärts, einen zweiten, noch im sicheren Bereich des Wohnzimmers, des Raums, den sie in der Wohnung am besten kennt. »Bist du da?« Sie verstummt. Nach ein paar Sekunden hört sie ihn.

»Komm mal her.«

»Wohin?«

»Ins Schlafzimmer.«

Sie geht weiter, passiert das Badezimmer. Dagi steht vor einem offenen Schrank und signalisiert ihr mit seinem Blick, näher zu kommen. Sie tritt neben ihn. Im Schrank befindet sich ein Bot. »Samsung?«, fragt sie.

»Hayer«, erwidert Dagi. »Der gute Ewig hatte Stil.«

»Ist er abgeschaltet?«

»Er scheint neutralisiert. Man muss die Neutralisierung erst aufheben.«

»Das kann nur der Besitzer machen, oder?« Wozu sollte man ihn aktivieren?, denkt sie.

»Du kannst es, mit dem Chip«, erwidert Dagi und dreht sich ganz zu ihr um.

Sie legt lächelnd eine Hand auf seine Schulter. »Ich bin mir nicht sicher, ob ich das will. Warum möchtest du Ewigs Bot aktivieren?« Die Wohnung erscheint ihr mit einem Mal noch fremder und sehr fern von ihr, jenseits von Meer und Luft.

»Ich will wissen, was er leistet, ich habe noch nie einen solchen Hayer gesehen.«

»Du kannst sämtliche Information über ihn innerhalb einer Sekunde abrufen«, sagt sie, immer noch etwas befremdet.

»Ich will keine Information, ich möchte selber sehen, wie er arbeitet«, entgegnet Dagi.

Maja berührt ihren Arm. »Wo?«

»Geh auf *suche*, und gib Bot ein.« Sie berührt *suche* und tippt, was von der Seite aussieht, als spiele sie auf einem holographischen Klavier. Manchmal kann man Reihen solcher Luftpianisten im Denscha, Meng oder einfach auf der Straße beobachten. Sie sieht den Bot in ihrer Interface-Brille.

»Was ist?«, fragt Dagi.

»Neutralisiert.«

»Dann los.« Sie berührt den Bot, löscht die Neutralisierung, tippt auf *okay* und wieder auf ihren Arm. Als sie ihre Toyota-D abnimmt, sieht sie, wie Dagi einen Satz nach hinten macht. Der Bot hat Augen. Und die schauen erst Dagi, dann Maja misstrauisch an. Maja greift nach ihrer Toyota, will sie aufsetzen, um ihn wieder abzuschalten, doch sie kommt nicht dazu. Der Bot spricht. »Wo ist Ewig?«

Dagi blickt erschreckt zu Maja. Seine Narbe rötet sich. Sie streckt beruhigend die Hand aus. »Ewig ist nicht hier«, sagt sie zu dem Bot. »Wie heißt du?«

»Ich habe keinen Namen«, antwortet der Bot. Es ist ein intelligenter Roboter, eines der perfektioniertesten, teuersten Modelle von Hayer. »Wo ist Ewig?«, wiederholt er die Frage.

»Ewig ist nicht hier«, antwortet Maja wieder. Der Bot lässt seinen Blick von Maja zu Dagi und zurück wandern.

»Was kannst du?«, fragt Dagi, schon etwas weniger erschrocken.

»Was ich kann?«, wiederholt der Bot.

»Was kannst du?«, bestätigt Maja die Frage. In seinem zentralen Teil öffnet sich ein Bildschirm, auf dem die Liste seiner regulären Aufgaben auftaucht: Wohnungsreinigung, Wasserkontrolle und -bestellung, Überprüfung der Wasserqualität, Einkäufe, Kochen … und noch mehr. Neben jedem Posten gibt es einen kleinen Pfeil, der sich zu Unterabschnitten öffnen lässt. Dagi tippt auf *Wohnungsreinigung* auf dem Bildschirm, doch der Bot reagiert nicht. Erst als Maja es auf seine Bitte hin versucht, kommt der Bot aus dem Schrank und fängt an, die Wohnung sauberzumachen. Sie verfolgen ihn zwei, drei Minuten lang, beobachten stumm seine effektiven Bewegungen, wie er Staub saugt und wischt, Kleider und Schuhe an ihren Platz räumt, Geräte und Laken gerade richtet. Erst jetzt fällt Maja auf, dass im Schlafzimmer einige Kleidungsstücke verstreut lagen und die Bettwäsche benutzt war. Der Bot fragt: »Wäsche?«

»Ja«, antwortet sie. Warum nicht?

Sie blickt Dagi an. »Was nun?« Ihr fällt die Aufforderung zur gemeinsamen Zehn-Minuten-Dusche ein, wobei sie immer noch nicht sicher ist, ob sie ernst gemeint war. Doch sie sagt nichts und Dagi ebenso wenig. Er zuckt nur die Achseln, weiß auch nicht, was nun. Es scheint, als habe ihn die Vorführung des Bots ausreichend beeindruckt. Es ist nur ein Roboter. Man will einem Bot keine zwei Stunden beim Hausputz zuschauen. »Komm, wir gehen«, sagt Maja.

»Und was ist mit ihm?«, fragt Dagi in Richtung des Bots, der in diesem Moment gerade aus dem Schlafzimmer kommt, auf dem Weg in die Küche.

Maja sagt: »Stopp.«

»Reinigung stopp?«, fragt der Bot.

»Reinigung stopp«, bestätigt sie. Der Bot bleibt auf der Stelle stehen.

Maja setzt ihre Toyota-D auf.

»Sekunde«, hält Dagi sie zurück. Sie sieht ihn an. Er blickt den Bot an. Die Augen des Bots erwidern Dagis Blick. Maja findet, dass sie einen traurigen Ausdruck haben.

»Wo ist Ewig?«, fragt er wieder.

»Ewig ist nicht da«, antwortet Dagi. Keine Reaktion. »Er nimmt keine Antwort von mir an«, stellt er fest, »sag du's ihm.«

Maja sagt wieder: »Komm, lass uns gehen, Dagi.« Etwas an dem Roboter beängstigt sie. Sie versteht nicht, was Dagi will.

»Sag du es zu ihm.«

»Ewig ist nicht hier«, wiederholt sie für den Bot. Sein Kopf wendet sich ihr mit einem weichen Laut zu, dann dreht er ihn langsam von Maja zu Dagi und lässt seinen merkwürdigen, metallenen Blick auf ihm ruhen. Dagi sieht ihn eingeschüchtert an. Maja berührt ihren Arm und deaktiviert den Bot wieder mit einer Reihe von Holo-Bewegungen. Dagi rollt ihn in den Schrank zurück. »Soll ich ihn neutralisieren?«, fragt sie.

Dagi erwidert: »Nein, warte. Vielleicht brauchen wir ihn später wieder zum Saubermachen und so.« Maja geht ins Wohnzimmer, um sich noch ein Glas Wasser einzuschenken.

Nach der Besprechungsrunde mit dem Wasserwirtschafts- und dem Finanzminister hatte Ido sie nach der Cafeteria gefragt. Er trank ein Glas Wasser mittelmäßiger Qualität mit ihr und verzog das Gesicht auf eine Weise, die sie belustigte. Daraufhin fragte er sie: »Wenn Sie über jedes Wort, das ich sage, lachen, warum haben Sie dann drinnen nicht gelacht, als ich geredet habe?«

»Ich lache gar nicht über jedes Wort von Ihnen, bloß über das eine Wort – Cafeteria.«

Er lächelte. Bevor die geschniegelten Gebrüder Yodscho auf ihn zukamen und ihn einluden, ihnen auf der Fahrt nach Tiberias Gesellschaft zu leisten, fragte Ido sie noch – wobei er nicht wusste, woher er den Mut dazu genommen hatte, wie er später erzählte: »Sehen wir uns wieder?« Sie fragte: »Warum?« Er erwiderte: »Weil ich die Form Ihrer Hüften liebe.« Sie errötete und sagte: »Frechheit. Halten Sie den Mund.« Daraufhin verstummte er, und nun fragte sie – auch sie wusste danach nicht, wie sie es gewagt hatte: »Wann?« Er setzte seine Brille auf, führte einige Holo-Bewegungen mit dem Finger aus und sagte: »Wo sind Sie?« Sie setzte ebenfalls ihre Brille auf, sandte ihm ihre persönlichen Daten und erhielt seine. Dann öffnete er parallel ihre beiden Kalender und sagte: »Ich sehe, dass Sie am Freitagabend Zeit haben, wollen Sie nach Tiberias kommen, oder gibt es ein nettes Lokal in Cäsarea, wohin ich Sie ausführen kann?« Sie markierte zwanzig Uhr für das Treffen und antwortete: »Kommen Sie nach Cäsarea. Ich warte an der Denscha-Station auf Sie.« Sie sah ihn zögern, als er den Zeitraum des Treffens zu markieren begann – von acht über neun bis zehn, bis elf. »Was meinen Sie?« Sie stoppte ihn bei elf Uhr: »Für den Anfang«, und schloss den Kalender. Sie nahmen die Brillen ab und lächelten sich an.

Die ersten sechs Monate sind perfekt, hatte ihre Tante einmal zu ihr gesagt, und auch Maja würde als Tante das Gleiche zu ihrer Nichte Lulu sagen. Die Frage ist, was danach passiert. Ihre Verabredung, die am Freitagabend um acht begann, endete am Sonntagmorgen um acht. Als hätten sie nicht schon in der Cafeteria im Regierungsviertel, als sie ihre Terminkalender markierten, gewusst, dass genau das passieren würde! Ab da kam er jedes Wochenende mit dem Denscha zu ihr, und sie verließen kaum die Wohnung. Sie fuhr auch einige Male zu ihm nach Tiberias, doch er wohnte mit seinen Eltern und seinem Bruder Tschio zusammen, weshalb sie Cäsarea bevorzugten. Dann fing er an, auch unter der Woche zu kommen, nach der Arbeit. Ido liebte Cäsarea, die Freiheit, den Abstand von seinen Eltern und von Ohiya. Und ganz besonders Maja. Er überraschte sie gern. Blumen tauchten im Display ihrer Interface-Brille auf, wenn sie den Chip aktivierte. Oder ein Plan mit Instruktionen, wie sie zu einer romantischen Wasserbar gelangte. Er liebte es, ihre Hüften zu küssen, zu ihnen zu sprechen, an ihnen zu riechen. Sie wollte ihn überall und jederzeit: Im Waggon des Denschas, am helllichten Tag, spielten sie mit den Fingern so lange aneinander herum, bis sie kamen; in der Toilette der Wasserbar presste sie die Hände gegen die Wand, und er stieß sie heftig von hinten; unter den Bögen des Aquädukts, eines Abends bei Sonnenuntergang, drückte sie seinen Rücken in den Sand und ritt auf ihm; in einer modrigen Baracke, die Filter, Rohre, Spinnweben und einen zerbrochenen Stuhl enthielt, drückte er ihren Hintern auf den Tisch, spreizte ihre Beine und versetzte sie, mit heruntergelassenen Hosen im Stehen, in Ekstase. Sie brachte ihn zum Lachen: Das Image des provinziell verschlurften Wissenschaftlers aus Tiberias war eine sprudelnde Quelle für Witze. Nach sechs Monaten zogen sie zusammen in eine Wohnung in Cäsarea in Nord 6.

Die Arbeit bei einem internationalen Konzern wie Ohiya bescherte Ido ein höheres Gehalt und vergrößerte den Projektetat; sie war weit entfernt von öffentlich-staatlicher Tätigkeit, nichtexistenten Budgets und einem korrupten Wasserwirtschaftsminister, und sie ermöglichte es Micha und Ido, in Kooperation mit den besten Ingenieuren in China und Japan ein fortschrittliches Filtersystem zu entwickeln. Nach einer Weile jedoch begann die Arbeit Ido unangenehm zu werden. In den ersten Monaten waren einige Veränderungen vorgenommen worden. Ein Manager von Ohiya traf ein, der Micha beaufsichtigte, weitere Angestellte folgten, neue Arbeitsgepflogenheiten wurden eingeführt. Micha und Ido waren nicht begeistert davon, doch Micha störte es nicht weiter, er nahm sein gutes Gehalt entgegen und verlor ein wenig von der Begeisterung, die ihn beflügelt hatte, als es noch sein eigenes Projekt war. Ido versuchte, sein Unbehagen zu begründen: Gerade in der Arbeit für die Regierung hatte er das Gefühl gehabt, Teil einer gewissen Mission zu sein – die Reinigung des Trinkwassers für die Bürger des Staates. Trotz des niedrigen Gehalts, der ärgerlichen Bürokratie und der überflüssigen Besprechungstermine hatte man etwas für die Menschen getan. Jetzt, da man für eine internationale Gesellschaft arbeitete, die nur daran interessiert war, Geld zu machen und Wasserressourcen zu beherrschen, fragte man sich plötzlich: Wieso sollte man eigentlich zulassen, dass sie einen ausnutzten? Warum sollte man sein Talent und seine Zeit für ihren Profit einsetzen? Da machte man doch lieber etwas für sich selber, stellte sein eigenes Geschäft auf die Beine. Maja streichelte seine Bartstoppeln und sagte: »Also wirklich, Ido, du willst ein eigenes Geschäft aufmachen? Was willst du tun, Wasser in der Badewanne filtern? Wasserflaschen aus dem Kühlschrank von daheim verkaufen wie mit siebzehn?« Er beugte sich hinunter, um ihre Hüften zu küssen, und fragte von unten herauf: »Warum nicht?«

Er begann mit Versuchen in der Wohnung in Nord 6. In der Badewanne, danach in Behältern mit Wasser minderer Qualität aus dem Wasserhahn. Mit Filterteilen, Chemikalien und Mineralen, die er aus der Arbeit mitgehen ließ. Maja war nicht sicher, ob ihr die Idee gefiel, ihr gemeinsames Bad und ihre Wasserrationen zu benutzen. Doch Ido war sich sicher.

Er behielt seine Stelle im Degania-Projekt noch über längere Zeit bei, wegen des guten Gehalts, wegen des Fachwissens, das er von Micha über Filtern und Management und von Ohiya über die Organisationsweise der Wasserkonzerne erhielt, und wegen des Materials, das er aus der Arbeit mitbrachte. Die kriminelle Seite seiner Handlungen störte ihn nicht – wer von einem Dieb stiehlt, ist freigesprochen. Ohiya war der größte Wasserkonzern der Welt und beherrschte überall nationale Wasserressourcen, einschließlich des Sees Genezareth. Wäre der Konzern ein Staat gewesen, hätte er, nach China und Japan, das drittgrößte Bruttosozialprodukt der Welt aufgewiesen. Ido arbeitete in seiner Freizeit zu Hause an seinem Meisterwerk: eine dreistufige Anlage zur Wasseraufbereitung inklusive Filterung in verschiedenen Graden, Desinfektion und Enthärtung. Micha sagte einmal zu ihm: »Den besten Filter der Welt gibt es nicht, es gibt nur das beste Filtersystem für das Wasser, mit dem du arbeitest.« Ido kannte Israels natürliches Wasser genau – das Wasser des Sees Genezareth sowie das Grundwasser –, und bei seinen zahlreichen Versuchen fand er die optimalen Filter für die darin enthaltenen Korrosionspartikel und die exakteste Dosierung und Zusammensetzung der Chemikalien zur Desinfizierung. Maja half ihm. Sie lernte eine Menge über Biologie, Chemie, die Technologie und Politik. Sie war seine Gefährtin, Partnerin und Rückendeckung. Der einzige Mensch auf der Welt, auf den er sich verlassen konnte. Doch um zu begreifen, dass der Geschmack des Wassers unglaublich war, brauchte sie dieses ganze Wissen nicht. »Das Beste, was du je trinken wirst«, sagte Ido immer.

Sie druckten zu Hause Etiketten, auf denen »Ido-Wasser« stand, klebten sie auf recycelte, desinfizierte Flaschen und begannen, sie an Freunde zu verkaufen, die es ihren Freunden weitererzählten und die wiederum den ihren. Die Leute liebten den Geschmack des Wassers, seine Reinheit. Und auch den Preis und die Unabhängigkeit.

Dieser Erfolg überzeugte Ido davon, seine Arbeit bei Ohiya schließlich aufzugeben. Die Abfindungssumme investierte er in sein Wasserprojekt. Er bat Maja, im Finanzministerium zu kündigen, um die Firma zu leiten. Er blickte sie an, und in seinen Augen sah sie die Zukunft. Sie glaubte an ihn. Also gab sie ihre Stelle auf, und Ido-Wasser wurde offiziell gegründet.

Ido-Wasser war bis zu diesem Zeitpunkt nur in einigen Vierteln Cäsareas bekannt, doch unter Majas Führung erweiterten sie den Kreis, begannen mit einem unabhängigen, regulären Vertrieb, stellten auf automatische Produktion um, die eine Maschine zum Flaschenaufblasen und -abfüllen beinhaltete sowie eine weitere zur Etikettierung, investierten in konzentrierte und preiswerte Werbekampagnen über lokale und kommunale Informationssysteme und achteten darauf, die großen Brüder in den Konzernen nicht zu tangieren. Im ersten halben Jahr ihrer Geschäftstätigkeit stieg die Verkaufsrate von Ido-Wasser um vierhundert Prozent. Beide genossen es, beide waren stolz darauf. Das Adrenalin – des Erfolgs, der Unabhängigkeit – trieb sie an. Die Reaktionen, die Nachfrage und das Geld versetzten sie in Euphorie, und auf den Wellen der Euphorie schwebte ihre Beziehung, drängte sie voran. Sie waren jung und voller Überzeugung. Ido schlug vor zu heiraten. Sie war einverstanden.

Dagi muss in Meer 8 bleiben, da er in einer Stunde einen Termin hat. Er fragt Maja, ob es sie störe, wenn er in der Wohnung bleibe, mit der Klimaanlage, dem Ohiya-Wasserbehälter, der Dusche und dem Suzuki-Wandbildschirm. Sie zuckt die Achseln. Ihr ist es egal. Auf dem Weg zur Bootstaxi-Anlegestelle denkt sie über die Episode mit dem Bot nach. Sie verspürt leichten Ärger – weshalb mussten sie überhaupt in die Wohnung gehen und unbedingt diesen Roboter in Betrieb setzen? Auf dem Meng, bei der Rückfahrt in die Stadt, den beißenden Salzgeruch wieder in der Nase, die Brille dunkel programmiert, denkt sie wie jeden Tag an Ido, redet mit ihm, erzählt ihm im Geist, was ihr passiert ist. Sie hat ständig Sehnsucht nach ihm, aber sie ist sich ihrer Erinnerung nicht mehr sicher, ob er wirklich der war, den sie sich jetzt ausmalt.

Das Meng läuft in die Herodes-Hafenstation ein, und Maja beschließt, den Sandstreifen zu Fuß entlangzugehen, statt den Denscha-Zug zu nehmen, der die Anlegestation mit der Stadt verbindet. Der Sand ist dunkel und feucht, die antiken Steine des Aquädukts und des Hafens ragen wie Wachposten auf. Die Luft schmeckt intensiv salzig, doch sie braucht jetzt Bewegung im Freien, muss nachdenken, und sie kann es sich erlauben, zu schwitzen und durstig zu werden. Sie geht mit gesenktem Kopf, eine Hand auf ihrem gerundeten Bauch, beruhigt sich selbst und die Erbse in dem Bemühen, einen klaren Kopf zu bekommen.

Als sie ihre Wohnung erreicht, trinkt sie zwei große Gläser Wasser. Sie sinkt mit einem Seufzer aufs Sofa, denkt darüber nach, was Dagi im Restaurant gesagt hat, dass sie mit Ewigs Geld und den Serviceleistungen die Suche nach Ido ausdehnen könnte. Sie könnte sich jetzt, mit Ewigs SEE-Abonnement, wieder in den Tag einloggen, an dem er verschwand, zu Idos letztem Gespräch und danach. Doch ab dem Moment, in dem sie sich getrennt haben, sind die Möglichkeiten einfach unendlich. Es ist nicht nur eine Frage des Geldes, man muss in irgendeiner Richtung anfangen, man muss wissen, wo man suchen soll, und sie hat keine Ahnung. Doch schon ertappt sie sich dabei, dass sie das SEE-Programm aufgerufen hat, und zum Spaß verlangt sie, das Restaurant Amamizu vor ein paar Stunden zu sehen. Sie sieht Dagi und sich selbst, wie sie essen und lachen. Dagi. Was will sie von ihm? Sie weiß es nicht. Was will er von ihr? Das weiß sie erst recht nicht. Sie fordert eine Aufnahme von Ewigs Wohnung an, eine Stunde später. Sie sieht sich und Dagi eintreten, doch was im Inneren passiert, kann man nicht beobachten – offenbar hat die Wohnung eine Abschirmdecke. Sie blinzelt, um das Programm zu beenden. Sie erinnert sich an den Bot und seine seltsamen elektronischen Augen, als er fragte: »Wo ist Ewig?« Sie schließt das SEE-Programm, wählt im Hauptmenü *Information* und gibt Ewigs Name und Adresse ein.

Der Bildschirm flackert, und dann materialisiert sich ein lächelnder junger Mann, der näher kommt, mit diesem Bot an seiner Seite. »Hier ist Ewig«, sagt er, der Bot fügt hinzu: »Willkommen«, und Ewig lacht mit weißen Zähnen. Er hat eine sonnengebräunte, gesunde Haut, hellbraune Augen und blondes Haar. Das Bild erstarrt, ein Menü taucht auf. Sie erinnert sich, dass sie bis hierher schon gekommen ist und die Homepage überprüft hat, als ihr Dagi die Doy vorgeschlagen hat. Damals waren die meisten Links blockiert, weil sie noch ihren Chip hatte. Sie tippt auf *Arbeit* und gelangt in das Anwaltsbüro Peleg & Partner. Sein Chef, Peleg, ist dick und aggressiv wie eine Bulldogge. Sie überfliegt die Fälle, die Ewig bearbeitet hat. Einige der Firmen sind ihr bekannt, andere nicht. Die Namen sind überwiegend chinesisch, doch ihr Blick bleibt an einem europäischen Namen hängen: Vizi Wasserindustrie, Krementschug, Ukraine. Sie wählt einen Link, doch nichts passiert. Sie klickt willkürlich einen anderen an – Como, Aluminiumkonzern, Osaka – und erhält langweilige Daten, die ihr nichts sagen, über eine Transaktion zur Verlegung von Aluminium-Epoxid-Rohren im Nahen Osten und im Gebiet des Schwarzen und des Baltischen Meeres. Sie probiert noch ein paar Links, die sich alle öffnen lassen: Egg, Silitita-Chip-Produzent von den Kanalinseln; Hyundai, Ayscha-Produzent aus Inchon; Jackpoint ... Aber der Link zu Vizi ist blockiert.

In Ewigs Hauptmenü wählt sie *Bot*, der Roboter taucht auf, und als sie ihn berührt, erhält sie die Meldung: b*etriebsbereit*. Natürlich – Dagi hat sie gebeten, ihn nicht zu neutralisieren. Sie öffnet *Kalender*, der heutige Tag erscheint, der 9. Oktober im Jahr des Schweins, jedoch leer. Sie schaut sich die ganze letzte Woche an, ebenfalls leer. Noch weiter zurück, einen Monat, zwei Monate – nichts. Anscheinend hat Ewig diesen Kalender nicht benutzt, denkt sie, als sie weiter rückwärts blättert, doch in dem Moment stößt sie auf einen Teil, der mit Terminen, Bemerkungen und kleinen Zeichnungen angefüllt ist, sicher von Ewig selbst, wenn er sich während Besprechungen oder Telefongesprächen gelangweilt hat. Sie betrachtet das Datum. April, warum ausgerechnet ... Ein scharfes Pfeifen lässt sie erstarren. Sie holt tief Luft, will ihren Arm berühren, um sich auszuloggen, doch da wiederholt sich das Pfeifen, und es fällt ihr ein – das ist nur das Signal für eine eingehende Telepräsenzverbindung. Sie klickt wieder ins Hauptmenü und sieht das Gesicht ihrer Nichte Lulu. Sie berührt *Kommunikation annehmen*.

»Ya, Maja!« Lulu hat die reizendste Stimme und das schönste Lächeln, das Maja kennt.

»Lululein!« Sie hat sicher seit Monaten nicht mehr mit ihr gesprochen.

»Was ist das denn? Hast du den Chip gewechselt?«

»Ja, mein Schatz. Es war Zeit für eine Aktualisierung, nicht wahr? Du hast immer zu mir gesagt, dass ich den ältesten Chip im Nahen Osten habe.«

»Im Nahen Osten? Dein voriger Chip war doch noch aus Holz, oder?«

»Sehr witzig.«

»Ein Holzhacker-Chip aus früheren Generationen.«

»Noch weitere Klagen?«

»Woher ist dieser Chip? Was ist das denn, Chinese Express, hundert Peta-Bytes, nicht schlecht, wie bist du an den gekommen?«

»Beziehungen«, antwortet Maja, was sogar stimmt.

»Maja, ich möchte nach Cäsarea kommen, Papa ist einverstanden. Kann ich heute bei dir übernachten?«

»Heute …«

»Mit einer Freundin?«

»Kurzfristiger ist es dir nicht eingefallen?«

»Nu, man könnte meinen, du müsstest dich großartig drauf einrichten … Wir bringen Wasser mit.«

»Ist nicht nötig, Wasser ist genug da. Was ist in Cäsarea los, dass ihr unbedingt kommen müsst? Ich dachte, mit deinem Chip kannst du alles von zu Hause aus unternehmen und dir anschauen?«

»Willst du mich gar nicht sehen?«

»Natürlich möchte ich dich sehen.« Sie freut sich wirklich darauf. Es wird eine Erholungspause in dieser Geschichte sein, die sie so sehr in Anspruch nimmt. »Sicher will ich das, mein Liebling. Es interessiert mich nur einfach, was die Großstadt einer Fünfzehnjährigen, die die perfektionierteste Technik der Welt daheim hat, bieten kann.«

»Es gibt einen Auftritt von einer Bot-Band, Nurihiri Hagita. Und danach ein Fest, zu dem wir eingeladen sind. In Meer 9.«

»Wow … eine Bot-Gruppe, in Meer 9? Und es genügt nicht, sich von zu Hause aus einzuloggen?«

»Maja, ich hab schon genug Predigten von Papa gekriegt ...«

»Okay, okay. Weißt du noch, wie du zu mir kommst?«

Lulu antwortet mit einem Routenplan, den sie Maja auf dem Schirm vor die Augen hält.

»Du bist einmalig, Lulu. Wann kommst du?«

»Wir werden versuchen, es vor der Vorstellung zu schaffen, und falls nicht, dann nachher, ich sag dir Bescheid.«

»In Ordnung. Ich bin den ganzen Abend zu Hause.«

»Also dann.« Lulu verschwindet, das glatte blonde Haar, ihre Lippen, diese Augen ... Maja tun fast die Jungen leid, die sich auf dem Fest heute Abend in sie verlieben werden. Sie berührt ihren Arm und nimmt die Interface-Brille ab. Die Müdigkeit überfällt sie wieder. Sie schlüpft aus den Sandalen, schließt die Augen und schläft auf dem Sofa ein, eingelullt von dem angenehmen Summen der Klimaanlage.

Die Hochzeit fand im Jahr des Drachen in Tiberias statt, am Ufer des Sees. Idos Eltern bestanden darauf. Zwei erfolgreiche junge Menschen, reich, glücklich. Die Gebrüder Yodscho von Ohiya und der Finanz- und der Wasserwirtschaftsminister ließen mit ihrer Anwesenheit fast die erste Begegnung zwischen Maja und Ido wiederauferstehen. Aber diesmal erschien Micha persönlich – und Tschio, Idos Eltern, Majas Vater, ihr Bruder, der Bäcker, und seine Frau, die Krankenschwester, mit ihrer Tochter Lulu und noch viele andere waren da. Dagi, zum Beispiel, das behauptete er wenigstens. Ido hielt ihre Hüften umfasst, seine Augen tauchten brennend in ihre, und er flüsterte ihr etwas Geiles ins Ohr. Am nächsten Tag reisten sie nach Schweden und dann nach China, und eine Woche später kehrten sie nach Cäsarea zurück.

Ido-Wasser entwickelte sich damals prächtig, und was war mit ihnen gewesen? Immer wenn sie an diese Zeit denkt, konzentrieren sich ihre Gedanken auf das Geschäft, das sie aufbauten, und entziehen sich dem, worüber sie nachdenken sollte – über sie beide. Es gab nette Wochenenden, an denen sie Ausflüge machten, mit einem Ayscha oder einem Meng-Bootstaxi, die sie in einer Wasserbar in einem der schwimmenden Viertel mit Freunden beschlossen. Doch viele waren es nicht. Die meiste Zeit war der Filtrierung, Desinfizierung, Flaschenabfüllung und den Reisen gewidmet. Nachdem Ido zwei Jahre den häuslichen Filter in ihrer Wohnung benutzt hatte, begann er, das Wasser direkt aus dem See Genezareth abzusaugen, errichtete ein Filterlabor im Keller des Hauses seiner Eltern in Tiberias und fing an, die meiste Zeit dort zu verbringen. Maja betrieb von Cäsarea aus die Vermarktung und Logistik, leitete die Finanzen und die Firma generell. Ido-Wasser wurde eine bekannte Marke, die Israels Bürgern zu Anfang des Jahrzehnts das beste und preiswerteste Wasser lieferte.

Aber was war mit ihnen? Erste Auseinandersetzungen. Die Häufigkeit ihrer sexuellen Beziehungen und seine Aufmerksamkeit für ihre Hüften ließen nach. Das Leben in bekannten Bahnen, berechenbar. Blumen auf dem Bildschirm? Vielleicht einmal im Jahr. Romantische Restaurants und Wasserbars? Nach rechtzeitiger Abstimmung. Wilder Sex in Zügen und baufälligen Baracken? Keine Zeit und keine Energie dafür. Stattdessen: Gedanken über Alleinsein, über Ruhe und Privatleben. Das passiert immer nach der ersten euphorischen Phase, doch man fragt sich ständig, ob das, was einem widerfährt, noch im Rahmen dieses »immer« ist oder schon darüber hinausgeht. Hin und wieder versuchte sie, mit Ido zu reden – über eine Veränderung der Prioritäten in ihrem

Leben, über mehr gemeinsame Zeit, auch über Familienzuwachs –, aber er schob es immer wieder ein bisschen hinaus, und sie war einverstanden, im Nachhinein jedoch etwas bitter. Vielleicht fingen sie an, sich voneinander zu entfernen.

Das Geschäft lief extrem erfolgreich, doch ihre Tante sagte – was auch Maja eines Tages ihrer Nichte Lulu sagen würde –, dass es für Ehepaare nicht ratsam sei zusammenzuarbeiten. Egal, wie gering die Reibung sei. Ehepartner, sagte ihre Tante, sollten einander prinzipiell nicht so viele Stunden am Tag sehen. Das sei die erste Regel. Darüber hinaus, ein Vorsitzender und eine Geschäftsführerin, ein Experte und eine Finanzfrau? Damit würde man Probleme geradezu einladen. Gift für die Beziehung. Wie sollte es da keine Meinungsverschiedenheiten geben? Wenn sich schon Freunde bei gemeinsamen Geschäften vorsehen, müssen Ehepartner tausendmal mehr aufpassen, speziell bei einer so sensiblen Angelegenheit wie Wasser.

Ido kam am Abend meistens aus Tiberias zurück, doch es gab auch Nächte, in denen er dort blieb. Wenn er zu Terminen in China reiste, hängte er manchmal noch ein, zwei Tage an, um sich »allein zu entspannen«. Einmal wollte er eine Woche Urlaub machen, »um den Kopf klarzukriegen und nachzudenken«. Maja war beleidigt, auch wenn sie schließlich einwilligte. Erst als die Woche begonnen hatte – sie saß auf ihrem Balkon in Nord 6 vor einem atemberaubenden Sonnenuntergang, rosa-orangefarbene Wolken überlappten und umschlangen einander, und sie konnte sich nicht erinnern, wann sie zum letzten Mal den Sonnenuntergang beobachtet hatte –, erst da schätzte sie das Alleinsein. Sie wusste nicht, wo sich Ido herumtrieb, was er machte und wen er sah. Doch sie begriff die Notwendigkeit, Zeit für sich allein zu haben. Jetzt fragt sie sich, ob das Bedürfnis, allein zu sein, vielleicht etwas über die Beziehung zwischen ihnen aussagte. Oder vielleicht verheimlichte Ido etwas?

So wuchs auf der einen Seite Majas Einsamkeit und auf der anderen der Erfolg von Ido-Wasser. Anfangs reichte das Geld für ihren Lebensunterhalt, dann für weitere Investitionen in das Geschäft, dann blieb immer mehr übrig. Im Nachhinein könnte man Ido und Maja der Naivität bezichtigen. Wenn sie die legalen Wege beschritten und die erforderlichen Genehmigungen von allen Ministerien eingeholt hätten, wären sie vielleicht weniger reich geworden, doch sie hätten immer noch gut verdient und wären nicht mit dem Gesetz in Konflikt geraten. Hätten sie sich darauf beschränkt, weiterhin in lokaler Größenordnung an Freunde und Freundesfreunde, auch noch an die Einwohner Cäsareas zu verkaufen, aber nicht darüber hinaus, hätte das niemanden interessiert. Doch Ido-Wasser wuchs und wuchs, und die Wasserkonzerne und der Staat begannen aufmerksam zu werden.

Nehmen wir an, die Komplikationen mit den diversen Regierungsbehörden wären mit Bußgeldzahlungen, der Einholung ordentlicher Genehmigungen und einigen Kuay an irgendwelche Wasser- und Klärchemikalienvertreiber zu beheben gewesen. Was nicht der Fall war, doch nehmen wir es einmal an. Auch das wäre nur die Spitze des Eisbergs gewesen, wenn man so will, ein Eisberg, den man nur in dieser geographischen Ecke, an diesem Punkt der Geschichte erträumen kann. Denn dann brach der Krieg aus, und alles wurde zunichte gemacht. Idos Eltern, sein Bruder Tschio und das Filterlabor wurden von einer Rakete vernichtet, abgefeuert von einem palästinensischen Heli wie Hunderte andere in den fünf kurzen Tagen, die Tiberias zerstörten, zahlreiche Einwohner töteten und Israel für immer um die Herrschaft über den See Genezareth und das Wasser brachten.

Sie träumt von Lulu, irgendetwas Schlimmes stößt ihr zu, und von Dagi, etwas Angenehmes, doch ein hoher Ton weckt sie. Sie wird diese Träume nicht im Gedächtnis behalten, sie wird sich in den nächsten Stunden an gar nichts mehr erinnern, denn die Ereignisse überstürzen sich nun in erschreckendem Tempo. Sie setzt die Interface-Brille auf und sieht jemanden, den sie nicht kennt. Ein mageres Gesicht, rasierter Schädel, Kinnbärtchen in Form eines Sterns. Sein Blick wirkt überrascht. Sie sagt: »Ya?« Er erwidert: »Frau … Warten Sie bitte eine Sekunde.« Bild und Ton werden deaktiviert, doch die Verbindung besteht noch, das weiß sie durch die Anzeige vor ihr. Eine Minute darauf erscheint er wieder. Er sagt mit hoher Stimme: »Hier ist die israelische Polizei. Wir suchen Ewig. Wir haben Grund zu der Vermutung, dass das sein Chip ist. Geben Sie mir den Ort an.« Ihre Kehle wird trocken. Sie gibt keine Antwort.

»Wie ist Ihr Name?«

»Maja«, antwortet sie mit schwacher Stimme.

»Danke, gnädige Frau.« Die Verbindung wird beendet.

Maja nimmt die Brille ab. Sie ist zu durcheinander, um denken zu können. Dagi anzurufen ist das Einzige, was ihr einfällt, doch sie treffen ein, bevor es ihr gelingt. Sind an der Tür. Drinnen. Packen ihren Arm. Führen sie unsanft ab. Maja reagiert kaum, kann kaum gehen. Sie reden mit ihr, lesen ihr etwas vor, durchkämmen den Chip an ihrem Arm, neutralisieren ihn. Setzen sie in einen blinkenden Streifenwagen. Sie sagt nichts. Sie denkt an Ido. Weint. Ist wütend. Wie konntest du mich so allein lassen. Gerade jetzt. Ausgerechnet jetzt. Wo bist du? Sie denkt an die Erbse, keine Sorge, mein Kind, keine Angst, dir passiert nichts, ich werde dich behüten, es wird alles gut. Der Polizeiwagen hält, wieder ergreifen sie ihren Arm und führen sie mit. Sie weiß nicht einmal, wie viele es sind.

Die Männer unter ihnen haben alle das Polizeisternbärtchen auf dem Kinn. Dann ist sie in einem Raum. Allein. Der Raum ist nicht abgeschlossen, sie sieht die Polizisten und die Wachstation durch die offenen Wände. Aber sie weiß, wenn sie versucht, das Zimmer zu verlassen, wird ihr Chip Alarm auslösen. Wenn sie den Chip berührt, wird er gesperrt sein. Sie hat genügend Filme gesehen. Sie ist in Haft.

Sie bringen sie in einen anderen Raum mit zwei weiteren Personen. Eine am ganzen ausladenden Körper tätowierte Frau, die sie alle zehn Minuten mit weinerlicher Stimme fragt, ob sie eine Zigarette hat, und ein junges, schweigsames Mädchen, schwarz gekleidet, mit einem billigen elektronischen Panda als Augenschminke, braune, traurige Pfützen inmitten des weißen Gesichts. Wie es scheint, haben die Polizisten dringendere Fälle. Eine halbe Stunde vergeht, ihr Kopf sinkt tiefer. Sie entnimmt den Rufen der Polizisten, dass die tätowierte Dicke Melach heißt. Ein Brechreiz überkommt sie. Sie bittet den nächsten Polizisten, den mageren jungen Mann, den sie bei der Telepräsenzverbindung vor sich hatte, der jetzt eine Polizei-Interface von Samsung aufgesetzt hat und mit seinen Fingern holographisch tippt, sie dringend zu irgendeiner Toilette zu bringen, da sie sich übergeben müsse. Der Polizist blickt sie an. Ihr ist vorher bereits aufgefallen, wie er ihren Körper anerkennend musterte, einschließlich ihres Bauchs. Sie hat in letzter Zeit einige solcher Blicke von Männern geerntet, geile Blicke, die sie gut kennt, doch es hat sie überrascht, im Stadium eines fast sechsmonatigen Schwangerschaftsbauchs damit bedacht zu werden. Er steht wortlos auf und führt sie zur Toilette, wo sie unter heftigen Krämpfen, die ihre Brust umklammern, das Mittagessen von Amamizu von sich gibt. Sie hasst es, sich zu übergeben, bis auf die letzten Monate ist ihr das, wenn überhaupt, vielleicht einmal im Jahr passiert, doch in letzter Zeit treibt die Erbse jeden Tag ihr Unwesen und lässt sie danach ausgepresst und schweißüberströmt, Speichel und Erbrochenes um den Mund verschmiert, zurück. Der junge Polizist beeilt sich, ihr vom Boden aufzuhelfen, um sie in die Zelle zurückzubringen.

»Ich verstehe nicht, was ich getan habe, dass ihr mich so behandelt«, sagt sie.

Er bringt sie stumm in die Zelle mit Melach und dem Pandamädchen zurück. Melach fragt sie, ob sie Zigaretten gekriegt hat. Sie antwortet nicht. Der Polizist kehrt nach wenigen Minuten zurück. »Kommen Sie«, sagt er und führt sie in einen Raum in einem anderen Teil des Polizeigebäudes. Von dort aus kann sie das Meer und die untergehende Sonne sehen. Er bedeutet ihr, sich zu setzen, und lässt sich ihr gegenüber nieder, ein weiterer Polizist und eine Polizistin kommen dazu. »Was habe ich getan?«, fragt sie wieder.

Der Polizist in der Mitte, der Älteste der drei, der seine Interface-Brille auf den Kopf geschoben hat, antwortet. Er stellt sich als Inspektor Nahari vor und sagt: »Sie sind verhaftet wegen Mordverdachts.«

Sand in ihrem Hals. Ewig, denkt sie. Ewig ist getötet worden. Sie fragt: »Mord an wem?«

»Dagi«, sagt er. »Chiphändler am Schwarzmarkt. Ehemaliger Investmentbanker.«

Nur drei Jahre waren vergangen, und schon wurde der Fall von Tiberias zu einer fernen Erinnerung wie Jerusalem. Ein weiterer Schritt in der Schrumpfung und Schwächung Israels. Zahlreiche Einwohner waren getötet worden, eine zentrale Stadt war verloren, und das Wasserproblem, das davor schon ernst war, wurde kritisch. Alles änderte sich.

Aus der begrenzten Sicht von Ido, Maja und Ido-Wasser markierte der Fall von Tiberias den Anfang vom Ende, den Tag, an dem ihre Welt einstürzte. Am Tag vor dem Angriff hatte Ido an seiner Filteranlage im Haus seiner Eltern gearbeitet. Danach hatte er einen gewöhnlichen Familienabend in Tiberias verbracht. Sein Bruder Tschio dachte daran, nach China zu übersiedeln, einen Posten in einer dortigen Zweigstelle seiner Investmentbank anzunehmen. Er glaubte, es sei eine Gelegenheit zum Aufstieg.

»Vielleicht kannst du ihm das ausreden?«, hatte Idos Mutter, an ihn gewandt, gefragt.

»Was soll ich hier anfangen?«, fuhr Tschio fort. »Was ist denn von dem Staat noch übrig? Tiberias und Cäsarea? Und was ist, wenn Tiberias morgen auch nicht mehr da ist?«

»Oje, sag doch so was nicht«, bat seine Mutter, während sein Vater auf dem Sofa schaukelte, das ihm Ido zum neunundfünfzigsten Geburtstag gekauft hatte, und die integrierte thailändische Massage genoss.

»Du weißt, wie ich denke«, sagte Ido. »China ist in vieler Hinsicht gut. Es gibt viel Arbeit dort, Ruhe, und sie lieben israelische Fachleute. Aber du weißt, die Mentalität …«

»Ich weiß, ich weiß.«

»Ich arbeite mit ihnen zusammen, mache Geschäfte mit ihnen, fahre dorthin. Aber ich wollte nicht dort leben.«

»Ich rede ja nicht von einem ganzen Leben«, entgegnete Tschio. »Aber wenn ich jetzt die Gelegenheit habe, wäre es doch dumm, sie nicht zu nutzen, oder?« Ihre Mutter blickte Ido an und schüttelte langsam den Kopf.

»Welche Gelegenheit?«, fragte Ido, doch wie er Maja am nächsten Tag erzählte, erhielt er keine Antwort darauf und wusste nicht mehr, warum. Vielleicht war das Abendessen serviert worden, vielleicht hatte jemand einen Anruf bekommen. Sie kamen nicht mehr auf das Thema zu sprechen.

Idos Mutter hatte ein köstliches Essen zubereitet, Lamm mit Gemüse und gelben Arganmandeln, gekerbt und ölig, und zum Nachtisch Fruchtsalat aus Marula mit rosavioletten Drachenfrüchten. Sein Vater öffnete eine Flasche marokkanischen Johannisbrotlikör. »Dieses Abendessen hatte etwas Festliches«, sagte Ido später, »obwohl es ein einfacher Montag war wie jede Woche, wenn ich gekommen bin, um an der Anlage zu arbeiten. Ich weiß nicht, warum ich gar nicht nachgefragt habe. Das sieht mir eigentlich nicht ähnlich ...«

Am nächsten Morgen stand Ido um halb sieben auf, um den Filter zu kontrollieren, bevor er nach Cäsarea zurückfuhr. Er trank ein Glas köstliches Wasser. Danach ging er ins Haus und frühstückte mit Tschio. Ihre Eltern waren noch nicht aufgestanden, als die beiden Brüder um halb neun das Haus verließen und in Tschios Ayscha losfuhren. Ido stieg am Bahnhof aus und nahm den Express-Denscha nach Cäsarea. Es war ein gleißend heller Tag über Tiberias. Nichts kündigte die schwarzen Wolken an, die innerhalb weniger Stunden den Himmel verfinstern würden.

Maja und Ido saßen im Wohnzimmer und sahen alles vor ihren Augen auf dem Wandbildschirm ablaufen. Die Satellitenaufnahmen zeigten die Dutzende palästinensischer Helis, die sich der Stadt von Süden her näherten und den Horizont wie ein finsterer, bedrohlicher Mückenschwarm überzogen. Und dann begannen sie, in alle Richtungen zu feuern: elektromagnetische Raketen auf Kommunikationszentren; Neutronenraketen, die alle Lebewesen vernichten, aber keine Gebäude, auf Wohnviertel, Hotels, kommunale und staatliche Gebäude, auf die Technische Hochschule; Luft-Boden-Raketen auf die Armeestützpunkte. Eine Stunde lang beobachteten sie, wie die dichten, schwarzen Rauchsäulen aufstiegen. Danach wurden Bilder der israelischen Luftwaffenstützpunkte gezeigt, die angegriffen worden waren. Sie saßen im Wohnzimmer und sahen zu, ohne ein Wort zu sagen. Es war klar gewesen, dass das irgendwann passieren würde, dass die Palästinenser nicht auf den See Genezareth verzichten würden. Dass die Israelis sich nicht verteidigen könnten, dass ihnen niemand helfen und dass die Chinesen keinen Finger rühren würden. Und danach: die Karawanen der Überlebenden auf ihrem Weg nach Westen, in die israelischen Gebiete. Die Palästinenser versprachen dem asiatisch-arabischen Block, dass sie die Waffen niederlegen und Cäsarea nicht angreifen würden, dass das Leben der Israelis in den ihnen verbliebenen Gebieten sicher sei.

Am nächsten Tag orderte Ido eine SEE-Aufnahme vom Haus seiner Eltern, von Idos Bank und vom Degania-Projekt, in dem Micha arbeitete und aus dessen Umgebung Ido das Wasser für seine Anlage gesaugt hatte. Das Haus und die Bank waren von Raketen eines palästinensischen Heli getroffen worden. Seine Eltern und sein Bruder waren zusammen mit Tausenden Einwohnern von Tiberias getötet worden. Die Filteranlage von Ido-Wasser war vernichtet. Nur Degania war intakt – die Palästinenser hatten es verstanden, die Aufbereitungsanlage zu verschonen, und sperrten innerhalb weniger Tage die Wasserleitung nach Cäsarea. Auch die Leitung, die das Wasser nach Tiberias befördert hatte, blieb unbeschädigt, und die palästinensischen Wasserfachleute, die Ido kannte und schätzte, installierten neue Rohre, die das Wasser nach Süden und Südwesten in die Städte der Palästinenser brachten. Idos geheime Absauginstallationen führten nirgendwohin und waren wertlos.

»Das kann nicht sein«, flüstert sie.

»Was kann nicht sein?«

»Ich habe niemanden getötet. Ich habe eine Doy-Operation machen lassen, meinen alten Chip gegen Ewigs Chip ausgetauscht. Vielleicht hat Ewig jemanden getötet. Aber auch wenn er jemanden getötet hat, kann das nicht Dagi sein. Ich habe Dagi heute Vormittag gesehen. Nachdem Ewig tot war.«

»Haben Sie Ewig gekannt?«

»Nein …«

»Kannte Ido Ewig?«

»Nein! … Ido? Ich weiß nicht … vielleicht.«

»Warum denken Sie, dass Ewig tot ist?«

»Die Doy … was soll das heißen?« Sie ist verwirrt. Warum meint sie, dass Ewig tot ist? »Die Doy. Man hat mir seinen Chip eingesetzt. Man hat mir gesagt, er sei tot.«

»Wer hat das gesagt?«

»Dagi …«

Die Polizisten blicken sich an. Der ältere, Nahari, senkt das Kinn und hebt die Brauen.

»Kann ich einen Arzt haben?«, fragt sie. Nahari heftet einen stechenden Blick auf ihren Bauch, macht sich jedoch nicht die Mühe, ihr zu antworten.

»Dagis Leiche wurde vor zwei Stunden im Wasser unter Meer 8 treibend aufgefunden. Die SEE-Aufnahme zeigt Sie und Dagi, wie Sie zusammen nach einem Mittagessen im Restaurant Amamizu an der Hafenstation von Meer 8 um 15.17 Uhr die Wohnung von Ewig betreten, eines Rechtsanwalts, der im April dieses Jahres verschwand. Ich kann Ihnen diese Aufnahme jetzt über Ihre Brille einspielen. Aber es ist nicht nötig, denn ich weiß, dass Sie sich das vorher selbst angesehen haben. Auf dem Bild sieht man Sie nach circa einer Stunde, um 16.09 Uhr, allein aus der Wohnung herauskommen. Die Leiche trieb neben dem Dränageausgang, der Ewigs Wohnung in Meer 8 am nächsten ist, um 18.40 Uhr. Es gibt keine SEE-Dokumentation darüber, dass Dagi die Wohnung wieder verlassen hat, nach dem Betreten in Ihrer Gesellschaft um 15.17 Uhr.«

»Wann, sagten Sie, ist Ewig verschwunden?« Dagi hat ihr gesagt, dass Ewig ein paar Tage vor der Doy zu Tode kam, aber schon die Einträge in Ewigs Kalender haben sie stutzig gemacht.

»Im April. Klingt bekannt, nicht wahr? Zeitgleich mit Ido.« Naharis Gesicht ist ernst.

»Und was zeigt das SEE-Bild im Inneren der Wohnung?«

»Nichts. Abschirmdecke. Das wissen Sie doch. Und von jetzt ab, wenn Sie gestatten, stelle ich hier die Fragen.«

Sie hat es gewusst, aber sie dachte, die Polizei hätte sicher eine Möglichkeit, auch durch solche Raumdecken zu sehen, ebenso wie sie Dagis Handlungen zurückverfolgen konnten. Sie weiß, dass sie die Wohnung verlassen und sich von Dagi verabschiedet hat. Sie weiß, dass sie niemanden ermordet hat. Sie weiß, dass das alles ein Irrtum ist. Aber was ist mit Dagi passiert? Warum wollte er allein in der Wohnung bleiben? Warum wollte er überhaupt dorthin? Weshalb wollte er den Bot sehen? Wieso hat er ihr den Chip angeboten, und warum hat er sie über Ewigs Tod belogen? Und Ewig – ist er nun tot oder nicht, und was besagt das, dass er zur gleichen Zeit wie Ido verschwunden ist?

»Warum waren Sie heute in Meer 8?«

»Äh …« Sie schrickt zusammen. »Ich habe ihn zum Mittagessen eingeladen.«

»Bestand zwischen Ihnen ein Liebesverhältnis?«

»Nein, wieso? Ich könnte seine Mutter sein.« Ihre Augen begegnen Naharis Blick. »Ich …«

»Warum haben Sie ihn zum Mittagessen eingeladen?«

»Um mich bei ihm zu bedanken. Für den Chip. Ich konnte es mir leisten …« Was für ein Glück, denkt sie, dass ich Geld auf die Cashkarte meines alten Kontos transferiert und meinen Chip aufgehoben habe.

»Es war also Ihre Idee.«

»Ja …« Spielte das eine Rolle? Die Wahrheit ist, dass Dagi ihr in den Ohren gelegen hat, dass sie sich treffen, aber sie war es, die heute Morgen angerufen hat.

»Warum sind Sie zu Ewigs Wohnung gegangen?«

Während sie antwortet, begreift sie, wie übel sich das anhört. »Dagi wollte dorthin.«

»Warum?«

»Ich weiß nicht, er hat gesagt, er möchte zu Ewigs Wohnung gehen. Ich war seit der Doy nicht mehr dort …«

»Die Doy wurde dort durchgeführt?«

»Hören Sie, ich habe niemanden umgebracht! Ich habe nichts gegen Dagi, im Gegenteil. Er war mein Freund. Er hat mir geholfen, als ich in Schwierigkeiten war. Bitte, ich fühle mich wirklich nicht gut.« Sie atmet schwer. Spürt Stiche im Bauch und krümmt sich zusammen. Ich bin ja bei dir, Erbse, ich behüte dich, es wird alles gut. Der junge Polizist reicht ihr ein Glas Wasser. Sie dankt ihm mit einem Blick und trinkt langsam.

»Hat er Ido gekannt? Vielleicht hatte er etwas mit Idos Verschwinden zu tun?«

»Nein! Wir beide … ja, Dagi kannte Ido. Er ist zu uns gekommen, wir haben ihm geholfen, nach Tiberias, er ist plötzlich bei uns aufgetaucht, wir haben ihm geholfen, auf die Beine zu kommen …«

Dagi tauchte drei Tage nach dem Fall von Tiberias in ihrer Wohnung in Nord 6 auf. Er war mit den Flüchtlingskarawanen zu Fuß gegangen, hatte in einem Notzeltlager in der Peripherie Cäsareas geschlafen, und als er sich etwas erholt hatte (er war unverletzt, hatte jedoch einen Schock und eine Rauchvergiftung erlitten), fand er seinen Weg zu dem einzigen Menschen, den er in Cäsarea kannte – Ido, Tschios Bruder.

Maja öffnete dem mageren, dunkelhäutigen, aber blauäugigen jungen Mann. Er stand aufgewühlt und schmutzig in der Tür. »Ich bin Dagi«, sagte er. »Ist Ido da?« Ido tauchte hinter ihr auf, nahm ihn an der Hand und führte ihn hinein. Er redete die ganze Nacht, noch immer stark erregt. Er sagte, er habe eine Stunde vor dem Angriff das Haus verlassen und sei unterwegs zur Kabukin-Ginko-Investmentbank gewesen, in der er und Tschio arbeiteten. Er stieg zwei Stationen vor der Bank aus dem Ayscha-Bus aus, um ein Chiplabor aufzusuchen, das ein Programm-Update machen sollte. Als er dort wieder herauskam, hörte er die ersten Explosionen. Er rannte in die Werkstatt zurück, und jemand schrie: »In den Schutzraum!« Dagi verbrachte dort den Tag und die folgende Nacht in Gesellschaft der Mitarbeiter des Chiplabors, jeder für sich in einer anderen Ecke des Schutzraums sitzend, vollkommen stumm, durch die Brille mit den Bildern vernetzt, die ausgestrahlt wurden, die gleichen Szenen, die Maja und Ido in ihrem Wohnzimmer sahen, die in dem Moment alle sahen.

Dagi blieb zwei Wochen in der Wohnung von Ido und Maja. Jeden Tag wollte er gehen, doch jeden Tag stieß er auf Idos entschiedene Weigerung: »Du rührst dich nicht vom Fleck, bis wir eine Wohnung für dich gefunden haben.«

»Ich möchte euch nicht zur Last fallen«, entgegnete Dagi.

»Du fällst niemandem zur Last«, lautete stets die Antwort. Es schien, dachte Maja, als klammere sich Ido an den Freund seines toten Bruders wie an einen Rettungsanker. Obwohl ihm Dagi nicht sehr nahestand, sah er in ihm einen Rest von Tiberias, ein lebendiges Glied, das ihn mit dem Drama verknüpfte. Als würde die Verbindung mit ihm, das gemeinsame Leben mit ihm, die Tatsachen verdrängen und ihre Bewältigung aufschieben. Und tatsächlich, in diesen zwei Wochen funktionierte Ido noch, war motiviert, beteiligte sich an Treffen der Überlebenden und Verwandten der Opfer, stand Dagi bei der Wohnungssuche bei, versuchte, ihm zu helfen, Arbeit zu finden. Mit dem Tag, an dem Dagi in ein winziges Appartement umzog, das er sich mit einem Mitbewohner teilte, in einem der russischen Zerstörer neben den schwimmenden Vierteln, die in Wohngebäude umgewandelt worden waren (sie wurden Süd 100 benannt, um ihren niedrigen Status in der Hierarchie der Stadtviertel zu betonen), begann Idos Zerfall, und das volle Gewicht des Verlusts holte ihn ein.

Und Maja? Wie vergingen für sie diese zwei Wochen von Schock und Trauer? Obwohl sie in all den Jahren keine besonders engen Beziehungen zu Idos Eltern und seinem Bruder geknüpft hatte, war sie in seiner Familie zu Hause gewesen und hatte sie öfter gesehen als ihre eigene Familie. Sie verfolgte Ido mit Argusaugen, seine wechselnden Gemütslagen, und gleichzeitig versuchte sie zu arbeiten, um die Firma nach dem schrecklichen Schlag irgendwie wieder zum Laufen zu kriegen. Sie war froh, Dagi zu beherbergen. Auch er, so wie ihr Mann und das Unternehmen, wurde ihr Schützling. Anfangs war er höflich und schüchtern, traumatisiert, doch sie erkannte hinter der Trauer und Schwäche seinen Sinn für Humor, die Selbstsicherheit, die mit der Zeit durchbrechen würde. Sie spürte seine zarte Aufmerksamkeit, seine Zuneigung. An manchen Tagen ging Ido in die Zeltlager der Überlebenden, während sie zusammen zu Hause blieben. Sie arbeitete, und Dagi saß auf dem Balkon und starrte auf den Hafen und das Meer, oder er sah ihr zu und bot bisweilen seine Hilfe an. Er war in einer schwierigen Phase der Beziehung zwischen ihr und Ido eingetroffen. Obwohl das Unglück sie einander näherbrachte, erfüllte es sie auch und ließ keinen Raum für anderes in ihren Gefühlen – bei allen dreien. Dennoch gab es gewisse Momente. Blicke. Eines Morgens trat sie in einem dünnen Hemd aus der Dusche, und plötzlich stand er vor ihr, ließ seine Augen langsam über ihren Körper wandern, bis sie in ihr Zimmer eilte – der Spiegel hinter der geschlossenen Tür zeigte ihr, dass bei diesem Hemdchen nichts mehr der Phantasie überlassen war. Als sie angezogen aus dem Schlafzimmer trat, lächelte er verhalten, die Zunge mit spitzbübischem Blick in die Backe gebohrt, und da sagte sie zum ersten Mal zu ihm: »Ich könnte deine Mutter sein, Dagi.« Sie sprachen nicht mehr darüber, doch ab und zu tauchte der Satz auf und erinnerte sie daran.

Ihre Retterin in dieser verwirrenden, erniedrigenden Nacht ist Lulu. Als sie von der Vorstellung und der anschließenden Party in Meer 9 zu Majas Wohnung kommt, erzählen ihr die Nachbarn, dass die Polizei da war. Lulu setzt sich mit der Polizei in Verbindung und trifft zusammen mit ihrer Freundin Ma'jan mit einem Ayscha-Taxi ein. Maja darf ihren Besuch empfangen, unter den Augen der Kameras und im Beisein von Melach und Panda, die allerdings schlafen. Mit fester, leiser Stimme erzählt sie die ganze traurige Geschichte – die Doy-Operation, die Chinesen, das Treffen mit Dagi an diesem Vormittag, der Bot. Lulu hält ihre Hand, verdreht die Augen und sagt: »Aber was ist das da, Maja?!« Sie deutet auf den Bauch. Maja hat ihrem Bruder und seiner Familie noch nichts gesagt. Wem hat sie es überhaupt erzählt? Wem wollte sie es erzählen? Fast niemandem. Und jetzt ist Lulu so aufgeregt, dass sie ihr kaum zuhört. Maja will ihre Sorgen nicht auf den Schultern ihrer jungen Nichte abladen, die schließlich zu einem Event in die Großstadt gekommen ist. Doch sie braucht jetzt Gesellschaft. Sie muss selber hören, wie sie die Geschichte noch einmal erzählt, ohne Unterbrechungen, um von ihrer Unschuld überzeugt zu sein. Lulu ist enttäuscht, dass ihre Tante den Hundert-Peta-Byte-Chip verlieren wird, sagt aber: »Maja, es ist klar, dass denen ein Irrtum passiert ist. Du wirst ganz schnell wieder rauskommen. Du bist einfach mit Dagi reingerasselt, dieser miese Plochosch …« Maja hat das Gefühl, sie sei die Jüngere, und schämt sich dafür. Sie war naiv, hat sich benutzen lassen … »Schluss jetzt, Maja. Du bist bald draußen, und dann kommst du zu uns. Das hier ist egal, dein Bauch ist jetzt wichtig.« Sie deutet wieder auf ihren Bauch, aufgeregt, und Maja fühlt ein Würgen, Tränen steigen ihr in die Augen. Ja. Sie braucht Wärme. Familie. Jemanden, der sich um sie kümmert und ihr hilft, die kleine Erbse zu behüten. Sie umarmt Lulu. »He, Tante, hier wird nicht geweint. Mach mir keine Schande«, sagt Lulu und zieht die Nase hoch, mit einem verstohlenen Blick auf ihre Freundin Ma'jan, die mit der Schicht elektronischer Schminke mindestens wie zwanzig aussieht. Maja vermutet auch, dass Ma'jans intelligente Funktionskleidung in dem Moment, in dem die beiden die Polizeistation verlassen, durch etwas Gewagteres ersetzt wird. Sie sendet Lulu ihren Wohnungskode, die verspricht, sie am nächsten Morgen wieder zu besuchen. Maja umarmt noch einmal den schlanken Körper, atmet den Duft ihres blonden Haares ein, bis sich Lulu schließlich losreißt und geht.

Der Zustand der Ungewissheit und Ohnmacht dauert an in den darauffolgenden Tagen. Ihr neuer Chip ist gesperrt, und sie hat keine Möglichkeit, sich mit irgendjemandem in Verbindung zu setzen. Nach wiederholten, drängenden Bitten gesteht man ihr einen Arzt zu, allerdings erst am nächsten Abend. Er ist systematisch und unpersönlich und verkündet ihr nach einer schnellen Blut- und Ultraschalluntersuchung knapp, dass ihre Tochter in intaktem Zustand sei. Genau das sagt er: »Ihre Tochter ist in intaktem Zustand.« Sie weiß nicht, ob ihre Tränen aus Erleichterung über die Nachricht zu fließen beginnen oder aus Traurigkeit darüber, wie und wo sie sie erhalten hat. Er gibt ihr Padma gegen die Schmerzen, worauf sich die Stiche im Bauch legen, doch die Übelkeit, das Erbrechen und die unendliche Müdigkeit bessern sich nicht.

Wenigstens wird Melach entlassen und kann ihr nicht mehr mit Bitten um Zigaretten auf die Nerven gehen – Maja hat seit Jahren keine Zigarette mehr gesehen. Ihre Zellengenossin Panda, eine fünfzehnjährige Prostituierte und Otscho-Dealerin, die mit echtem Namen Sarah heißt und hier mehr oder weniger jeden Monat ein paar Nächte verbringt, entpuppt sich am Ende als nettes Mädchen und stellt ihr eine Menge Fragen über die Schwangerschaft. Die anderen Frauen, die kommen und gehen, versucht sie einfach zu ignorieren. Sie hat auch das Gefühl, dass Agam, der magere Polizist mit dem rötlichen Kinnsternbärtchen und den ausgeprägten Wangenknochen, ihr vom ersten Moment an glaubt und eine Schwäche für ihren runden Bauch hat, weshalb sie versucht, ihn positiv zu beeinflussen.

Doch sie ist verwirrt, hilflos, begreift nichts. Der unruhige Schlaf, all der Schmutz und das grauenhafte Essen – tut mir leid, Erbse, ich verspreche dir wunderschöne rosafarbene Drachenfrüchte, die gesündesten Fische und das reinste Wasser, wenn wir erst einmal hier herauskommen. In ihrem Kopf rotiert nur ein Gedanke: Dagi. Was ist ihm zugestoßen?

Nachdem Dagi ausgezogen war, versank Ido in seiner Trauer, wühlte in seinen offenen Wunden, und Maja gelang es nicht, die Mauer zu durchdringen, die er um sich errichtet hatte. Er nahm sie kaum zur Kenntnis, aß wenig, interessierte sich weder für die Firma noch für irgendetwas anderes außer dem Angriff auf Tiberias und seine Folgen. Der Hauptteil seiner Wut richtete sich gegen Ohiya und die anderen Wasserkonzerne. Nach dem Angriff wechselte auch Ohiya die Seiten und begann, mit den palästinensischen Eroberern zu kooperieren, als sei nichts passiert. Als seien nicht Tausende getötet, zahlreiche andere aus ihren Häusern vertrieben worden. Ido erwartete von seinen ehemaligen Arbeitgebern als Inhaber des Sees Genezareth und der Mekorot-Wasserwerke, dass sie ihre Macht ausspielen würden, um wenigstens in irgendeiner Form Gerechtigkeit zu schaffen. Ihn überzeugten ihre Worte nicht: »Wir befassen uns nicht mit Lokalpolitik, sondern nur mit Wasser.« Ido kannte sie lang genug, kannte ihre Macht und den zynischen Gebrauch, den sie davon machten – und das war seiner Ansicht nach ein neuer Grad von Menschenverachtung. In seinem Schockzustand, der Trauer um seine Familie, seine Stadt und sein Unternehmen wurde der Kampf gegen Ohiya und die Wasserkonzerne, der bis dahin mit Ido-Wasser ein fairer geschäftlicher Konkurrenzkampf gewesen war, zu seiner Mission. Damals schwor er, keinen Tropfen Wasser mehr zu trinken, der einem der Konzerne gehörte, und er begann darüber nachzudenken, wie er sie treffen, ihre Herrschaft unterminieren und sich von der Abhängigkeit befreien könnte. Damals begann in seinem Kopf das Patent des Dschi-Dschi aufzukeimen.

Maja arbeitete unterdessen. Sie betrieb Ido-Wasser allein. Sie führte die Neuorganisation durch, budgetierte die Ertragsminderung, kümmerte sich um die Reduzierung der

Lieferungs- und Vertriebsmargen. Nicht nur Ido-Wasser, der gesamte Staat hatte seine Hauptwasserquelle verloren und formierte sich neu. Die Abhängigkeit von Regenfällen stieg, daher wurde die Filteranlage in ihrer Wohnung wieder in Betrieb genommen, und Maja knüpfte Beziehungen. Nach dem Fall von Tiberias war im Wassergeschäft der Wilde Westen ausgebrochen. Irgendwelche Leute schwangen sich zu Alleinherrschern über Wasserreservoirs, Quellen und Bäche auf, und um Wasser zu erhalten, sowohl Regen- als auch Grundwasser minderer Qualität, blieb einem keine andere Wahl, als mit ihnen Geschäfte zu machen.

Genau die Lücke, in die Maja mit ihrem Unternehmen gestoßen war, gab jedoch ein leichtes Ziel ab, als sich die Behörden erholten und wieder die Kontrolle über die Wasserressourcen und die Versorgung zu übernehmen begannen. Leute wie Maja und Firmen wie Ido-Wasser waren davon betroffen, nicht jene schattenhaften Gauner, die auf geheimen Bohrlöchern oder Speicherreservoirs saßen, sondern diejenigen, die von ihnen Wasser kauften und damit handelten. Offenbar war sie naiv gewesen. Hatte die Reorganisation der Behörden nicht rechtzeitig einkalkuliert, hatte gedacht, sie würden ein Auge zudrücken oder mehr noch – irgendwie anerkennen, dass Unternehmen wie Ido-Wasser die Öffentlichkeit in einer wirren, schweren Zeit mit Wasser versorgten, und das mit äußerst geringem Profit. Schön wär's gewesen. Doch die Bürokratie kennt keine kleinen Unterschiede. Keine persönlichen Heldengeschichten.

Die Inspektoren des Wasserwirtschaftsamts fielen in die Wohnung in Cäsarea ein. Der Handel mit staatlichem Wasser ohne Genehmigung verstieß gegen das Gesetz. Die Wasseraufbereitung mit der kleinen, veralteten häuslichen Filteranlage erhielt keine Zertifizierung vom Gesundheitsministerium, so dass das Wasser nicht als Trinkwasser verkauft werden durfte. Als genüge das nicht, wurde im Namen Ohiyas im Nachhinein eine Klage wegen privaten Wasserabsaugens aus dem See Genezareth angestrengt, die durch SEE-Dokumentationen gestützt wurde. Ido-Wasser steckte in ernsten Schwierigkeiten.

Maja hielt sich tapfer. Sie führte die persönliche Tragödie, die sie heimgesucht hatte, ins Feld und die hohe Qualität von Ido-Wasser, die sie mit Gutachten unabhängiger Labors, Bestätigungen von Ärzten und Angestellten des Gesundheitsministeriums und Zeugnissen zufriedener Konsumenten nachwies. Das rechtfertigte noch nicht den Wasserdiebstahl, verhinderte jedoch die sofortige Schließung des Unternehmens. Nach einer mehrmonatigen Pause, der Zahlung von Geldstrafen und der Beschaffung von Genehmigungen nahm die kleine Firma ihre Arbeit wieder auf, allerdings geschrumpft und mit erheblich weniger Profit.

Die Klage Ohiyas, obwohl sie berechtigt war, steigerte nur Idos Wut und Sturheit. Er verbrachte lange Stunden hinter seiner Interface-Brille, surfte in historischen Informationsspeichern und begann, neue Ideen zu entwickeln. Diese Ideen und vor allem das spätere Dschi-Dschi-System – das persönliche Wasserspeicherungs- und Filterpatent, das er erfand – waren im gegenwärtigen Zustand des Unternehmens nicht praktikabel. Doch es waren gute Ideen, und Maja war froh zu sehen, dass Ido wieder anfing, kreativ zu denken, sich für Wasser zu begeistern, nach neuen Wegen der Speicherung und Aufbereitung zu suchen – dass er wieder zu sich selbst fand.

Das Dschi-Dschi-System ließ Ido neu aufleben, brachte ihn zu ihr zurück. Doch letztendlich nahm ihn diese Erfindung ihr auch. Sie erinnert sich mit gleicher Deutlichkeit an Momente von Glück und von Schmerz, sowohl bevor als auch nachdem er verschwand. Ido liegt auf dem Rücken, den Kopf unter der Spüle, mit nackter Brust und in Arbeitshosen, schwitzend, schmutzig und fluchend, repariert den Filter – und dieser Filter geht, als hätte er es vorausgeplant, eine Woche nach seinem Verschwinden kaputt; sie stoßen mit einem Gläschen Sake nach dem Gerichtsurteil an, das Ido-Wasser wieder in Betrieb gehen lässt – und die Klage von Ohiya, die bald darauf gegen die Firma erhoben wird; die enorme Geschmacksqualität des Wassers der Dschi-Dschi-Anlage vom ersten Tag an – und das ganze Geld, das sie völlig ergebnislos für SEE und all die Nachforschungen ausgegeben hat; bis in die Nacht hinein lange, glühende, intime Gespräche mit ihm über Wasser, über Jerusalem, Tiberias und Cäsarea, über Sehnsucht – gegenüber der unendlich grausamen Einsamkeit, der immensen Wut und Frustration, die dem Nichtwissen entspringen.

Vor allem kehrt sie immer wieder zu jenem letzten Abend im April zurück, an dem sich das Glück und der Schmerz mit unerträglicher Intensität ineinander verwoben: auf der Terrasse ihrer Wohnung in Nord 6, als er, in ihrer Gegenwart, diesen Anruf erhielt. Er erwiderte: »Ya?« Dann: »Spricht.« Und danach machte er dieses Gesicht, das in etwa ausdrückte, ich weiß nicht, aber ich kann's mir mal anhören, schätze ich. Genau das sagte er dann auch: »Ich weiß nicht, aber ich kann's mir mal anhören, schätze ich.« Und schließlich: »Ich werde da sein.« Er berührte seinen Arm, trennte die Verbindung, nahm die Brille ab und sagte: »Das war jemand Wichtiges. Ein Geschäftsmann. Er will ein Angebot für das Dschi-Dschi machen. Er sagt, er denke, meine Sorgen im Leben seien vorbei.« Er lachte, und Maja fragte lächelnd: »Was soll das heißen, die Sorgen sind vorbei? Wovon redet er? Wer ist das?«

Im Restaurant und später im Bett die glühend süßen Augenblicke, die sich jedes Mal, wenn sie sie heraufbeschwört, noch verschärfen, intensivieren und tiefer schmerzen, diese letzten Augenblicke, nach denen er zu dem Treffen aufbrach, von dem er nie zurückkehrte. Sie gab ihm eine Nacht, sie gab ihm noch den Vormittag. Sie kannte seine Stimmungen, die Nächte, die er ohne Ankündigung allein verbrachte. Am nächsten Tag kontaktierte sie alle möglichen Leute, Angestellte von Konzernen, Lieferanten, Unternehmer, jeden, der ihr einfiel. Alle behaupteten, am Tag zuvor nichts von Ido oder einem Geschäftsmann, der sich mit ihm treffen wollte, gehört zu haben. Sie ging zur Polizei. Sie gab Unsummen für SEE-Dokumentationen aus, aber alles, was sie erreichte, war die Rekonstruktion des Gesprächs, dessen Inhalt sie auswendig kannte. Sie beauftragte einen Privatdetektiv, der auch nichts herausbrachte.

In den ersten Tagen hörte sie auf zu arbeiten, ging völlig in der Suche und der emotionalen Bewältigung des Verlusts auf. Als sie sich langsam damit abzufinden begann, war ihr klar, dass sie Ido-Wasser nicht weiter betreiben würde. Nicht allein. Der Filter, der nach einer Woche kaputtging, war ein Zeichen, aber auch ohne jeden Zusammenhang damit hatte es keinen Sinn. Das Unternehmen machte keinen Profit, hatte nur große Ausgaben, die Kontrolle durch die Wasserbehörden war eine Plage, und noch immer schwebten Klagen über der Firma. In diesen paar Tagen begriff sie auch, dass Ido-Wasser sowohl in den Jahren, die Ido großteils in Tiberias verbracht hatte, als auch in der Zeit, in der er das Tempo gedrosselt und sich auf seine Trauer und seine Erfindungen konzentriert hatte, ihr gemeinsames Geschöpf gewesen war. Ohne Ido, mit der Einsamkeit, der Suche, der Unbegreiflichkeit und dem Schmerz, gab sie sich geschlagen. Ihre Berechnungen, und in Kalkulationen war sie gut, ergaben, dass es lohnender war, das Ganze zu verkaufen, in eine billige Wohnung im Süden zu ziehen und eine Weile nicht zu arbeiten, als die Firma weiterzuführen. Ausruhen, nachdenken, sich auf das Kommende vorbereiten. In ihren imaginären Gesprächen mit Ido entschuldigte sie sich bei ihm, weinte, war wütend auf sich und auf ihn, dass er sie in diese Situation gebracht hatte. Auch wenn sie nicht wusste, was sie tun sollte – so ging es nicht weiter, das war ihr klar.

Sie begann den Ausverkauf: Label und Kunden, der Filter, die Wohnung in Nord 6, der private Ayscha und die Liefer-Ayschas, die Werbeflächen. Die Geschichte der Firma Ido-Wasser war zu Ende. Ihr gemeinsames Geschöpf existierte nicht mehr, doch bevor sie über die symbolische Bedeutung dieser Tatsache nachdenken konnte, platzte ein neues gemeinsames Geschöpf in ihr Leben. Sie erinnert sich an den Geschmack des Kaugummis im Moment der Entdeckung, ein Matschios-Kaugummi mit Feigenkaktusgeschmack, den sie kaute, um sich selbst davon zu überzeugen, dass sie ganz ruhig und alles ganz normal sei, obwohl ihr Herz stark pochte – sie wusste es, denn ihr Chip warnte sie. Zwei Stunden davor hatte er angezeigt, dass sie ihr hormonelles Gleichgewicht verloren habe, und sie zu einer Blutuntersuchung zum ärztlichen Versorgungsposten in Süd 6 geschickt. Sie stand in der Schlange an, vor ihr ein zahnloser Alter, der üblen Geruch verbreitete, hinter ihr eine Frau im Stadium fortgeschrittener Schwangerschaft. Auch da kam sie nicht auf die Idee. Sie kaute nur heftig Kaugummi und versuchte sich einzureden, dass alles in Ordnung sei, doch tief im Innern zitterte sie. Was konnte es schon anderes sein als eine weitere schlimme Botschaft, nachdem sie ihren Mann und das Geschäft verloren hatte, klar würde sie noch etwas verlieren, natürlich stimmte irgendetwas mit ihrem Körper nicht, was war denn hormoneller Gleichgewichtsmangel? Der Alte trat aus einer Zelle, deren Wände mit Graffiti bedeckt waren, doch sie war, trotz des Kaugummis, zu angespannt, um sie sich anzusehen. Als Maja eintrat, desinfizierte sich die Station selbst und fuhr eine sterile Nadel zum Einstich aus. Sie legte ihren Arm an die vorgesehene Stelle und sah, wie die Nadel ihr Blut saugte, wie das Blut vor ihren Augen durch transparente Schläuche lief, beobachtete den Bildschirm – selbstverständlich versuchte ein Wasserkonzern sie während der Wartezeit, in der sie noch hektischer kaute, davon zu überzeugen, sein Wasser zu probieren –, und nach Ende der Werbung tauchte die simple, einschneidende Botschaft auf: *Herzlichen Glückwunsch, Maja, du bist schwanger.*

Erst nachdem die schwangere Frau, die andere Schwangere aus der Reihe hinter ihr, an die Wand klopfte, trat sie aus der bekritzelten Zelle und warf den Kaugummi in den Eimer, der für die Läppchen zur Desinfizierung von Injektionsstellen bestimmt war.

Jene Momente und noch viele andere gehen ihr in den Tagen in der Zelle durch den Kopf, begleitet von seelischer Not, Fassungslosigkeit und Kummer. Sie beginnt sich sogar zu fragen, ob sie etwas an sich hat, das Männern, die sich ihr nähern, Schaden zufügt. Sie fühlt sich wie eine tödliche Falle für die Männer um sie herum und versucht, sich an einen Film zu erinnern, den sie einmal gesehen hat, über eine Frau, die immer wieder zur Witwe wird. Sie ist zwar nicht verwitwet, zumindest ist es ihr noch nicht bekannt, doch sie fühlt sich, als sei sie zweimal zur Witwe gemacht worden. Sie sehnt sich nach der täglichen Ultraschallbegegnung mit der Erbse, die

Ewigs Chip ihr ermöglicht hatte, und nach inständigen Bitten darf sie endlich wieder zum Arzt. Er versichert ihr, dass alles normal und intakt sei, das Kind sich regulär entwickele, und verschreibt ihr erneut Padma.

Während der Tage, die sie in der Untersuchungshaft verbringt, erzählt man ihr nichts. Außer dem Verhaftungsgrund, den sie ihr mitteilen müssen, erfährt sie nichts. Weder über den Stand der Untersuchung noch über eine Erhärtung oder Entkräftung des Verdachts gegen sie, auch nicht, wie lange sie dort noch bleiben muss oder was dann geschieht. Jeden Tag wird sie zum Verhör vorgeführt, die Fragen wiederholen sich und sagen ihr gar nichts. Eine Bekannte, ihre Rechtsanwältin aus der Phase der juristischen Verwicklungen von Ido-Wasser, hat sie aufgesucht, ihr jedoch nicht viel helfen können. Alles, worauf sie sich verlassen kann, ist ihre Intuition, und die sagt ihr, dass ihr trotz der kleinen Sympathie seitens Agam, des jungen Polizisten, von Nahari und den meisten anderen Polizisten Kühle bis hin zur Feindseligkeit entgegenschlägt, dass sie ihr nicht glauben, sondern wirklich davon überzeugt sind, dass sie Dagi ermordet hat.

Nach vier Tagen taucht Agam in ihrer Zelle auf und sagt, sie solle ihm folgen. Sie gehen in denselben Raum, in dem sie jeden Tag verhört wird, die drei selben Polizisten sitzen ihr wieder gegenüber.

»Wie geht es Ihnen?«, eröffnet Inspektor Nahari, der rangälteste der Anwesenden.

Maja gibt keine Antwort. Nahari fährt mit leiernder Stimme fort, als habe er diese Ansprache schon unzählige Male gehalten: »In diesem Stadium ist Ihre Anwesenheit für eine Fortführung der Untersuchung nicht weiter erforderlich. Sie dürfen gehen, allerdings nicht die Staatsgrenzen verlassen. Wie Sie sich vorstellen können, werden Sie unter ständiger

Aufsicht und Beobachtung des SEE stehen, um sicherzustellen, dass Sie in der Gegend bleiben. Sie werden hin und wieder, je nach Bedarf, zu weiteren Verhören durch unser Ermittlungsteam vorgeladen werden. Man darf annehmen, dass der Prozesstermin anberaumt wird, wenn ausreichende Indizien vorliegen. In diesem Stadium haben Sie Anspruch auf eine juristische Vertretung durch den Staat. Agam, begleiten Sie sie hinaus. Auf Wiedersehen.«

Draußen versucht sie, aus Agam herauszubekommen, was zu ihrer Freilassung geführt hat, ob das ein eher ermutigendes Zeichen sei, doch er sagt mit gedämpfter Stimme, dass er selbst nicht viel weiß. Er kann ihr nur berichten, dass ihre Entlassung anscheinend mit Beweisen zusammenhängt, die in Ewigs Wohnung gefunden wurden, aber er weiß nicht, welche. Vor der Polizeistation, als sie sich verabschieden, flammt sein Sternbärtchen im Licht der untergehenden Sonne feuerrot auf. Sie lässt ihren Blick ein paar Sekunden in seinen Augen ruhen. Dann lächelt sie. »Danke«, sagt sie leise.

»Ich werde mit Ihnen in Kontakt bleiben«, erwidert er.

»Ja, ich verstehe«, antwortet sie. Sie bleibt allein mit ihren Fragen und Befürchtungen zurück. Naharis Monolog war nicht besonders erhellend, doch sie wiederholt für sich, was sie sich in den schwachen Augenblicken der letzten Tage immer wieder gesagt hat: Sie hat niemanden umgebracht. Als sie Ewigs Wohnung verlassen hat, war Dagi noch am Leben.

Als Maja gefragt worden ist, wen man von ihrer Entlassung unterrichten soll, hat sie den Namen ihrer Nichte angegeben – und Lulu ist nach knapp zwei Stunden da. Sie ist in den Express-Denscha von Charod nach Cäsarea gesprungen und vom Bahnhof mit einem Ayscha-Taxi zur Haftanstalt gefahren. Innerhalb kurzer Zeit sind die beiden auf dem Weg zu Majas Wohnung in Süd 6. Lulu fragt sie, wie es ihr gehe, und sie antwortet: »Besser als vor zwei Stunden. Allerdings weniger gut als vor einer Woche.« Lulu muss lachen, und ihr Lachen steckt an. Sie nimmt Majas Hand.

»Na gut, vor einer Woche hattest du hundert Peta-Byte im Arm. Wem kann es mit einem solchen Chip schlechtgehen?« Mit der zweiten Hand streichelt sie die Nähte auf dem Oberarm ihrer Tante. Maja wurde natürlich gezwungen, auf Ewigs Chip zu verzichten, den sie illegalerweise trug. Heute Morgen hat sie die zweite Doy innerhalb weniger Wochen hinter sich gebracht. Ewigs Chip wurde aus ihrem Arm entfernt und ihr früherer Chip wieder implantiert. Nahari sagte zu ihr, man würde ihre und Dagis Verbindung zu Ewigs Chip sowie auch die illegale Doy-Operation untersuchen.

Sie verspürt das gleiche kribbelnde Jucken wie vor einigen Wochen, als sie mit dem Meng-Bootstaxi von Meer 8 zurück zum Festland von Cäsarea gefahren ist, eine Art Déjà-vu-Signal. Doch es tut ihr nicht allzu leid. Sie war nicht ganz überzeugt, was die vorige Doy anging, nicht umsonst hat sie Dagi gefragt, ob man sie rückgängig machen könne, was die Chinesen ziemlich erheitert hat. Sie ist sich nicht sicher, ob sie jetzt noch lachen. Dagi lacht jetzt nicht mehr, das steht fest. Mit ihrem alten, begrenzten Chip fühlt sie sich wieder zu Hause, nicht wie in einer Welt, die nicht die ihre ist. Nein, es stimmt nicht – sie ist noch immer in diese Welt verstrickt, die nicht die ihre ist, aber weniger. Sie ist kein fremder, bedrohlicher Bestandteil in ihrem Körper mehr.

Sie verbringen die Nacht in Majas Wohnung, und am Morgen sagt Lulu: »So, und jetzt kommst du mit mir ins Dorf.«

Maja hat gewusst, dass sie das sagen würde, sie versteht auch, warum, aber es überrascht sie trotzdem. »Wovon redest du?«

»Du kannst hier nichts mehr tun«, erwidert Lulu mit weichem Blick.

»Mein Leben ist hier. Das ist mein Zuhause«, entgegnet sie, doch noch während sie diese Worte ausspricht, denkt sie, mein Leben wird sich verändern. Ich und die Erbse, wir brauchen eine Familie. Wir werden Hilfe und Unterstützung brauchen.

»Du hast doch kein Leben hier. Du hast keine Arbeit, und du hast keine Freunde.«

»Es ist immer noch mein Zuhause«, sagt Maja, um eine Diskussion über die ziemlich dreisten, aber nicht völlig falschen Behauptungen ihrer Nichte zu vermeiden. Sie erinnert sich, wie sich vor vielen Jahren Freundinnen in dem Moment zurückzogen, in dem sie vermeintlich den Mann fürs Leben fanden oder ein Kind bekamen. Sie hat nie verstanden, wie sie ihr gesamtes Leben auf einen Punkt reduzieren, alles an einen Menschen hängen und sich damit begnügen konnten. Mit welcher Leichtigkeit sie auf ihre Freundinnen verzichteten. Gefährlich ist das, hatte sie gedacht, denn was passiert, wenn dieser Mann, dieses Kind nicht mehr da sind? Als Ido verschwand und nach ihm das Geschäft, begriff sie, dass sie genau das Gleiche getan hatte, auch sie hatte alles in eine einzige Richtung gebündelt, auch sie hatte Freundschaften und Beziehungen für Ido und die Firma vernachlässigt, und danach blieb nicht mehr viel … Wenn Lulu mit der unbewussten, ungeschminkten Aufrichtigkeit einer Fünfzehnjährigen sagt: »Du hast keine Freunde«, dann weiß Maja, es stimmt.

»Ich weiß. Es wird auch dein Zuhause bleiben. Ich habe nicht gesagt, dass du es aufgeben sollst. Spinnst du? Ich brauch es, wenn ich in die Stadt komme«, erwidert Lulu.

Maja lacht. Sie sieht sich in der Wohnung um, die sie seit wenigen Monaten allein bewohnt. »Du hast kein Leben hier«, hat Lulu vorher gesagt. Das ist nicht gerecht. In dieser Wohnung hat sie gerade erst begonnen, sich ein neues Leben aufzubauen. Es hat das alte allerdings noch nicht ersetzt, denn trotz ihrer Bemühungen hat sie es nicht geschafft, sich von dem Gefühl zu lösen, in einem Schwebezustand zu sein, solange sie nicht endgültig über Idos Schicksal Bescheid weiß. Es wäre ihr lieber gewesen, er wäre gestorben, hätte sie verlassen, sie sogar grausam behandelt, denn dann hätte sie wenigstens gewusst, woran sie ist. Doch als er eines Tages einfach so verschwand, brach der Boden unter ihr ein, und es war schwer, einen neuen Halt zu finden.

»Wo soll ich denn wohnen?«

Maja blickt ihre Nichte an, worauf diese sofort antwortet: »Bei uns. Die Idee ist von Papa und Mama. Sie meinen, du sollst raus aus der Stadt. Komm aufs Land, so lange du willst. Ein paar Wochen, Monate, länger. Und wenn du zurückwillst, dann gehst du zurück.«

Maja betrachtet Lulu. Sie weiß, dass sie noch Zeit braucht, um darüber nachzudenken, was sie mit sich anfangen soll. Aber nach den Ereignissen der letzten Wochen will sie gar nicht allein bleiben. Sie hat ihrer Nichte nie wirklich nahegestanden, doch die Vorstellung, jetzt von Familie umringt zu sein, und der Blick in den blauen Augen ihrer Nichte sind überzeugend. Über all das kann sie im Dorf nachdenken. In einer ruhigen Umgebung.

Lulu hilft ihr packen. Maja will nicht viel mitnehmen. Kleider hauptsächlich. Die meisten Dinge, die ihr etwas bedeuten, befinden sich auf ihrem Chip oder in einem abrufbaren digitalen Speicher. Und während sie die Wohnung durchforstet, um nichts zu vergessen, begreift sie, dass sich die beiden Dinge, die ihr am meisten am Herzen liegen, nicht einmal auf dem Chip oder im Netz befinden, sondern in ihr, in ihrem

Körper. Beide hat Ido ihr hinterlassen: das Baby in ihrem Bauch und das Dschi-Dschi-System in ihrem Kopf.

»Was ist das?«, fragt Lulu, zieht eine Schachtel aus den Tiefen des Kleiderschranks und schüttelt sie.

»Nichts, sie ist leer«, erwidert Maja und verspürt einen Stich. Das ist die Schachtel, in der Ido die Unterlagen über das Dschi-Dschi aufbewahrte. Patentversionen, technische Eigenschaften und Spezifizierungen, Versuchsdaten und Bestätigungen der Wasserqualität – bis er den Atem der Konzerne in seinem Nacken zu fühlen begann und begriff, dass er keine konkreten Dokumente aufbewahren durfte. Die Informationen durften nur im Kopf vorhanden sein. In seinem Kopf und Majas, zur Absicherung, Hilfe, Ergänzung. Seine zweite Hälfte, seine Gefährtin, die Einzige auf der Welt, auf die er sich verließ. Außer ihnen beiden hatte kein Mensch ein vollständiges Bild des Dschi-Dschi-Systems. Niemand anders konnte es erfinden, herstellen und betreiben, außer ihnen beiden. Als er die Unterlagen verbrannte, machte sich Maja über ihn lustig, er leide wohl langsam an Verfolgungswahn, denn wen sollten seine langweiligen Patente schon interessieren? Ido lächelte nur, schwieg und fütterte den lodernden Ofen mit einem Papier nach dem anderen.

Danach steigt Maja, gefolgt von Lulu, die Leiter aufs Dach hinauf. Sie öffnet die Dschi-Dschi-Behälter zur Kontrolle, die zum Teil frühe Versionen dessen darstellen, woran Ido arbeitete, und die sie aus der vorigen Wohnung im Norden der Stadt hierher mitgenommen hat. Die Behälter sind über die Hälfte voll – sie hat es geschafft, in den wenigen Tagen, in denen sie Geld hatte, ungefähr zweihundert Liter einzufüllen. Sie schließt die Deckel wieder und sperrt sie ab. Unten, in dem neuen Gobogobo-Tank, stehen ihr mehr als siebzig Liter Wasser zur Verfügung, und als ihr Bruder mit dem

Ayscha eintrifft, um sie abzuholen, schenkt sie drei große Gläser Wasser ein, die sie schweigend trinken, und erklärt ihm dann, wie man den Behälter mit Hilfe des Tankaufzugs von den Wohnungen im Haus zum Parkplatz befördert. Sie werden das Wasser ins Dorf mitnehmen.

Als ihr Bruder hinuntergegangen ist, fällt ihr plötzlich etwas ein, und sie sagt zu Lulu: »Moment. Noch eins.« Sie wühlt in einer Schublade und holt zwei Panorama-Mikrocams heraus. Ido und sie haben sie in der vorigen Wohnung benutzt, doch seit sie umgezogen ist, liegen sie in der Schublade. Sie installiert eine Kamera in der Wohnzimmerecke, die zweite im Schlafzimmer, womit die ganze Wohnung, außer Küche und Bad, abgedeckt ist. Sie aktiviert die Verbindung mit Chip und Brille und führt die Kontrolle durch. So kann sie jederzeit überprüfen, was in ihrer Wohnung vor sich geht.

Maja atmet tief durch und wischt sich mit dem Handrücken über die Stirn. Sie ist bereit. Lulu und sie schultern die Taschen und gehen. Maja wirft keinen Blick zurück, obwohl sie der Gedanke streift, dass sie nicht weiß, wann sie hierher zurückkehren wird. Doch im Augenblick ist das in Ordnung.

ZWEITER TEIL

Das Speicherprojekt

Der Staat Palästina wurde an einem regnerischen Januartag im Jahr des Affen gegründet. Hauptstadt war Ostjerusalem, und sein Territorium umfasste das Areal der ehemaligen Westbank, von der Grenze im Osten zu der damals sogenannten Grünen Linie, sowie den an die Mittelmeerküste grenzenden damaligen Gaza-Streifen. Die Politiker Israels und Palästinas und die Bevölkerung beider Staaten sowie – was man im Nahen Osten gern dachte – der ganzen Welt richteten ihren Blick voll Hoffnung auf das Gebiet, das so lange Jahre, bis zu jenem winterlichen Tag, Brennpunkt eines hartnäckig schwelenden, tödlichen Konflikts gewesen war. Vielleicht verstieg sich manch einer sogar zu dem Gedanken, wenn es Frieden zwischen Israel und Palästina gebe, dann bestehe Hoffnung für die Welt und die Zukunft der Menschheit.

Die Veränderungen im Nahen Osten waren jedoch nur ein kleiner Teil der gesamten internationalen Entwicklungen. China stieg zur beherrschenden Weltmacht auf, was mit einer entscheidenden Schwächung der Stellung der USA einherging. Es gab nicht einmal einen Konflikt oder Krieg, sondern eine schleichende Verlagerung der zentralen Bedeutung von Washington nach Osten, immer weiter ostwärts, bis sie innerhalb weniger Jahrzehnte in Peking zu lokalisieren war. Die neue chinesische Führungsgeneration schloss einen Pakt mit ihren asiatischen Nachbarn und den arabischen Staaten.

Das alte Bündnis zwischen der USA und den westeuropäischen Staaten blieb zwar bestehen, wurde jedoch zunehmend schwächer. Kanada und die skandinavischen Länder, deren Lage relativ stabil war – was weitgehend den Wasserressourcen zu verdanken war –, wählten die Neutralität.

Für China waren der Nahe Osten und der anhaltende Konflikt weder von Interesse noch für seine strategische und wirtschaftliche Position von Belang. Vor diesem Hintergrund begannen die Palästinenser, etwa eineinhalb Jahrzehnte nach der Unterzeichnung des Friedensabkommens, den endgültigen Krieg um Jerusalem. Jerusalem wurde wiedervereinigt, diesmal aber unter palästinensischer Flagge. Die israelischen Einwohner der Stadt emigrierten in das Gebiet von Tel Aviv und die Scharonebene. Die israelische Armee, zu diesem Zeitpunkt schon ausgedünnt, motivationslos und in permanenten finanziellen Schwierigkeiten, konnte nichts mehr retten, auch in den Jahren danach nicht, als die Palästinenser weiter an israelischem Territorium nagten, Städte bombardierten und mit Gewalt auf die Versuche israelischer Vergeltungsschläge reagierten.

Maja, die in Jerusalem geboren wurde, erinnert sich kaum an die erste Flucht mit ihrem Vater und Bruder nach Cholon. Ihr sind nur Rauchschwaden, Explosionsdonner, eine nächtliche Fahrt mit ausgeschalteten Scheinwerfern und heftiges Gerüttel, verursacht durch die Luftwirbel tieffliegender Kampfflugzeuge, im Gedächtnis geblieben. Möglicherweise stellt sogar das eine Erinnerung aus zweiter Hand dar, die sich aus persönlichen und historischen Zeugnissen anderer, den Medien und Bildern des SEE nachträglich aufgebaut hat.

Es gab noch ein paar erfolglose Versuche, die Lage zu retten, wie die Phase der »Wolkenschlachten«: Während der letzten drei kältesten Winter, die der Nahe Osten je erlebt hatte, mit grimmigen Temperaturen unter dem Gefrierpunkt, schweren Niederschlägen und etlichen Schneefällen über vier Monate hinweg, fand zwischen Palästina und Israel ein Kampf um jede Wolke statt. Wolkenbeobachtungstürme schossen wie Pilze nach dem Regen aus dem Boden, und gegenüber den Wolken formierte sich eine Front helikologischer Hubschrauber, die Kugeln mit Silberjodid und elektrischer Ionisationsmaterie in sie hineinjagten, um sie zur Entladung zu bringen, genauer gesagt, zum Abregnen über dem jeweils eigenen Staatsgebiet – sowie von Luft-Luft-Raketen, die auf die Helis der Kontrahenten zielten.

Es ist also leicht nachzuvollziehen, weshalb Israel zu einer fernen, matten Erinnerung wurde, dem verlöschenden Abglanz des Staates, der es hätte sein können, wollen und für ein paar kurze Augenblicke im zwanzigsten Jahrhundert vielleicht sogar war. Israel war nun schwach, ungeschützt und die Lage verzweifelt. Die Bevölkerung emigrierte massenhaft (in Heerscharen, wie man früher gesagt hätte). Wie ein Krebskranker, dem ein Körperteil nach dem anderen amputiert wird, um eine Ausbreitung der Krankheit zu verhindern, schrumpfte der Staat, und seine Schutz- und Immunsysteme versagten. Innerhalb weniger Jahrzehnte würde nur noch das Herz – Cäsarea – übrig bleiben, und das war's dann.

Nach dem Fall von Tiberias erklärte die palästinensische Regierung den blutigen, über hundert Jahre währenden Konflikt für beendet. In einer Verpflichtungserklärung gegenüber den Vertretern der Staatenblöcke verzichtete sie auf jeden Anspruch auf die Gebiete, die in israelischer Herrschaft verblieben waren. Die palästinensischen Untergrund- und Befreiungsorganisationen wurden mit Erreichen des nationalen Ziels – wie sie es nannten – entwaffnet. Man kann nicht sagen, dass diese Deklarationen bei den Israelis noch irgendeine nennenswerte Reaktion auslösten: Sie waren zu geschwächt und geschlagen. Sie dachten an den nächsten Schluck Wasser, starrten zum Horizont und warteten darauf, dass sich eine Wolke in ihre Richtung verirrte.

Majas Bruder sitzt am Steuer des Ayschas, während sich Lulu und Maja auf dem Rücksitz Hand in Hand einen Film in ihren Interface-Brillen ansehen. Lulu bricht immer als Erste in helles Gelächter über die dummen Witze des jungen chinesischen Schauspielergespanns aus, und Maja fällt kurze Zeit später ein, wobei sie mehr über das Lachen und die Freude ihrer Nichte als über die Scherze lacht. Wann ist sie zum letzten Mal aus der Stadt herausgekommen? Es ist allzu einfach in diesem Leben, sich hinter der Interface-Brille zu verschanzen, ganze Jahre so zu verbringen, um sich dann eines Tages alt, müde und erstarrt wiederzufinden. Die Dürre ringsherum ist so grell, dass sie die Brillengläser verdunkeln würden, auch wenn sie sich keinen Film ansähen. Ihr Bruder sagt kaum etwas, nur einmal: »Glückwunsch. Es ist gut, dass du zu uns kommst.« Mehr nicht. Nachdem der Film zu Ende ist, ergeht sich Lulu in einer lebhaften Beschreibung ihrer Erlebnisse in Cäsarea, auf der Polizeistation, erzählt von den Polizisten mit ihren sternförmigen Kinnbärtchen und kalten Augen, von der letzten Nacht in Majas Wohnung und von ihrem Dach. Ihr Vater, schweigsam wie immer, lächelt an den richtigen Stellen und tauscht hin und wieder über den Fahrerspiegel Blicke mit seiner Tochter, die bestätigen, dass er jede Einzelheit aufnimmt. Maja hat sich oft schon über die Unterschiedlichkeit von Lulu und ihrem Vater gewundert. Auch Lulus Mutter, die Krankenschwester, ist nicht gerade lebhaft. Vielleicht liegt es an der Generation, denkt sie, unsere

Generation hat alle Energie verloren. Oder es hängt, wie sie unlängst einer Studie entnommen hat, einfach mit der Sauerstoffmenge zusammen, die Lulus Gehirn schon im Mutterleib zugeführt wurde. Dieser Gedanke bringt sie dazu, eine Hand auf ihren Bauch zu legen.

Lulus Mutter erwartet sie in Charod mit einem üppigen warmen Essen. Maja kann sich nicht mehr erinnern, wann sie das letzte Mal eine Mahlzeit im Familienkreis eingenommen hat. Ihr Hals wird eng. Sie sind höflich, liebenswürdig, behutsam mit ihr, bedanken sich für das mitgebrachte Wasser. Ido wird nicht erwähnt, ebenso wenig Ido-Wasser, es werden auch keine persönlichen Fragen nach ihrem Leben allein oder ihrem dicken Bauch gestellt. Keine Kritik an ihrem Verhalten. Das alles sind Themen, die ihr Bruder und seine Frau in der Vergangenheit eigentlich nie ausgelassen haben. Maja fragt sich, ob und wie schnell der Damm brechen wird. Wenn Lulu nicht wäre, wäre sie wohl nicht zu ihnen gekommen. Aber nun ist sie hier, und sie erinnert sich selbst daran, dass das alles ist, was sie im Leben hat, diese Menschen, die Familie. Die Alternative wäre, allein und angespannt in ihrer Wohnung in Cäsarea zu sitzen, zu wissen, dass sie unter polizeilicher Beobachtung steht, und auf das nächste Verhör zu warten. Sie wechselt einen liebevollen Blick mit Lulu, die immer noch die Bühne beherrscht und ihren Eltern jetzt bis in alle Einzelheiten von Majas vollgestopftem Dach und dem Wolkenbeobachtungsturm erzählt, auf den sie heute Morgen geklettert ist. Was würden wir ohne sie tun, denkt Maja, uns ins Essen vertiefen und unverbindliches Gemurmel austauschen?

»Es würde nichts schaden, wenn wir hier auch einen Wolkenbeobachtungsturm hätten«, sagt ihr Bruder, der Bäcker, »denn in zwei Monaten ist es so weit.«

»Was?« fragt Maja.

»Ausgerechnet du weißt das nicht?«, wundert sich seine Frau, die Krankenschwester. »Die Regenflut, eine Woche lang …«

»Ach ja, stimmt«, fällt Maja ein, und sie denkt bei sich, wenn ich die Flut vom Dezember vergessen habe, ist mein Zustand offenbar wirklich bedenklich. Sie streichelt geistesabwesend die juckenden Nähte an ihrem Arm.

»Finger weg, Tante«, sagt Lulu. »Lass es von selber heilen.«

Maja zieht die Hand zurück.

Dagis Großeltern mütterlicherlicherseits gelangten Ende des vorigen Jahrhunderts als Kinder aus Äthiopien nach Israel. Seine Großeltern von der Seite des Vaters kamen, ungefähr im gleichen Alter und zur gleichen Zeit, aus der Ukraine. Die äthiopischen Großeltern wuchsen zusammen in ihrem Gemeindezentrum in Mevasseret Zion nahe Jerusalem auf. Seine ukrainischen Großeltern begegneten sich bei einem Fest am Abend des neuen Jahrtausends in einem Klub in Bat Jam. Dagis Eltern – die Äthiopierin und der Ukrainer – trafen sich in Tiberias, ein Blind Date, das ein gemeinsamer Freund von ihnen, der blind war, arrangiert hatte. Dagis Mutter hatte ihn in der Reha-Abteilung im Krankenhaus behandelt; sein Vater war ein guter Freund von ihm aus der gemeinsamen Militärdienstzeit – wo er bei einem Manöverunfall durch einen Splitter im Gehirn erblindet war. Der Vater war von ihrer dunklen Haut, den dichten, luftigen Afrolöckchen auf ihrem Kopf und ihren schwarzen Augen hypnotisiert; sie war von der kühlen, fast finsteren Kraft angezogen, die seine weiße Haut und seine blonden Haare ausstrahlten, und ertrank in seinen blauen Augen. Dagi war das dritte Kind von vieren, der einzige Junge unter drei Mädchen. Seine Eltern gaben ihm den Namen Dag, doch seine kleine Schwester machte Dagi daraus, und der Name blieb an ihm haften wie der Geruch einer Fischschuppe.

Von einer verwöhnten Kindheit als einziger Sohn im Schoß der Familie in Tiberias, einer Stadt, die zunehmend an Bedeutung gewann – wegen ihrer Lage am Ufer des Sees Genezareth in dem austrocknenden Staat und weil immer mehr andere Städte in die Hände Palästinas fielen –, von der Jugend eines selbstsicheren, populären, hübschen Jungen, Sieger eines lokalen Gesangswettbewerbs, über Studien internationaler Wirtschaft und Handelsbeziehungen in Cäsarea zur Anstellung in der chinesisch-japanischen Investmentbank Kabukin-Ginko (Kay-Gi) mit gerade mal fünfundzwanzig war es für Dagi ein nahtloser Übergang.

Die Kay-Gi-Direktion beschloss zu diesem Zeitpunkt, ein Team für den Investmentbereich Wasser einzurichten, und übertrug diese Aufgabe Mosche Arie, einem aufgehenden Stern in der Zweigstelle der Bank in Tiberias. In seine Hände legte man die Schlüssel in Form eines beträchtlichen Startbudgets. Dagi war der erste Consulter, den Mosche Arie in sein Team aufnahm. Er arbeitete damals in einer kleinen Broker-Firma in Tiberias, doch es bedurfte keiner großen Überredung, ihn für eine Bank wie die Kabukin-Ginko anzuwerben. Mosche Arie war selbst äthiopischer Abstammung und von dem ehrgeizigen jungen Mann beeindruckt, auch wenn er in dem Vorstellungsgespräch, das er mit Dagi führte, auf einige Widersprüche und Übertreibungen stieß. Mosche Arie schrieb dies jugendlichem Überschwang zu, dem Versuch, Eindruck zu schinden. Er fühlte sich an sich selbst vor zehn Jahren erinnert. Auch er hatte damals zum Zweck der eigenen Karriereförderung frei mit Fakten jongliert.

Der zweite Consulter, den Mosche Arie kurze Zeit nach Dagi in sein Team aufnahm, war Tschio. In seinem Fall lag die Geschichte ein bisschen anders. Mosche Arie hatte viel von Ido und der Firma Ido-Wasser gehört. Er lud Ido zu einem Gespräch ein und sagte ihm Dinge, die nur ein brillanter Analytiker, wie er ganz entschieden einer war, in einem so frühen Stadium sagen konnte: dass ein Betrieb wie Ido-Wasser keine Chance auf dem Spielfeld von Raubtieren habe, dass unabhängige kleine Unternehmen hilflose Mäuschen gegenüber den Wasserkonzernen seien; dass er sie nicht besiegen könne, sich ihnen deshalb anschließen müsse und er ihm ein Angebot zu machen habe. Ido blickte ihm in die Augen und hob die Hand. »Sie können hier aufhören«, sagte er. »Ich stimme Ihnen nicht zu, und ich will Ihren Vorschlag nicht hören. Ich will nicht hier sitzen, um mir von einem Investment-Consulter anzuhören, dass ich mich den Konzernen anschließen muss, nachdem ich den größten verlassen habe, in dem ich bis ganz nach oben hätte aufsteigen können. Ich denke, Sie haben Ihre Hausaufgaben nicht gemacht, Herr Mosche Arie, und ich schlage vor, Sie behalten Ido-Wasser im Auge, denn es könnte sein, dass Sie eine Überraschung erleben.«

»Die Hausaufgaben wurden erledigt«, erwiderte Mosche Arie in belustigtem, aber keineswegs geringschätzigem Ton. »Ich weiß, was Sie bisher geleistet haben, und ich schätze es, sehr sogar. Und ich weiß, dass es in einer vollkommenen Welt keinerlei Grund geben würde, warum Ihr Unternehmen nicht Fuß fassen und einen hübschen Profit abwerfen sollte. Aber was soll ich machen, es ist nun mal mein Job, einige Schritte vorauszudenken. Ich bin gut darin, und daher leite ich dieses Team in dieser Bank. Und wenn ich ein paar Schritte weiter vorausdenke, bin ich gezwungen, auf jede Romantik und Wunschdenken meinerseits zu verzichten – und glauben

Sie mir, Ido, ich würde es mir wünschen, dass Ido-Wasser als unabhängige Gesellschaft, die gegen die großen Wasserkonzerne kämpft, Erfolg hat.«

»Okay«, erwiderte Ido und erhob sich, »ich schätze Ihre Überlegungen, aber ich teile sie nicht.«

Mosche Arie betrachtete ihn, während er den Stift zwischen seinen Fingern wie eine flügelschwirrende Libelle schnell hin und her bewegte.

»Also gut. Ich kann mich problemlos mit Ihnen darauf einigen, dass wir uns nicht einig sind, und dieses Treffen in gegenseitigem Wohlwollen beenden«, sagte er. »Aber ich bitte Sie, hören Sie sich meinen Vorschlag wenigstens an. Sie werden ihn nicht annehmen, darin sind wir uns einig, aber es interessiert mich zu hören, was Sie davon halten. Sie sind ohnehin schon da, fünf Minuten mehr werden Ihnen nicht wehtun.«

Ido setzte sich wieder. Mosche Arie heftete seine kohlschwarzen Mandelaugen auf ihn und fuhr fort: »Sie sind ein brillanter Junge, Ido. Führend auf Ihrem Gebiet. Ein Erfinder. Sie haben Erfahrung, Verständnis und weitreichenden Einblick in dem Bereich. Sie können sehen, wo es langgeht. Sie sind zwar naiv, was den geschäftlichen Aspekt angeht, doch ich leugne Ihre Vorzüge nicht. Deswegen habe ich Sie eingeladen. Dieser Sektor wird weiter wachsen …« Er legte den Stift weg und schwang seinen Drehstuhl einen Moment zur Wand. Sein dichtes, straff am Kopf anliegendes Haar erschien Ido wie eine schwarze Kapuze. »Lassen wir das, das wissen Sie alles selbst.« Er drehte sich mit seinem Stuhl wieder Ido zu. »Mein Vorschlag ist, dass Sie bei mir einsteigen. Mit mir zusammen im Consulting arbeiten. Sie würden viel Geld verdienen. Gehalt, Prämien. Ich sage Ihnen mit absoluter Gewissheit, dass Ihr Geschäft auf lange Sicht keine solchen

Summen einbringen wird, außerdem wird es Sie kaputtmachen. Hier werden Sie weiter an Ihren Entwicklungen und Erfindungen im Bereich der Filterung arbeiten können. Wir würden sie gemeinsam an die Konzerne verkaufen und großes Geld machen.« Ido blickte ihn ein paar Sekunden lang an, bis er begriff, dass Mosche Arie zu Ende gesprochen hatte. Daraufhin lächelte er breit und schüttelte den Kopf: »Danke, ich weiß es zu schätzen. Aber wie ich schon sagte, ich stimme Ihren Voraussagen nicht zu. Ich glaube nicht, dass Sie recht behalten werden.« Er streckte seine Hand aus, und Mosche Arie drückte sie warm. Dann ging er zur Tür, öffnete sie, machte einen Schritt und blieb noch einmal stehen. Er drehte sich wieder zu Mosche Arie um. »Wollen Sie vielleicht meinen Bruder?«, fragte er.

Die ersten Tage in Charod sind nicht leicht. Das familiäre Zusammensein am Abend vertreibt zwar die Einsamkeit, doch tagsüber ist Lulu in der Schule, ihre Eltern sind in der Bäckerei und in der Poliklinik, und Maja ist allein in einem fremden Haus. Manchmal ertappt sie sich bei dem Gedanken, dass es vielleicht sogar in der Haft besser war, dort hatte sie wenigstens Gesellschaft … Das Gefühl, gescheitert zu sein, verstärkt sich in dem Maße, in dem die Wasserstandsanzeige des Gobogobo-Tanks sinkt. Was ist, wenn das Wasser aus ist? Die ständige Müdigkeit will nicht mehr vergehen, und seit ihrer Ankunft hier hängt sie noch öfter mit dem Kopf über der Kloschüssel. Es scheint, als habe ihr Körper einen Gang zugelegt und signalisiere ihr: Du kannst mich nicht mehr ignorieren.

Lulu kommt aus der Schule und nimmt Maja zu einem Spaziergang im Dorf mit. Sie erzählt ihr kichernd von ihrer Freundin Ma'jan, die drei Freunde auf einmal hat, die nichts voneinander wissen. Lulu trägt ständig ihre Interface-Brille auf der Nase, ebenso wie die zarten Lautsprecherclips, und ungefähr alle zwei Minuten erhält sie einen Anruf oder eine Nachricht von einer ihrer Freundinnen.

»Und was ist mit dir, hast du keinen Freund?«, fragt Maja.

Lulu zuckt die Achseln: »Drei hab ich nicht. Na ja, eigentlich nicht mal einen.«

»Was ist mit dieser Vorstellung, bei der du in Cäsarea warst? Wie hieß diese Gruppe?«

»Ah, Nurihiri Hagita. Was ist damit?«

»Hast du dort niemanden getroffen?«

»Ma'jan hat jemanden getroffen«, antwortet sie grinsend.

Lulu fragt Maja, was sie tagsüber gemacht hat, und wird böse, als ihre Tante gesteht, dass sie gar nichts getan hat. »Du musst einfach im Dorf spazieren gehen, nicht zu Hause festkleben!« Maja sieht sie an und fragt sich wieder, woher diese ganze Energie stammt, dieses sprudelnde Leben in ihr. Lulu senkt die Stimme: »Ich sag dir jetzt, wer die Leute sind, und wenn du sie dann beim Spazierengehen triffst, weißt du schon Bescheid über sie.« Maja nickt. Sie stellen die Verbindung über ihre Brillen her, und Lulu tippt: *Das ist Jamit, sie ist die Mutter von einem nervigen Jungen aus meiner Klasse. Sein Vater ist tot. Sie sind aus dem Galil geflohen, glaube ich … Der Typ dort mit dem Bot ist Wadi. Seine Frau heißt Como. Sie ist Japanerin. Sie haben zwei kleine Kinder. Er geht ständig fremd.*

Maja wirft ihrer Nichte über die Gläser der Brille einen erstaunten Blick zu. Sie tippt: *Woher weißt du solche Sachen?*

Das wissen alle.

Weiß sie es?

Wer, seine Frau?

Ja.

Weiß ich nicht.

Sie erreichen die Straße, die am Dorf vorbeiführt, und nehmen die Brillen ab. Maja fällt auf, wie trocken es hier ist. Außer Feigenkakteen und einigen Dattelpalmen ist keine Vegetation zu sehen. »Hier ist es ja wie in der Wüste«, bemerkt sie. »Das letzte Mal, als ich da war, waren die Felder grün, und es gab Melonen, Mais und Sonnenblumen. Wo ist der Teich?«

»Den gibt's nicht mehr, schon seit ewigen Zeiten. Sie haben ihn mit Dreck zugeschüttet. Auch keine Felder mehr. Und auch keine Fischteiche.« Charod war vor langer Zeit ein berühmter Kibbuz namens Ein Charod gewesen, der sich später in zwei Kibbuze geteilt, sich wiedervereinigt und die Kibbuzstruktur schließlich aufgegeben hatte. Als die Quelle versiegte, der Bach und die Fischteiche austrockneten, beschloss man, auch das Ein, die Quelle, im Namen zu streichen. »Ihr in Cäsarea habt das nicht mitgekriegt, aber es gibt schon längst nur noch Sand hier ...«, fährt Lulu fort, »in diesem ganzen miesen Plochoschstaat ist bloß noch Sand übrig geblieben. Na ja, in deinem Wohnzimmer natürlich nicht.« Maja lacht. Lulu senkt plötzlich die Stimme: »Setz die Brille auf.« Dann tippt sie: *Dieser Mann ist verrückt. Er ist neunundneunzig. Er macht einen wahnsinnig. Du brauchst dich nicht um ihn zu kümmern. Er ist manchmal ganz lustig, aber manchmal nervt er total.*

Wer? Wovon redest du?

Maja sieht niemanden. Sie nimmt die Brille ab und blickt sich um. Da hört sie einen Pfiff. Und noch einen. Nein, eher ein pfeifendes Geräusch. Jemand versucht, etwas zu sagen. Sie dreht ihren Kopf in die Richtung und sieht etwas. Eine dunkle Masse. Die Sonne geht gerade unter, sie kann schwer erkennen, was es ist, aber nachdem sich ihre Augen umgestellt haben, begreift sie, dass es sich um eine menschliche Gestalt handelt. Die Gestalt gibt wieder etwas von sich. Es klingt wie: »Hoppla!«

Maja sagt zögernd: »Was?«

Die Gestalt nähert sich. »Ich hab hoppla gesagt, was was, hörst du nicht, was man zu dir sagt? Hoppla, wenn man eine schöne Frau sieht, sagt man hoppla!«

»Wie bitte?«

Da greift Lulu ein: »Assafdschi, geh meiner Tante nicht auf den Geist, okay?«

»Hoppla!«, lautet die Antwort. Nun steht er vor ihnen. Sie befinden sich neben dem riesigen, verrosteten Gerippe der einstigen Großmolkerei auf einer Wirtschaftsstraße des Dorfes, umgeben von einem Zaun, ringsherum Wüste. »Tante, ah? Die schöne Tante von einem schönen Mädchen! Die kleine Lulu wird eine Honigbombe in ein paar Jahren, die Schönheitskönigin der Welt, und dann wird sie Assafdschi heiraten, und inzwischen, dem Propheten Elias sei's gedankt, hat er für die Wartezeit ihre schöne Tante geschickt, die Große-Lulu-Tante. Sehr angenehm.«

Maja versteht jetzt, was er sagt, sie musste nur ihre Ohren auf die Frequenz dieses sonderbaren Mannes einstellen. Gebeugt und verrunzelt, eine lange Nase und schiefe, gelbe Zähne, aber spitzbübische Augen. Er bewegt den Mund, als mümmele er an seinem Speichel oder seiner Zunge, und zwischen zwei seiner verbliebenen Zähne steckt ein himmelblauer Plastikzahnstocher.

»Angenehm«, erwidert Maja, und er drückt ihre Hand mit einer überraschenden Energie. Er trägt einen grauen Anzug aus Kammgarnbaumwolle, zu warm für dieses Wetter, eine rote Schirmmütze und Turnschuhe. Durchaus sportlich, trotz seines methusalemischen Alters und stark gebeugten Rückens, krumm wie eine Banane.

»Ich bin Assafdschi, der weise Alte vom Dorf und Abgott der jungen Mädchen«, stellt er sich vor. Sie lächelt. »Ein schönes Lächeln«, sagt er, »ein wunderschönes Lächeln. Ich habe nicht gehört, wie du heißt, Große-Lulu-Tante.«

Lulu interveniert wieder: »Assafdschi, bitte belästige meine Tante nicht mit deiner Flirterei. Tante, kümmere dich nicht um ihn. Außerdem ist er verheiratet. Er ist neunundneunzig, und seine Frau ist achtundzwanzig.« Maja entfährt ein erstickter Laut, den sie mit einem Husten zu kaschieren versucht.

»Gesundheit, meine Hübsche, Gesundheit. Warum musst du tratschen, kleine Lulu? Ich habe also eine Frau, darf ich deswegen zu der schönen Tante eines schönen Mädchens vielleicht nicht hallo sagen?« Seine Hand hält immer noch mit verblüffender Entschlossenheit die Hand Majas fest.

Sie sagt: »Sehr angenehm. Ich bin Maja. Lulus Tante. Wie heißen Sie?« Er schüttelt ihre Hand nun wie zur Bestätigung, dass er ihren Namen mitbekommen habe.

»Ich bin Assafdschi, Tante Maja. Der weise Alte vom Dorf und Abgott der jungen Mädchen. Stets zu deinen Diensten … und nur fürs Protokoll, meine Liebe, ich bin achtundneunzig. Neunundneunzig in zwei Monaten, hundert in einem Jahr und zwei Monaten, du bist hiermit offiziell zur Hundertjahrfeier eingeladen! Der Eintritt für schöne Frauen wie dich« – die Hand wird freigegeben, seine Körpermasse knickt leicht ein, und Maja begreift plötzlich, dass er eine Verbeugung macht – »ist frei! Und natürlich, Glückwunsch, meine Damen, die Kleine ist auch dabei!« Er kaut wieder an seiner Zunge.

»Also bis dann, Assafdschi«, sagt Lulu und drängt weiter.

»Moment! Hoppla! Schon bis dann? Wir haben uns gerade erst kennengelernt!«

Doch Lulu zieht Maja mit, die entschuldigend noch »Auf Wiedersehen« sagt, und sie lassen den Alten stehen.

»Was war das denn?«, fragt Maja.

»Hab ich dir nie von Assafdschi erzählt?«, sagt Lulu. »Er lebt schon seit ungefähr tausend Jahren hier.«

»Etwas weniger als neunundneunzig, oder?«

»Stimmt, neunundneunzig. Und er macht alle wahnsinnig. Manchmal ist er ja lustig, aber normalerweise nervt er, denn er wiederholt jeden Witz tausendmal. Aber er ist harmlos. Du darfst ihn nicht ernst nehmen.«

»Ist er wirklich mit einer Achtundzwanzigjährigen verheiratet?«

»Ja«, nickt Lulu, »seine sechste oder siebte Frau, niemand ist da ganz sicher. Sie ist sogar ziemlich nett. Sie heißt Aqua.« Sie machen sich auf den Heimweg, schlendern Hand in Hand, ohne Eile. Maja atmet den stillen, salzfreien Geruch des Dorfes ein. Sie fühlt sich wohl, die Erinnerung an die Untersuchungshaft scheint nur noch ein dünner Nebelstreif irgendwo im Hinterkopf.

Dagi und Tschio hatten etwa zweieinhalb Jahre unter Mosche Arie zusammengearbeitet, als die Heli-Raketen die Stadt vernichteten – in der das Gebäude stand, in dem die Bank residierte, in der Mosche Arie und Tschio an jenem schwarzen Julitag im Jahr des Affen nebeneinandersaßen. Dagi und Tschio waren gleichaltrig, stammten aus derselben Stadt, und obwohl sie sich vor Tschios erstem Arbeitstag in der Kabukin-Ginko-Bank nicht gekannt hatten, schienen sie aus der gleichen DNA gemacht: Sie hatten gemeinsame Bekannte und eine gemeinsame Sprache, sie amüsierten sich an den gleichen Orten, bräunten sich unter derselben Sonne, hatten mit den Füßen in demselben großen Sumpf neben ihrer Stadt geplanscht. Darüber hinaus arbeiteten sie im gleichen Bereich und waren fast gleichzeitig in dem neuen, interessanten Team unter einem brillanten Leiter in einer führenden internationalen Bank eingestellt worden.

Oberflächlich betrachtet gab es keinen Grund, dass sie nicht gute Freunde werden sollten – und das geschah auch. Dagi und Tschio wuchsen Seite an Seite unter dem behütenden, aber strengen Auge Mosche Aries heran. Sie lernten das Fach, tauchten in die Welt des Wassers ein, getrieben von der immensen Motivation, die Mosche Arie bei den Vorstellungsgesprächen erkannt hatte und die er jeder Erfahrung oder Fachkenntnis vorzog, die andere Kandidaten aufzuweisen hatten. Mosche Arie trug Sorge, seine zwei jungen Anwärter nicht auf Konkurrenzkurs zu bringen, was zum Zusammenstoß geführt hätte. Sie bekamen gleichwertige Aufgaben, teilten Verantwortung und erhielten gemeinsam Lob oder Tadel.

Tschio lud Dagi oft zu sich nach Hause ein, und so lernte Dagi Ido kennen, der zu dieser Zeit an dem Filter von Ido-Wasser in Tiberias zu arbeiten begann. Tschio lernte Dagis Familie kennen und ging sogar einige Monate mit der jüngsten Schwester aus, diejenige, die vor über zwanzig Jahren ihren Bruder »Dagi« genannt hatte. Dagi und Tschio aßen zusammen Mittag, fuhren am Wochenende an die Strände des Sees Genezareth und spielten jeden Mittwochabend zusammen Basketball. Sie halfen sich gegenseitig bei der Arbeit und führten Mosche Aries Team weit über seine Ziele hinaus. Eine weitere Erfolgsgeschichte des brillanten Bankmanagers und ein Grund mehr für die Leitung der Kabukin-Ginko, ihm am Jahresende eine fette Prämie zukommen zu lassen.

Doch unter der Oberfläche – wie vielleicht zu erwarten bei einer Freundschaft, die nahezu gezüchtet wurde – brodelten andere Energien. Letztendlich spielt in einer konkurrierenden, verzehrenden Sparte wie dem Finanzgeschäft das Privatinteresse die Hauptrolle und lenkt die Beteiligten in den meisten Fällen. Als Dagi Ido begegnete, erkannte er in ihm das, was auch Mosche Arie in ihm ausgemacht hatte: ein rares Talent, außergewöhnliche Fachkenntnis und Gewinnpotenzial. Und ebenso wie Mosche Arie sah er in Tschio eine Art Verbindungsglied zu der Stärke, die Ido darstellte. Er wusste, dass er als Tschios enger Freund nahe an Idos Teller saß und eine Art Heimvorteil hatte, irgendeine flüchtige Inspiration, die schwer in Worte zu fassen war. Tschio seinerseits wusste, dass ihn Mosche Arie dank, wenn nicht sogar nur wegen seines Bruders eingestellt hatte. Er merkte auch, dass Dagi Ido näherkommen wollte. Er verstand es, schließlich war er schon sein Leben lang Idos Bruder. Von seiner Warte aus waren die Gründe, weshalb sich eine Freundschaft mit Dagi und Mosche Arie für ihn lohnte, klar ersichtlich. Sie waren Teamgefährten, Chef und Kollege, und ironischerweise sein Ticket auf dem Weg zu seinem eigenen Stück vom Kuchen. Er schätzte Mosche Aries Qualifikationen, die klar auf der Hand lagen, und auch Dagis Qualitäten: ein immenser Ehrgeiz, Schläue und diese gewundene Art, mit der er stets vorging, leicht hinterlistig, am Rande der Legalität, aber ungemein spannend zu beobachten und ein Genuss, wenn man sie auf seiner Seite hat.

Vor diesem Hintergrund nahmen die Ereignisse im Frühling in jenem Jahr des Affen ihren Lauf, nur drei Monate vor der palästinensischen Offensive gegen Tiberias. Langsam, aber sicher, wie eine sanfte Gasflamme unter einem Dampfkochtopf, führte diese Konstellation zur Explosion, zu dem Punkt, an dem die heikle Balance zwischen den eigenen und den allgemeinen Interessen, zwischen Freundschaft und persönlichem Erfolg ins Wanken geriet und schließlich völlig erschüttert wurde. Das war der Hintergrund der sonderbaren Geschichte mit der Flasche Reiswhiskey, Idos Telefongespräch und der internen Information von Ohiya.

Einige Tage nach ihrer Ankunft in Charod erhält Maja einen Anruf von Agam. Reine Routine, sagt er mit seiner hohen Stimme, nichts Neues und kein Grund zur Sorge. Sie erkennt die Sympathie in seinem Blick, die sie von Anfang an wahrgenommen hat, und sagt sofort mit bedrückter Stimme: »Natürlich habe ich Grund zur Sorge. Denken Sie, es sei angenehm für mich, alle paar Tage einen Anruf von der Polizei zu erhalten und zu wissen, dass man alles beobachtet, was ich mache?«

»Maja, es ist meine Pflicht, mit Ihnen in Verbindung zu stehen und Sie zu kontrollieren. Ich schaue nicht nach, was Sie tun. Ich überprüfe nur hin und wieder, wo Sie sich befinden. Ich aktiviere kein SEE zur Überwachung. Ich weiß, dass Sie in Charod sind, bei Ihrer Familie, und mehr interessiert mich nicht.«

Sie sieht ihn an. »Soll ich Ihnen das glauben?«, fragt sie. Er lächelt übers ganze Gesicht, ein Lächeln, das seine Wangenknochen hervortreten lässt und Sicherheit ausstrahlt.

»Na klar«, sagt er. »Es kommt alles in Ordnung. Versprochen. Sollte ich das SEE aktivieren müssen und nachschauen, was Sie tun, sage ich Ihnen das vorher. Abgemacht?«

»Okay«, sagt sie mit einer gewissen Erleichterung. Sie ist, wie alle, an ein Leben unter dem SEE gewöhnt, und in den Jahren, in denen die Untersuchungen gegen die Firma Ido-Wasser liefen, ist vermutlich auch sie beobachtet worden. Doch sogar in einer Welt, in der jeder über deinen Chip auf der Stelle sämtliche Informationen – richtige oder falsche –

über dich abrufen kann, ist die Vorstellung, dass die Polizei jede deiner Handlungen verfolgt, irritierend.

Am selben Abend sitzt sie mit ihrem Bruder, ihrer Schwägerin und ihrer Nichte zusammen, die sie verwöhnt, dafür sorgt, dass ihr Wasserglas immer gefüllt ist, sich darum kümmert, dass sie gesund isst, und ihr sogar die Schläfen zur Beruhigung massiert, nachdem Maja gesagt hat, dass ihr übel ist. Anschließend sehen sie sich einen Film in der Mitsubishi-Anlage an, einen dummen Actionkrimi aus Hongkong, den alle in erwartungsgemäß begrenztem Maße genießen, alle außer Lulu, die wirklich ihre Freude daran hat. Nach dem Film schaltet der Bäcker auf die Ohiya-Nachrichten um, und sie sehen einen Bericht über die voraussichtliche Regenwelle im Dezember. »In weniger als zwei Monaten kommt sie zu uns«, sagt der Moderator. »Die nächste Flut!« Maja sieht interessiert zu. Sie weiß natürlich, dass die Wissenschaftler von Ohiya die Niederschläge vom September auf Dezember verschoben haben, um eine nahezu doppelte Regenmenge zu erhalten – eine Aktion, die ihnen die Regierungen von China, Palästina und Israel genehmigt haben im Austausch für Sicherheiten. Diese Verschiebung war schließlich einer der Hauptfaktoren, die die Kette der Ereignisse des letzten Monats in Bewegung gesetzt und sie hierhergeführt haben.

Sie hat die aktuellen Nachrichten schon seit langem nicht mehr verfolgt, und die Einzelheiten, die Ohiya inzwischen veröffentlicht hat, sind ihr noch nicht bekannt. Die Regenwelle werde in den Morgenstunden des elften Dezember beginnen und neun oder zehn Tage lang andauern. Das Wasser soll für fünfzehn Monate ausreichen, in deren Verlauf es, nach Meinung der Wissenschaftler, noch mindestens fünf Tage Regen geben werde. Ohiya verspricht, dass die Bevölkerung, wenn die Flut den Erwartungen gerecht werde, in den Genuss von Wasser zu verbilligten Preisen komme. Sie erläutern die fortschrittlichen Technologien der Wassergesellschaft, die zum ersten Mal im Dezember angewendet werden sollen und die Qualität und vermehrte Ausbeutung des Regenwassers sicherstellen werden. Es wird auch erklärt, wie das Wasser, nach Filterung und Desinfektion, zu den Bürgern des Staates befördert werden soll.

Maja spürt, wie sich Erbitterung in ihr zusammenbraut. »So ein Mist«, sagt sie erbost.

»Wieso Mist?«, entgegnet ihr Bruder. »Tut es dir weh, dass Ohiya was für die Leute macht? Es sind nicht alle Betrüger, die uns ausbeuten, wie du denkst.«

»Das ist Unsinn«, erwidert Maja, »aber ich will mich nicht mit dir streiten.«

»Warum, sag doch, warum das Unsinn ist«, drängt Lulu sie.

»Weil ich diese Leute kenne. Ich glaube nicht an die Zahlen, die sie veröffentlichen. Das sind Manipulationen, damit es so aussieht, als verteilten sie Gratiswasser, und damit die Leute denken, Ohiya sei das Beste, was der Menschheit je passiert ist. Sie wollen den Status quo aufrechterhalten. Die gesamte gespeicherte Wassermenge wird in den Händen der Konzerne bleiben, und sie werden die Regierungen und die Bürger weiter an der Nase herumführen.«

»Es ist leicht zu sagen, dass sie lügen«, entgegnet ihr Bruder. »Aber woher weißt du das? Hast du Beweise?«

»Ich kann dir frühere Voraussagen zeigen und sie mit den tatsächlichen Ergebnissen vergleichen.«

Der Bäcker zeigt sich nicht beeindruckt. »Es fällt mir schwer, das zu glauben. Wenn das so klar ist, wie kommt es, dass es niemand veröffentlicht?«

»Ich habe nicht gesagt, dass es derart klar ist. Sie sind nicht dumm. Sie verstehen es zu verbergen. Aber ich kann dir, weil ich etwas davon verstehe, ein paar glasklare Daten zeigen.«

»Ach …« Ihr Bruder winkt mit der Hand ab. Maja berührt es nicht besonders. Letztlich erwartet sie keine andere Reaktion von ihm. Im Laufe der ersten Tage hat er sich in Acht genommen, keine Konfrontation zu provozieren, doch er hat wohl auch seine Grenzen.

Lulu blickt sie an, voller Neugier. »Aber was würdest du denn machen, Maja? Beziehungsweise was versucht Ohiya den Leuten vorzuenthalten? Gibt es etwas, das die Leute anders machen könnten?«

»Sicher gibt es was«, antwortet Maja. »Es gibt private Speicherung. Das Dschi-Dschi, das Patent, an dem Ido gearbeitet hat. Jeder kann sein Regenwasser selber speichern. Das würde sowohl die Wassermenge für jeden Einwohner vergrößern, als auch der Regierung eine Menge Geld sparen. Aber die Konzerne üben Druck auf die Regierungen aus, und die Regierungen erlassen Gesetze, die private Speicherung unter allen möglichen lächerlichen Vorwänden verbieten.« Sie seufzt. »Was denkt ihr, worum ich diese ganzen Jahre gekämpft habe? All die Gesetze, die es jedem außer den Konzernen verbieten, Wasser zu pumpen, zu speichern, zu filtern, zu liefern, zu verkaufen. Und diese Show«, sie deutet auf den Bildschirm, »ist Teil des gleichen Spiels.«

Im Wohnzimmer herrscht Schweigen nach diesen Worten. Ihr Bruder stellt den Fernseher leiser, denn der Bericht ist zu Ende, und es kommt Werbung – für Ohiya natürlich, »ins Leben eintauchen«. Die Krankenschwester gähnt. »Ich bin müde. Das war nett. Kommst du schlafen?«

Wie bitte, nett?, denkt Maja, aber dann fällt ihr der Actionfilm aus Hongkong ein. Lulu gibt ihr einen Gutenachtkuss.

Doch Maja schläft nicht gut. Es ist inzwischen unbequem

für sie geworden, sich von einer Seite auf die andere zu drehen. Die Erbse, die in ihr wächst, hat sich bei der Ultraschalluntersuchung in der Poliklinik des Dorfes bereits als Orange gezeigt. Sie nimmt sich unwillkürlich in Acht, ihr nicht wehzutun, sie nicht zu quetschen, obwohl sie weiß, dass das gar nicht möglich ist. Sie liegt wach und macht sich Gedanken – wie sie aussehen wird, was sie hier machen wird, wie sie miteinander und den anderen zurechtkommen werden, ob sie das schöne Abschiedsgeschenk ihres Vaters, sein Ersatz sein wird oder für immer ein schmerzliches Andenken an seine Abwesenheit.

Ihre Gedanken wandern zu der Nachrichtensendung, zu der bevorstehenden Regenflut. Zu der Polizeiuntersuchung, zum Wasser, das zur Neige geht. Sie denkt an Ido und an Dagi, und ihr Herz krampft sich zusammen. Es ist eine Nacht mit nur wenig Schlaf und vielen sorgenvollen Gedanken, die sie auf Ideen bringen. Irgendwann im Morgengrauen beschließt sie, statt auf Informationen von der Polizei zu warten, selbst danach zu suchen. Sie muss herausfinden, was Dagi wirklich von ihr wollte, als er ihr die Doy anbot, wer Ewig war, welche Verbindung Dagi mit ihm hatte und was all das mit ihr zu tun hat. Die zweite Idee ist eigentlich nicht mehr als der Keim einer Idee, eine potenzielle Möglichkeit, die im Laufe der Nacht einen realen Aspekt entwickelt, als ihr auffällt, dass es womöglich eine Lücke im Gesetz gegen private Wasserspeicherung gibt, um die sie sich bis heute nicht gekümmert hat, da kein Grund dazu vorlag. Und an diesem Punkt begreift sie plötzlich, was sie an diesem Ort, zu dieser Zeit mit dem Material und dem Wissen in ihrem Kopf anfangen kann. Was sie für Ido tun kann, für sich selbst, für das Dorf ihrer Familie – und vor allem für das Kind, das in ihr wächst, für seine Zukunft.

Die sonderbare Geschichte begann mit Dagis Reise nach Peking, zur Hauptniederlassung der Kabukin-Ginko-Bank. Mosche Aries Team führte eine große Transaktion für einen wichtigen Kunden durch, und Mosche hatte beschlossen, dass Dagi die Termine in China wahrnehmen sollte. Auf der Heimreise musste Dagi eine Stunde auf dem internationalen Pekinger Flughafen totschlagen. Er streifte durch die Geschäfte, und sein Blick fiel auf Krüge mit Reiswhiskey. Alkohol war ein rarer Artikel geworden, in zahlreichen Staaten, einschließlich Israel und Palästina, waren seine Erzeugung und der Verkauf inzwischen verboten, wegen der Wassermengen, die beim Herstellungsprozess verschwendet werden, und seiner durstfördernden Eigenschaft. In China war der Konsum alkoholischer Getränke noch legal, wenngleich sehr teuer. Yuk-Bing-Shiu-jiu war ein weißer Reiswhiskey, der nach einem zweihundert Jahre alten Rezept hergestellt und in einem Tonkrug mit Leopardenfelldesign angeboten wurde. Dagi erwarb drei Krüge davon, zum Preis von zweihundertundein Kuay, und während des Fluges grübelte er, wem er sie schenken sollte: Einer war für Mosche Arie – das stand fest. Einen erwog er selbst zu behalten. Was den dritten betraf, so schwankte er. Er dachte an den Direktor der israelischen Kay-Gi-Zweigstelle, fürchtete jedoch, es würde ihm als Anbiederung ausgelegt werden. Bei Tschio, überlegte er, könnte ein solches Geschenk als Überheblichkeit oder Heuchelei ankommen. Am Ende entschied er sich für Ido. Er war eine Weile nicht mehr in Kontakt mit ihm gewesen und konnte sich so in Erinnerung bringen. Darüber hinaus kannte Ido Ohiya sehr gut – es war noch nicht viel Zeit verstrichen, seit er den Konzern verlassen hatte, um sich seiner Firma Ido-Wasser zu widmen, und er hatte enge Beziehungen bewahrt. Ido wusste, was in der Wassergesellschaft passierte, und verstand es auch, die inneren Vorgänge zu interpretieren. Die Transaktion, mit der Dagi in China befasst gewesen war, hing mit Ohiya zusammen, und er hatte während seiner Reise auch Gerüchte über den Preis einer bestimmten Aktie vernommen, also dachte er, es sei ein gutes Timing, um mit Ido zu reden. Ein Krug Reiswhiskey aus China wäre ein passender Vorwand dafür.

Den Krug, den er für sich vorgesehen hatte, öffnete er am Abend seiner Heimkehr, wo er auf der Terrasse seiner Wohnung mit Blick auf den See Genezareth in langsamen Schlückchen einige Gläschen trank. Den zweiten Krug brachte er Mosche Arie am nächsten Morgen. Den dritten ließ er per Bot-Service mit der folgenden Botschaft an Ido schicken: »Lieber Ido, long time no speak ... Hier eine Kleinigkeit aus China, wo kleine Leute interessante Kleinigkeiten über unsere Freunde von Ohiya flüstern ... Melde dich bei Gelegenheit, Dagi.« Er gab den Auftrag, dass der Krug am nächsten Tag am Mittag bei Idos Eltern eintreffen sollte, um sicherzustellen, dass Ido ihn persönlich erhielt und Tschio zu diesem Zeitpunkt in der Arbeit war – um genau zu sein, in der Teambesprechung, bei der Dagi Tschio und Mosche Arie von seinen Verhandlungen in China berichten würde.

Am nächsten Tag, als er aus der Besprechung kam, aktivierte er den Chip an seinem Arm, setzte seine Interface-Brille auf und sah, dass eine Nachricht von Ido eingegangen war. Der zufrieden wirkte: »Ya, Dagi! Vielen Dank für den chinesischen Reiswhiskey, solchen Stoff habe ich seit langem nicht mehr getrunken. Ja – ich weiß, wovon du sprichst, die Dinge scheinen gut zu stehen für Ohiya. Behalt es noch ein paar Tage für dich, du wirst nicht enttäuscht sein. Jalla!« Dabei hob er ein Gläschen und schwenkte es lächelnd. In dem Glas erkannte Dagi die Flüssigkeit, die ihn so viel Geld gekostet hatte. Die zweihundert Kuay haben sich schon bezahlt gemacht, dachte Dagi mit süffisantem Lächeln. Mit der Interface-Toyota noch auf der Nase und dem Hauptmenü vor Augen loggte er sich bei seinem Broker ein und gab Order zum Kauf von Aktien jener Tochtergesellschaft Ohiyas. Dann berührte er seinen Arm, trennte die Verbindung und nahm die Brille ab. Hochgestimmt und sehr zufrieden mit sich ging er zu seinem Schreibtisch. Als sein Blick auf Tschio fiel, winkte er ihn zu sich. Später vergegenwärtigte er sich diesen Augenblick immer wieder. Weshalb hatte er es Tschio zeigen wollen, womit hatte er sich zu brüsten versucht? Er sagte zu ihm: »Setz mal die Brille auf.« Als Tschio das getan hatte, berührte Dagi seinen Arm und schickte Tschio die Nachricht seines Bruders. Dann fragte er ihn: »Meinst du, das ist eine interne Information?« Tschio zuckte die Achseln und schüttelte den Kopf. Woher sollte man das wissen? Dann drehte er sich um und ging an seinen Platz zurück.

Am nächsten Morgen trat Mosche Arie an Dagis Tisch und forderte ihn mit ernstem Blick auf, ihm in den Besprechungsraum zu folgen. Dort waren, außer ihnen beiden, der Direktor der Kay-Gi-Israel-Bank und fünf Rechtsanwälte vertreten. Tschio war nicht da. Fünf Stunden lang stand Dagi im Kreuzfeuer. Einer nach dem anderen schossen die Anwälte ihre Fragen auf ihn ab – nach seinen Kontakten zu Ido, seinen Aktivitäten an der Börse, seinen Beziehungen zum Ohiya-Konzern, zu den Terminen seiner letzten Reise und nach den anscheinend internen Informationskanälen in diversen Firmen. Am Ende wurde ihm mitgeteilt, dass er fristlos entlassen sei. Im Zuge ausgedehnter Korruptions- und Betrugsaffären, die im letzten Jahr an den Börsen von Peking und Tokio aufgedeckt worden waren, und der international gesteigerten Sensibilität und gesetzlichen Kontrolle dieses Bereichs und so weiter und so fort, habe die Kabukin-Ginko-Investmentbank erst unlängst die Entscheidung getroffen, nicht einmal den leisesten Schatten des Verdachts zu dulden, dass einer ihrer Angestellten mit illegaler Börsenaktivität in Zusammenhang stehe oder Insiderinformationen über Börsenvorgänge zu Gunsten der Firma oder zu seinen eigenen Gunsten nutze. Dagi wurde in Begleitung eines Wachmanns zu seinem Arbeitsplatz gebracht, packte seine Sachen und verließ das Gebäude und seinen Posten in der internationalen Kabukin-Ginko-Investmentbank für immer.

Am Morgen erzählt sie Lulu von ihren Ideen, als sie zu einem Spaziergang außerhalb des Dorfes aufbrechen. Es ist Schabbat, und Lulu arbeitet schwer daran, die Laune ihrer Tante zu heben. Sie hat ihr in der Früh verkündet, dass sie einen Ausflug machen werden, um an die frische Luft zu kommen und die Muskeln etwas in Bewegung zu setzen. Sie hat ihrem Vater den Ayscha abgeschwatzt und instruiert nun Maja, die am Steuer sitzt, wohin sie fahren soll. Schließlich parken sie und gehen zu Fuß weiter. Es ist grell wie üblich, 34,3 Grad, ihre Brillen sind auf Verdunkelung programmiert. Sie sind mit einer großen Flasche Wasser und Sandwiches ausgerüstet, die Lulu bei ihrer Mutter geordert hat.

Lulu will ihr bei den Nachforschungen über Dagi und Ewig natürlich helfen. Sie behauptet, eine Meisterin im Informationssurfen zu sein und garantiert alles zu finden, was über sie gefunden werden kann. Maja berichtet ihr, was sie weiß, den Namen der Bank in Tiberias, bei der Dagi gearbeitet hat, die Viertel, in denen er in Cäsarea gewohnt hat, und die Adresse von Ewigs Wohnung.

»Und was hältst du von der zweiten Idee?«, fragt Maja.

»Meinst du, dass du das kannst?«, stellt Lulu die Gegenfrage.

»Ich weiß nicht. Ich habe über sieben Jahre auf diesem Gebiet gearbeitet. Ich kenne mich sehr gut aus. Ich weiß, wie man Kriege mit wem auch immer führt, falls nötig. Ich kenne die Gesetze, ich muss mich nur noch mal vergewissern, dass wir in juristischer Hinsicht abgedeckt sind. Worin ich mich weniger auskenne, ist die technisch-praktische Seite. Aber auch darin habe ich Erfahrung. Und, was die Hauptsache ist, ich kenne das ganze Material von Ido.«

»Ich bin sicher, das schaffst du mit links«, sagt Lulu mit der Sicherheit einer Fünfzehnjährigen. »Man muss bloß das Dorf überzeugen. Ihnen erklären, welchen Riesenvorteil ihnen das bringt.«

»Ja, das ist die große Frage. Ich möchte nicht einfach aus dem Nichts auftauchen und den Leuten sagen, was sie zu tun haben. Ich werde das Vertrauen der Menschen brauchen und ihre Mitarbeit.«

»Aber es ist doch für sie, oder nicht? Zu ihrem Vorteil?«

»Ja. Es gibt eigentlich keinen Grund, warum sie nicht mitmachen wollen sollten.«

»Und du kommst nicht aus dem Nichts. Du gehörst zur Familie. Ist doch egal, erzähl's ihnen. Niemand wird sie zu irgendwas zwingen.«

»Auch um es zu erzählen, werde ich mich ernsthaft vorbereiten müssen. Ich muss an der Sache arbeiten, mich absichern, dass es wirklich möglich ist.«

»Hast du gerade was Besseres mit deiner Zeit anzufangen?«

Maja lacht. Sie atmet tief durch und legt eine Hand auf ihre Bauchkugel: »Ich hoffe, ich habe genug Kraft mit dieser ewigen Müdigkeit … Also, wie machen wir es? Gibt es bei euch Net-Foren, Web-Treffen oder so was?«

»Kaum«, antwortet Lulu, »aber es gibt diese Treffen von der Uraltsorte, wo alle an einem Ort zusammenkommen und sich echt treffen.«

Maja stutzt einen Moment. »Was, sie gehen wirklich alle an einen Ort, die ganzen Leute im Dorf? Ohne Interface-Brillen und Netzkommunikation? Wo haben die denn alle Platz?«

Lulu grinst. »Es gibt bloß hundert und noch was Leute. Weißt du, wir sind hier nicht in Cäsarea. Die Menschen hier lieben es, sich richtig echt persönlich zu sehen. Ein paar von ihnen wenigstens.«

»Komisch«, sagt Maja. »Ich glaube, ich habe seit ewigen Jahren keine hundert Menschen mehr in einem Raum zusammen gesehen. Wann findet ein solches Treffen denn statt?«

»Sekunde.« Lulu berührt ihren Arm, um die Information abzurufen. »Am Montag. Aber weißt du, normalerweise kommen nicht wirklich viele Leute. Wir müssen dafür sorgen, dass sie kommen. Hier, ich kann da ein Thema eintragen, und dann können wir an alle eine Nachricht versenden.«

Maja ist sich noch nicht ganz sicher, doch Lulu drängt sie bereits voller Begeisterung. Sie beharrt darauf, dass sie bei einem harmlosen Treffen mit den Leuten vom Dorf nichts zu verlieren habe. Maja gibt nach, und sie formulieren gemeinsam eine Meldung: »Kommen Sie zur nächsten Dorfversammlung! Maja, Expertin für Wasserspeicherung und Filterung aus Cäsarea (Ido-Wasser), wird einen Vortrag über die Vorbereitung auf die nahende Regenflut im Dezember halten. Sehr wichtig! Nicht versäumen!«

Als sie nach Hause kommen, distanzieren sich der Bäcker und seine Frau sofort von dem, was sie als einen Missbrauch der Dorfversammlung »für die extremistischen Ideologien deiner Tante« bezeichnen. Doch es treffen auch zahlreiche neugierige und erwartungsvolle Reaktionen ein. Lulu meint, dass ganz offensichtlich Interesse bestehe, und glaubt, dass an der Versammlung viel mehr als sonst teilnehmen werden. »Alle interessieren sich fürs Wasser«, behauptet sie, »und alle reden über die Flut. Das werden die nicht versäumen wollen.«

Auf ihrem Weg zum Dorfladen am Abend stoßen sie auf weitere Neugierige. Maja erinnert sich nicht an ihre Namen, außer an Assafdschi natürlich, der sie wieder mit seiner ausgestreckten Hand und seinen grotesken Flirtversuchen zum Lachen bringt.

»Hoppla!«, sagt er mit seinem eigentümlichen, spezifischen Pfeifen, das Maja diesmal sofort identifiziert. »Eine Wasserexpertin! Welche Ehre! Sie ist nicht nur schön, nicht nur die Tante einer Schönheit, nicht nur die Schwester eines Bäckers – das ruiniert mir die Form, warum ist der nicht weiblich? –, sie hat nicht nur Brötchen im Ofen, Tante Maja ist auch Wasserexpertin. Hoppla!« Er kaut und schluckt wieder an seiner Zunge, und dann hinkt er davon, krumm und verwittert, während er ab und zu noch ein »hoppla« vor sich hin murmelt. Ein Stück weit entfernt dreht er sich mit einem Mal wieder um und schreit, wobei er zwischendurch heftig pfeifend eine Menge Luft holen muss: »Wenn mir die Fußsohle nicht zu wehtut, sehe ich dich dort, Tante Maja, wir haben ein Date, ja? Montag um neun, nicht vergessen!« Dann dreht er sich endgültig um, während er in sich hineinbrummelt: »Bösartige Fußsohle, ich werd dich durch Fledermausplastik ersetzen.«

»Ich fange an, ihn zu mögen«, sagt Maja auf dem Heimweg zu ihrer Nichte, womit sie einen heftigen Lachanfall von Lulu hervorruft, bei dem sie ihre blauen Augen zusammenkneift, bis sie in kleinen Schlitzen verschwinden. Sie steckt auch

Maja mit ihrem Gelächter an, die immer noch die pfeifenden Geräusche des greisen Assafdschi von fern zu hören vermeint.

Dagi hatte einen Schock. Erst war er beleidigt, danach verletzt, und dann begann er zu hassen. Der Schock rührte von der Verkettung der Dinge her, von den rasend schnellen Reaktionen und dem Ergebnis. Beleidigt fühlte er sich von der Bank und von Mosche Arie. Die Verletzung hatte ihm hauptsächlich Tschio zugefügt, den er für seinen Freund gehalten hatte und der ihn hinter seinem Rücken für eine harmlose Nachricht hingehängt hatte. Dagi begriff es nicht. Wenn Tschio ein schlechter, heuchlerischer, egoistischer Mensch gewesen wäre – na gut. Aber wie konnte das nach einer zweijährigen Freundschaft und Zusammenarbeit geschehen? Als der Schmerz darüber in Hass umschlug, anfangs dumpf und dann immer deutlicher und schneidender – war die Zielscheibe für dieses hitzig brodelnde Gefühl einzig und allein Tschio.

Nach seinem Hinauswurf saß Dagi tagelang in seiner Wohnung, schmorte in seiner Frustration und seiner Wut. Der Krug Reiswhiskey, den er für sich behalten hatte, stand vor ihm wie ein Mahnmal, während er davon träumte, wie er an Tschio auf alle möglichen grausamen Arten Rache nehmen würde.

Er versuchte zu analysieren, was geschehen war. War es eine unglückliche Verkettung von Zufällen gewesen, oder hatte Absicht dahinter gestanden? Es war ihm untersagt worden, mit Mosche Arie, Tschio oder Ido bis zum Abschluss der Untersuchung seitens der Aufsichtsbehörde des Aktienhandels Kontakt aufzunehmen. Daher konnte er nur sich selbst befragen: War die Nachricht von Ido wirklich problematisch, und wenn, war Ido sich dessen bewusst? Und warum hatte Tschio Mosche Arie davon erzählt? Was hatte ihn getrieben, was wollte er damit erreichen? Dagi dachte über die Beziehung zwischen ihnen nach. Vielleicht war er nicht feinfühlig genug gewesen. Hatte Tschio heimliche Wünsche gehabt, hatte er Neid oder Ärger wegen des Geschenks empfunden, das Dagi seinem Bruder gemacht hatte? Hatte Dagi da irgendetwas übersehen? Oder hatte es vielleicht mit Tschios Beziehung zu seinem Bruder zu tun?

Er fand keine Antworten. Der Schock, die Kränkung, die Verletzung und der Hass speisten sich gegenseitig, Dagi kreiste wochenlang in dieser Endlosschleife, und wären die palästinensischen Helis nicht an jenem glühend heißen Morgen im Juli zu ihrer Vernichtungsmission aufgebrochen, wer weiß, wie lange er noch so weitergemacht und wo es geendet hätte.

Wie sich herausstellt, verbringt Lulu nun den größten Teil ihrer Unterrichtsstunden damit, Informationen über Dagi und Ewig zu suchen, denn das ist natürlich viel spannender. Sie erzählt Maja, was sie alles entdeckt hat. Über Ewig kann Lulu Maja nicht viel Neues berichten, über Dagi allerdings schon. Maja hat nie daran gedacht, Informationen über ihn einzuholen, sie hatte keinen Grund dazu, und so sind Lulus Entdeckungen eine Überraschung für sie. Dagi hat offenbar in seiner Jugend irgendeinen Gesangswettbewerb in Tiberias gewonnen, und deshalb gibt es eine Menge Material über ihn. Er ist in Tiberias geboren und aufgewachsen, hat dort bis zum Fall der Stadt gelebt, seine Mutter ist Äthiopierin, sein Vater aus der Ukraine. Er fing vor sechs Jahren in der Kabukin-Ginko-Investmentbank zu arbeiten an und wurde im Mai, im Jahr des Affen, entlassen. Nach dem Fall von Tiberias im Juli … Maja stoppt sie. Sie bittet Lulu, ihre letzten Worte zu wiederholen.

»Was heißt entlassen? Ist er gekündigt worden?«

»Ja«, nickt Lulu, nachdem sie es noch mal überprüft hat, »im Mai. Im Jahr des Affen.«

»Zwei Monate vor dem Angriff?« Lulu bestätigt es. »Ich verstehe das nicht«, sagt Maja. »Das ist das erste Mal, dass ich davon höre. Ich habe gedacht, er hätte bis zum Schluss bei der Bank gearbeitet.« Ihr fällt ein, dass sie Dagi nie gefragt hat, warum er nach dem Fall von Tiberias nicht weiter bei der Bank arbeitete, die Zweigstellen in Cäsarea sowie überall auf der Welt hat. Maja streicht Lulu über den Kopf. »Danke Lulu, du bist unschlagbar.«

Während Lulu in ihrer Klasse sitzt und Dagis Vergangenheit erkundet, bereitet sich Maja auf ihren Vortrag vor. Sie hat es schon mehrmals bereut, dass sie der Begeisterung ihrer Nichte nachgegeben hat, aber eingesehen, dass es nun zu spät ist. Sie hat sich dazu verpflichtet. Zudem merkt sie, dass die Arbeit die Zeit vertreibt, sie die Depression und die Übelkeit eine Weile vergessen lässt, somit gar nicht schlecht ist. Sie geht die letzten Gesetzesvorlagen durch, vergewissert sich, dass die Lücke, die sie in den Gesetzen zur privaten Wasserspeicherung entdeckt zu haben glaubt, tatsächlich besteht und nicht inzwischen durch irgendeine juristische Spitzfindigkeit gestopft worden ist, und frischt ihr Gedächtnis auf. Das Interesse an dem Vortrag ist stark – Lulu überprüft alle paar Minuten die Anzahl der Rückmeldungen. Von den hundertdreiundzwanzig Erwachsenen im Dorf werden an die hundert kommen, einschließlich des Bäckers und der Krankenschwester. Maja spricht nicht gern vor Publikum. Sie hat sich nie daran gewöhnen können, und außerdem hat sie seit ihrer Zeit im Finanzministerium, und das ist Jahre her, nicht vor mehr als drei Personen auf einmal gesprochen. Doch sie weiß, dass sie die Materie liebt und wirklich etwas davon versteht. Und sie weiß auch, dass es eine gute und wichtige Idee ist, die der Gemeinde in Charod nur helfen kann, ebenso wie ihr und ihrem Kind.

Mit dieser Vorgabe beginnt sie ihren Vortrag, und der zögerliche Anfang verwandelt sich innerhalb weniger Minuten in eine sichere, flüssige Rede. Sie hat sich mit diesen Themen seit der Schließung von Ido-Wasser nicht mehr befasst, doch als sie daran zu arbeiten begonnen hat, konnte sie feststellen, dass in ihrem Kopf noch alles vorhanden ist. Die Daten, die Zahlen und die Fakten kommen ihr ganz glatt über die Lippen. Sie schöpft Kraft aus der gespannten Stille im Publikum, spürt, dass man ihr zuhört, und die Energie durchströmt sie.

Und das sagt Maja zu den Einwohnern von Charod bei der Dorfversammlung in einer milden Nacht Mitte Oktober: »Dem Anschein nach gehört das Wasser der Erde und allen Lebewesen. Es ist unsere Pflicht, es zu achten und natürlich und rein zu bewahren, und die der Regierungen, es zu schützen und die Öffentlichkeit damit zu versorgen. Aber die gegenwärtige Lage ist weit davon entfernt. Der Wassermarkt wird von internationalen Konzernen beherrscht, speziell den drei Riesen – Ohiya, Vizi und Gobogobo. Dem Anschein nach ist es ein freier Markt mit offenem Wettbewerb, doch diese Konzerne machen gemeinsame Sache, um ihre Macht auf Regierungskosten zu mehren und den Markt allein zu kontrollieren. Die Konzerne haben mit dem Erwerb von Quellen und natürlichen Wasserreservoirs in ihren Ursprungsländern begonnen – China, Ukraine, Japan –, sich danach ›private‹ Quellen in anderen Gegenden der Welt einverleibt – die Gebirge in Europa, Indien, Südamerika – und schließlich Bäche, Flüsse, Seen und Meere – Wasserreservoirs, die Staaten gehören. In einer zunehmend austrocknenden Welt, die ständig kreativerer Lösungen für die Wasserspeicherung, Filterung oder Entsalzung bedarf, überredeten die Wasserkonzerne Regierungen und Lokalbehörden – mit verführerischen Geldsummen und garantierten Wasserquoten –, die Herrschaft über Wasserquellen und die Nutzungsrechte zu privatisieren und ihnen zu überlassen. Immer mehr Länder, die bis zum Hals in Schulden steckten, wie Indien, Argentinien, Südafrika und viele andere, hatten keine Wahl. Die europäischen Staaten mit sozialistischen Traditionen stemmten sich lange Jahre dagegen, doch auch sie beugten sich am Ende dem Druck. Allmählich beherrschten die Konzerne die Mehrheit der Wasservorkommen auf dem gesamten Globus und damit auch die Wasserindustrie und alle Folgeleistungen – Pumpen, Filterung und Lieferung an Milliarden von Menschen. Doch das genügt ihnen nicht. Wo gibt es denn noch Wasser, abgesehen von Quellen, Meeren, Flüssen, Seen und Bächen?«

Maja hält einen Augenblick inne, und dann hebt sie ihren Kopf nach oben. Das Publikum folgt ihr mit den Augen.

»Niederschläge. Die Wasserkonzerne beschäftigen die fähigsten Wissenschaftler und Ingenieure der Welt – Chinesen, Skandinavier, Amerikaner, auch einige Israelis –, die sie in alle Himmelsrichtungen ausschwärmen lassen, damit sie sich mit den Phänomenen Wolken, Regen, Schnee, Hagel und Tau befassen. Alle kennen die Wolkenkriege, die Anfang des vergangenen Jahrzehnts zwischen Israel und Palästina und anderswo auf der Welt geführt wurden. Es ist auch unübersehbar, dass sie in dem Moment zu Ende waren, in dem die Wasserkonzerne tiefer in die Sache einstiegen. Denn Kriege sind nicht gut für sie, Wolken dagegen schon. Wir konnten sehen, wie bei scheinbar politischen Verhandlungsrunden plötzlich Vertreter der Wasserkonzerne auftauchten.

Das Gleiche ist auch jetzt geschehen, mit der Regenwelle, die Ende September erwartet wurde, von Ohiya aber auf Dezember verschoben wurde. Man darf diese Gegebenheiten nicht für bare Münze nehmen, der Regen ist nicht einfach ausgeblieben«, sagt Maja zu den Leuten von Charod. »Hinter einem solchen Schritt verbergen sich Interessen, Macht, Geld. Es handelt sich zwar alles in allem um eine Regenflut von einer Woche bis zu zehn Tagen in einem kleinen Teil des Nahen Ostens; das ist nicht China, Amerika oder Europa, aber trotzdem ist es ein interessanter Testfall, denn es illustriert, wie eine Gesellschaft wie Ohiya Niederschläge in der Wüste benutzt. Sie verschieben die Regenwelle und erzählen uns in den Nachrichten – die sie finanzieren –, dass sich das für uns lohnen würde, da wir dann mehr Wasser hätten. Sie versprechen sogar Gratiswasser, wenn sich die Voraussagen bewahrheiten – vielen Dank! Doch in der Praxis trocknen sie uns drei Monate lang aus, zwingen uns, ihr Wasser zu kaufen oder bei ihren Banken Kredit aufzunehmen, denn wir haben ja gedacht, dass der Regen im September käme und uns dementsprechend eingerichtet, und als er nicht kam, haben wir von ihnen Wasser gekauft, denn es ist das billigste, und es sind die bequemsten Kredite, die man kriegen kann … Und was werden sie machen, wenn die Niederschläge gefallen sind? Sie werden über alles Wasser herrschen, denn das Wasser wird in ihren Speichern aufgefangen, und für diesen gewaltigen Vorrat werden wir den vollen Preis zahlen. Sollte es Geschenke geben, werden sie nur verteilt, wenn die Voraussage übertroffen wird.«

Maja hält wieder einen Moment inne, um das Publikum zu mustern. Sie sind ganz Ohr. Lulu blickt sie bewundernd an, und sogar ihr Bruder und ihre Schwägerin scheinen gefesselt. Auch wenn nichts dabei herauskommen sollte, so haben sie zumindest etwas gelernt. Maja fährt fort. Sie spricht über die Gesetze, die die Wasserkonzerne initiiert haben, über den Druck, der auf Politiker ausgeübt wurde. Diese Gesetze geben ganz schlicht alle Macht und Kontrolle, alle Rechte und das ganze Wasser in die Hände der Konzerne. Kleine Geschäftsleute können nicht konkurrieren – es ist ihnen gesetzlich verboten zu speichern, zu filtern, zu befördern oder zu verkaufen. Darüber hinaus bestimmt ein relativ neues Gesetz, dass ein Privatmensch kein Regenwasser speichern darf. Wer am zehnten Dezember eine Wanne auf seinem Dach aufstellt und nach einer Woche hinaufgeht und das Wasser trinkt – verstößt gegen das Gesetz.

»Kann ich ein Glas Wasser haben?«, fragt Maja an dieser Stelle und erntet einhelliges Gelächter beim Publikum. Jemand reicht ihr ein Glas. Dann erzählt sie, abgekürzt, die Geschichte von Ido-Wasser. Die Schwierigkeiten, die Willkür der Behörden und Konzerne, die Umgehung der Gesetze, der tägliche Kampf, das Wasser optimal aufzubereiten und es zu verkaufen, eine Marke und einen zuverlässigen Kundenstamm zu entwickeln, unabhängig zu bleiben – kurz, wie sie einige Schlachten gewonnen und den Krieg verloren haben. Idos Verschwinden erwähnt sie nicht.

Dann sagt sie: »Das alles ist der Hintergrund der Geschichte. Jetzt möchte ich eine Idee präsentieren. Die Idee ist für Sie bestimmt, für die Einwohner von Charod. Ich unterbreite sie Ihnen, weil hier mein einstweiliges Zuhause ist, meine Familie befindet sich hier, und weil ich glaube, dass hier die Bedingungen zur Durchführung gegeben sind.«

Sie trinkt einen Schluck Wasser, und das Publikum ist nach dem fünfundvierzigminütigen Vortrag immer noch aufmerksam und ruhig. Die Interface-Brillen sind in der Hand zusammengeklappt oder hängen um den Hals, sie reagieren auf keine Verbindung, surfen nicht. Sie blickt über die Köpfe hinweg und trinkt noch einen Schluck Wasser. Dann holt sie tief Luft und sagt: »Ich denke, wir sollten hier für die Regenflut im Dezember ein Speicherbassin ausheben und anlegen.« Sie macht eine kleine Pause. »Das wird uns – Sie – für eine lange Zeit mit Wasser versorgen und unsere Abhängigkeit von den Korporationen verringern. Alles, was ich brauche, sind Leute, Zeit, Werkzeug und ein bisschen Geld, um zu graben, einen Filter zu bauen, Baumaterial und Chemikalien zur Desinfizierung zu kaufen.« Sie hat eigentlich die Absicht gehabt, fortzufahren und ihren Plan genauer zu erläutern, doch an dieser Stelle verliert sie die Kontrolle, denn das Publikum beginnt, durcheinanderzureden, aus dem Vortrag wird eine Diskussion.

»Aber gerade haben Sie uns erklärt, dass private Speicherung gegen das Gesetz verstößt. Das Dorf kann doch nicht das Gesetz übertreten!« Der Sprecher ist ein älterer Mann mit einem Vollbart, der seinen Mund einrahmt. Sein kurzes, schwarzes Haar ist grau gesprenkelt. Er ist nicht groß, aber breit. Maja ist er vorher schon aufgefallen, und sie hatte den Eindruck, dass sein Blick nicht gerade Sympathie ausstrahlt.

»Selbstverständlich darf das Dorf nicht das Gesetz übertreten, das will ich auch nicht vorschlagen«, erwidert sie. »Tut mir leid, ich kenne Sie nicht alle, wenn also jeder bereit wäre, seinen Namen zu nennen …«

»Wassermann«, sagt der Mann. »Vorsitzender des Dorfrats. Ich würde mich freuen, wenn Sie den Widerspruch zwischen dem Gesetz, das die Speicherung von Regenwasser verbietet, und Ihrem Vorschlag von eben auflösen könnten.« An verschiedenen Stellen im Publikum werden zustimmende Laute und unterstützendes Gebrummel laut.

»Ich kenne jedes Wort in dem Gesetz zur privaten Speicherung«, beginnt Maja, »ebenso wie den genauen Wortlaut aller vorangegangenen Gesetze, die in den letzten Jahren und davor in Zusammenhang mit Speicherung, Filterung, Beförderung und Nutzung von Wasser verabschiedet worden sind. Als ich anfing, über ein Wasserspeicherungsprojekt hier in Charod nachzudenken, habe ich entdeckt, dass es in diesen Gesetzen eine Lücke gibt, durch die wir schlüpfen können. Ich glaube, die Wasserkonzerne und ihre Rechtsanwälte sind sich dieser Lücke bewusst und werden sie in Zukunft zu schließen versuchen, aber momentan existiert sie. Erstens, das Gesetz bezieht sich auf die private Speicherung ›einer Person für sich selbst und für ihre Familie‹, so der exakte Wortlaut. Die früheren Gesetze beziehen sich natürlich auf ›Gesellschaften, Vereinigungen oder Gruppierungen von Personen jeglicher Anzahl‹, doch für diese besteht das Verbot darin, Wasser ohne die entsprechenden Genehmigungen zu gewerblichen Zwecken zu nutzen – das heißt, es zu verkaufen. Mit den Auslegungen dieses Gesetzes habe ich mich jahrelang beschäftigt, mehr, als mir lieb war.

Mein Vorschlag lautet, dass wir das Wasser nicht für gewerbliche Zwecke nutzen. Es wird nicht verkauft werden, sondern ist nur für den Bedarf der Einwohner von Charod, und zwar gratis. Wenn das Gesetz also besagt, dass eine Person oder eine Familie nicht selbst speichern und das Wasser trinken kann, eine Gesellschaft oder Vereinigung beziehungsweise Gruppierung von Personen kein Wasser verkaufen darf, dann kann eine Vereinigung jedoch Wasser speichern und es nutzen, ohne es zu verkaufen. Ob diese Gesetzeslücke aus Nachlässigkeit oder mit Absicht besteht, weiß ich nicht, aber sie existiert. Sollte es hier einen Rechtsanwalt geben, arbeite ich gern mit ihm zusammen, um das juristisch zu bestätigen.

Glauben Sie mir, es gibt Wege, Gesetze zu umgehen, ohne sie zu übertreten. Ich habe jahrelange Erfahrung damit. Um es ganz klar auszudrücken – es ist legal. Es wird kein Verstoß gegen irgendein Gesetz sein. Sonst würde ich Ihnen das nicht vorschlagen.«

»Woher wissen Sie, wie man ein Speicherbassin anlegt? Da geht es schließlich nicht um Tanks auf dem Dach, die Wasser auffangen. Man braucht ein entsprechendes Gelände, Abdichtungen, exakte Neigungswinkel, Filter. Das ist ein ernsthaftes Bauvorhaben.« Maja betrachtet den Mann, der das gesagt hat. Er kommt ihr bekannt vor. »Ich heiße Wadi«, fügt er hinzu.

»Sie haben vollkommen recht, Wadi. Ich habe keine Erfahrung in der Anlage eines Regenwasserspeichers von der Art, wie ich es hier vorschlage. Aber ich habe Erfahrung in Filterung, Leit- und Liefersystemen von Wasser in landesweiter Größenordnung. Ich habe die entsprechenden Kontakte, um die Materialien und die technischen Einzelposten für die Filterkonstruktion zu beschaffen. Und es gibt eine lange Erfahrung mit diesem Problem: Wir haben hier schon vor Tausenden Jahren Speicheranlagen und Wasserleitungen gebaut – die Nabatäer im Negev, die Römer in Cäsarea, Israel in seinen Gründungstagen. In den letzten Jahren hat mein Mann an einem Patent gearbeitet, das sich Dschi-Dschi nennt, ein privates Speichersystem. Zu meinem Bedauern befindet sich mein Mann jetzt nicht unter uns, aber ich habe das gesamte technische Wissen und die Anleitungen. Es ist nicht ganz leicht, doch weniger kompliziert, als Sie sich anscheinend vorstellen. Absolut machbar. Aber ich werde Hilfe brauchen. Falls es hier einen Ingenieur gibt …«

»Ich bin Ingenieur«, wirft Wadi ein, »deshalb frage ich.«

»Natürlich braucht man, wie Sie schon sagten, Fachleute

zur Absteckung, Trassierung, Erdreichbefestigung und so fort.«

»Sie haben von Geld gesprochen«, sagt eine Frau, die sich mit Namen Adwa vorstellt. »Wie viel wird uns das kosten, und wie können wir sicher sein, dass sich das bezahlt macht?«

»Ich kann Ihnen momentan keine genaue Summe nennen, aber sollten Sie heute Abend beschließen, dass Sie die Idee weiterverfolgen wollen, werde ich das klären und eine Kostenschätzung erstellen. Ich kann Ihnen aber sagen, wofür das Geld nicht verwendet werden wird. Zuallererst nicht dafür, um irgendjemand zu bezahlen.« Maja fühlt sich wie eine Politikerin vor der Wahl, die Versprechungen für eine bessere Welt macht und darauf beharrt, dass sie das nicht aus Eigennutz, sondern für das Allgemeinwohl tut. Sie hat diesen Politikern nie geglaubt, warum sollte also jetzt ihr jemand glauben? Warum macht sie das eigentlich? Sie spürt einen Anflug von Schwäche, ein leichtes Zittern in den Knien, doch sie fährt fort. »Weder mich noch irgendjemand anders. Wofür dann? Wir brauchen Material. Abdichtungsplanen zum Beispiel, um den Bassinuntergrund abzudecken, damit das Wasser nicht versickert. Wir brauchen Rohre. Wir brauchen einen Filter. Chemikalien für die Filter- und Desinfektionsprozesse.«

Noch mehr Leute heben die Hände. Sie ist sich nicht sicher, was sie tun soll. Der Vortrag scheint vergessen. Die Leute stellen ihr Fragen, aber sie reden auch untereinander. Maja wendet sich einem jungen Mann zu, der die Hand gehoben hat.

»Sie haben nicht gesagt, in welcher Größenordnung dieses Ding sein soll«, beginnt er in geringschätzigem Ton, »aber wir haben nur noch, äh, knapp zwei Monate bis zur Flut. Wenn Sie meinen, dass die Leute jeden Tag mit Spitzhacken dastehen und ein Loch in den Boden graben, he, Sie verstehen, worauf ich hinauswill? Das erscheint mir ziemlich …«

»Aber machbar ist es«, entgegnet Maja. »Wir haben acht Wochen zur Verfügung. Ich habe hier Ayscha-Traktoren gesehen, und ich nehme an, es gibt ein paar Bots im Dorf. Ich brauche fünf, sechs Freiwillige, die von morgens bis abends mit mir zusammenarbeiten. Wir könnten Schichten einrichten …«

»Auch fünf oder sechs Leute …«

»Wie, haben Sie gesagt, heißen Sie?« Maja reagiert mit leicht erhobenem Ton auf die Unterbrechung seitens des jungen Mannes.

»Esched. Auch fünf oder sechs Leute, was meinen Sie denn, äh, woher die kommen sollen, die Leute müssen arbeiten.«

»Wofür arbeiten sie? Für Geld. Was kaufen sie mit dem Geld? Essen für die Familie, Versicherung, Chips, Wasser. Ich versuche gerade zu erklären, dass Ihnen dieses Projekt eine Menge Geld sparen wird. Viel mehr, als Sie durch die Arbeitstage oder das Geld, das Sie investieren, verlieren werden. Und Sie werden nicht von den Wasserkonzernen abhängig sein, die Ihr Leben in einer Form beherrschen, die Sie sich nicht einmal …«

»Ist ja wirklich nett, dass Sie eigens aus Cäsarea herkommen, um uns zu sagen, dass wir nichts kapieren, he«, fällt ihr Esched wieder ins Wort, nun mit eindeutiger Feindseligkeit im Blick, »aber das ist nicht gerade das, was uns überzeugen wird, Ihr Projekt zu akzeptieren. Außerdem …«, er richtet seinen Blick jetzt direkt auf ihren Bauch, »sind Sie sicher, dass Sie sich in zwei Monaten überhaupt noch mit dem Bau beschäftigen können?«

Einige Leute im Publikum äußern Zustimmung. Maja blickt sie an und spürt einen Stich im Bauch, als reagiere die Erbse von selbst. Doch nun widersprechen ihm einige andere. Adwa sagt zu ihm: »Was willst du eigentlich von ihr? Sie möchte uns helfen!«

»Hat sie jemand um ihre Hilfe gebeten, he?«, erwidert Esched.

»Aber vielleicht ist an ihren Worten etwas dran, auch ohne dass sie jemand darum gebeten hat?«, mischt sich eine andere Frau ein, die Maja bekannt ist, bisher aber noch nichts gesagt hat. Die Leute reden erhitzt weiter. Wassermann, der Vorsitzende des Dorfrates, steigt aufs Podium zu Maja.

»Sekunde, Sekunde, Leute!«, donnert er. »Einen Moment mal!« Er hebt seine Hand. Die Leute verstummen. »Lasst mich einen Vorschlag machen. Ihr lasst Maja jetzt erst mal ausreden, und dann beschließen wir, was wir machen. In Ordnung?« Er wendet seinen Blick Maja zu.

Sie überlegt kurz, breitet die Hände vor sich aus und blickt die Menschen an. »Schauen Sie. Ich habe gesagt, was ich zu sagen habe. Ich denke, Sie haben hier eine Chance. Das ist nicht mein Projekt. Es ist nur ein Vorschlag. Wenn Sie nicht wollen, in Ordnung. Meiner Meinung nach wäre es schade, auf dieses ganze Wasser zu verzichten. Also Folgendes.« Sie lässt ihren Blick zu Wassermann gleiten und richtet ihn dann wieder auf das Publikum. »Ich werde einen detaillierten Vorschlag ausarbeiten – Arbeitskräfte, Material, Budget, Zeitplan. Dann lege ich Ihnen den Vorschlag zur Begutachtung vor, und alle können ihn durchlesen und sich entscheiden. Und falls Sie wollen, stehe ich Ihnen hier zur Verfügung.«

Wassermann wechselt einen Blick mit ihr. Plötzlich werden in einer Ecke des Saales Rufe, begleitet von pfeifendem Geröchel, laut: »Bravo! Bravo!«

Alle Blicke wenden sich der Lärmquelle zu. Jemand sagt: »Das ist nur Assafdschi, kümmert euch nicht drum.«

»Bravo! Bravo, Tante Maja!«, keucht Assafdschi aus seiner Ecke. Ein paar Leute fangen an zu lachen, manche fallen mit Applaus ein, andere spähen auf ihre Uhr, und der Rest schaut in Richtung Wassermann.

»Also hört zu«, sagt er. »Maja wird ihren Vorschlag schriftlich formulieren. Wir werden ihn alle lesen. In einer Woche treffen wir uns wieder hier und entscheiden.«

»Früher«, ergänzt Maja.

»In Ordnung, dann also in vier Tagen. Das heißt, dass Sie den Vorschlag morgen veröffentlichen müssen, damit die Leute genug Zeit haben.«

»Kein Problem. Wer möchte, kann mir auch per Netz Fragen stellen.« Sie steigt, verschwitzt und erschöpft, von dem niedrigen Podium und legt ihren Arm um Lulu.

»Du warst großartig«, grinst Lulu.

»Es war ziemlich merkwürdig«, antwortet Maja. »Warum mache ich das eigentlich?«

»Wegen mir, Tantchen, hast du das vergessen?«, sagt Lulu darauf und bringt Maja zum Lächeln.

Die Palästinenser übernahmen auch Dagis Rache. Tschio erhielt, was er verdiente, und zusammen mit ihm Mosche Arie, der Direktor und die gesamte Filiale der Kay-Gi-Bank. Poetische Gerechtigkeit. Die Welle der Trauer, die den Staat überflutete, der Schock über den Verlust der zweitgrößten Stadt und Hauptwasserquelle, das Mitgefühl mit den Opfern und ihre Beinahe-Heiligsprechung – all das dämpfte zwar Dagis Wut- und Hassgefühle ein wenig, doch er redete sich ein, dass das die Strafe des Schicksals für diejenigen war, die ihm so übel mitgespielt hatten. Er war sicher, die Tatsache, dass er überlebt hatte, sei ein schlagender Beweis für die Intervention einer höheren Macht, vielleicht sogar eine Erklärung für die ganze sonderbare, unlogische Affäre.

Der Fall von Tiberias bereitete Dagi natürlich nicht nur Genugtuung. Er hatte seinen Vater verloren (seine Mutter war schon davor gestorben, seine Schwestern lebten im Ausland), die Stadt, in der er sein ganzes Leben verbracht hatte, einen Exchef und sogar einen Exfreund. Und er war – wie er nach einiger Zeit begriff – immer noch wütend. Auch nach großen Ereignissen, wie es so schön heißt, legt sich der Staub irgendwann. Und wenn er sich gelegt hat, kehrt jeder zu seinem Leben zurück. Dagi wurde wieder der verratene Arbeitslose, der einsame und bittere Mann. Die palästinensischen Heli-Raketen hatten sein Problem nicht wirklich gelöst. Er war immer noch wütend auf Tschio, und da Tschio nicht mehr da war, richtete sich seine Wut gegen ein neues Ziel: Ido. Ido war ein Mitwirkender an dem bösen Plan gewesen, beschloss Dagi. Die Nachricht, die er hinterlassen hatte, war Teil der Strategie seines jüngeren Bruders, Dagi zu schaden. Tschio hätte schließlich nicht gepetzt, wenn er seinen Bruder gefährdet hätte. Und der Beweis dafür: Am Ende stand er ohne Arbeit da, und Ido war über jeden Verdacht erhaben. Wenn es wirklich eine interne Information gewesen wäre, hätte doch der Informant bestraft werden müssen, oder nicht?

Nach der Nacht im Schutzraum der Chipwerkstatt machte sich Dagi, wie alle anderen Tiberias-Flüchtlinge, auf den Weg hinaus aus der Stadt. Seine Schwestern setzten sich mit ihm in Verbindung, aus China und Schweden, doch er wollte nicht in die Ferne reisen. Und der einzige Mensch, den er in Cäsarea kannte, der einzige, der ihm helfen konnte, war der Mann, dem er, in seiner verzerrten Logik, die Schuld an seiner Lage gab.

Ido und seine hübsche Frau Maja nahmen Dagi wie einen Familienangehörigen auf. Ido widmete ihm den Großteil seiner Zeit. Er hörte auf zu arbeiten, redete mit ihm, begleitete ihn auf Wohnungs- und Arbeitssuche. Sie gaben ihm zu essen und ein Bett, bestanden darauf, dass er blieb, so lange er wollte, debattierten mit ihm, als er in eine Wohnung ziehen wollte, die er in dem russischen Zerstörer in Süd 100 fand. Er war ihnen dankbar für die Gastfreundschaft, doch er wunderte sich über Idos Verhalten. Schließlich kam er zu der Schlussfolgerung, dass es zusammenpasste. Es bewies Idos Egoismus. Gequält von Schuldgefühlen, versuchte er, sein Gewissen zu entlasten. Er wusste, dass seine und Tschios Tat – so kombinierte Dagi – unverzeihlich, verbrecherisch gewesen war. Mit seinem Verhalten gegenüber Dagi tat er Buße, um Vergebung zu erhalten. Wie sonst hätte sich die Tatsache erklären lassen, dass Ido die Affäre mit keinem einzigen Wort erwähnte? Kein Wort über die Bank verlor?

Oh, jene Tage voller Leben! Er erinnert sich an Tage, an denen das Leben die Hauptsache war und das Netz unwichtig, ein gelegentliches Hilfsinstrument, um das Leben zu bereichern, zu aktualisieren. Wenn man Informationen brauchte, hielt man das Leben an und nahm sich ein paar Minuten Zeit. Man wählte. Wann man die Zeitung aufschlug. Wann man den Fernseher einschaltete. Wann man den Computer anmachte. Und wann man keines dieser Dinge tat. Und es gab Auswahl. Es gab etwas zu sehen. Sportler, die um jeden Ball kämpften; Filme, strotzend von Schandtaten und Gewalt wie im richtigen Leben; Menschen, die es miteinander auf einer einsamen Insel oder in einem verschlossenen Haus aufnahmen, die sich vor dem Auge der Kameras prügelten; es wurden Fragen über dies und das gelöst, um einen Preis zu gewinnen; man schrieb seine erhellenden Meinungen als Reaktion auf irgendeine Geschichte oder Nachricht auf – der einfache Mensch konnte ein Held sein. Wann hat sich das verkehrt? Vor Jahrzehnten. Wo ist dies und das geblieben? Wo ist die Wahl, die Macht des Einzelnen, wo sind die Helden? Vernetzung ist das Leben, alles. Manchmal befreit man sich für ein paar Minuten davon, nimmt die Interface-Brille ab, schließt die Augen, flüstert eine uralte Beschwörung vor sich hin und lebt nur. Das Leben. Aber gleich darauf ist man wieder hinter der Brille, in den Displays versunken, surfend. Vielleicht ist das das Spannende an Maja, abgesehen von der Schönheit, Begabung und Weiblichkeit – was seine Hände und seine Brust immer schwach werden lässt und sein Herz und seine Lenden stets mit hingerissener Bewunderung erfüllt –, dass sie abgesehen davon, könnte man sagen, der einfache Mensch von früher ist, der vor deinen Augen zum Helden wird.

Zum Glück sind in einer solchen Welt wie heute die Knie weniger nötig, auch die Knöchel und der Rücken nicht, doch er hält eisern daran fest, jeden Tag im Dorf spazieren zu gehen. Das ist das Geheimnis des wahren Lebens, mit Netz oder ohne, jeden Tag spazieren gehen. Das und eine neue Liebe natürlich, mindestens alle zehn Jahre, sonst dringt die Fäulnis ein – in den Körper und auch in alles andere. Schwerter-Yoga. Austern. Rastlose Sonne. Ha! Als es Jerusalem noch gab, als in Cäsarea nur Villen standen, als das Leben hieß – zu leben.

Ich segelte zu
den Strömen des Amazonas und der Macht
Jetzt
segeln sie zu mir
wutschäumend ins Gehirn – gedacht

Maja ertappt sich dabei, dass sie Lust auf Dinge aus ihrer Kindheit entwickelt, die sie nicht nur seit dreißig Jahren nicht mehr im Mund gehabt, sondern auch völlig vergessen hat: Begele. Salzmandeln. Pistazien. Ein intensiv lähmendes Bedürfnis, als schriee es innerlich aus jeder Pore: »Her damit!« Und es ist kein Hunger, sondern ein Konglomerat von verschiedensten, merkwürdigen und unerwarteten Empfindungen. Vielleicht sind sie nicht einmal physisch. Explodierende Sehnsüchte, grundlose Tränen, Wellen von Glück und Wärme – alles beginnt mit und endet bei der kleinen Erbse (wobei es keine Rolle spielt, dass sie schon so groß wie eine Grapefruit ist).

Als ob all das nicht schon überwältigend genug und verwirrend ist, entscheidet sich der Dorfrat für das Projekt. Majas Herz sinkt. Jetzt muss sie ein Projekt leiten, das vielleicht eine Nummer zu groß für sie ist, dessen Planung noch nicht einmal abgeschlossen ist; es stehen ihr harte Monate bevor und wofür? Für ein Dorf, in dem sie fast niemanden kennt außer der kleinen Familie ihres Bruders, die sie – abgesehen von Lulu – nicht sonderlich liebt und seit Jahren nicht gesehen hat. Für ihre Feinde im Dorf, die sofort gegen diese Fremde sind, die ihnen erzählt, was gut für sie ist, und für ihre Feinde in den Wasserkonzernen und in der Regierung, die sie eigentlich nicht gegen sich aufbringen will? Sie hätte sich ausruhen, über ihre Zukunft nachdenken können. Sie hat Zeit, sie hat eine Art Zuhause, sie hat ein bisschen Geld. Doch anscheinend ist das gerade das Beängstigende: die Zeit, wie sie sich mit Gedanken füllt. Über die Zukunft. Über die Vergangenheit. Das Baby. Und Ido: Was denkt sie wirklich von ihm? Machtvolle Liebe, lähmende Sehnsucht, die stärksten Gefühle, die man empfinden kann? Und große Wut und Staunen, warum er wegging, wer er wirklich ist …? Sie weiß es nicht.

Sie sieht ein, dass sie beschäftigt sein will und muss. Zudem liebt sie ihre Arbeit, ist stolz darauf und möchte, dass das Projekt gelingt. Für ihn und für sie. Sollte er nicht zurückkommen, werden sein Talent und das ihre wenigstens den Menschen hier nützen. Sie frischt ihr Gedächtnis auf, gräbt die Details des Dschi-Dschi-Systems aus den Tiefen ihres Gehirns aus, beschäftigt sich damit. Grübelt, was für diesen Ort, für die Bodenbedingungen hier in Charod, das Richtige sein könnte, plant im Kopf. Sie weiß, sie ist gut darin. Die langen, harten Jahre mit Ido-Wasser bestanden nicht nur aus Kämpfen und Spannungen. Sie hat eine Menge gelernt, viele Augenblicke genossen, immerhin ein erfolgreiches, außergewöhnliches Unternehmen geleitet. Die Versuchung, wieder ins Wasser einzutauchen und das ehrgeizige Projekt zu verwirklichen, ist groß. Und es ist ihres. Maja taucht.

Stunden haben sie und Ido zusammengesessen, er hat erklärt und sie auswendig gelernt. Er hat sie schwören lassen, dieses Wissen niemals und niemandem, auch den besten Freunden nicht, zu offenbaren, nicht einmal die Tatsache, dass sie etwas weiß. »Spiel ihnen die kleine Frau vor, die von nichts weiß«, sagte er immer zu ihr, »die Geschäftsfrau, die das Produkt nicht kennt und nur von Geld und Management etwas versteht.« Er hat sich auf sie verlassen.

Warum also geht sie jetzt mit diesem Wissen an die Welt, trotz ihres Schwurs? Weshalb hat sie dem ganzen Dorf von dem Dschi-Dschi-System erzählt? Sie zählt sich die entlastenden Argumente auf: Sie verrät nicht alles. Sie geht nicht zu den Konzernen, im Gegenteil, sie hilft, von ihnen unabhängig zu werden. Außerdem ist es keine originale Dschi-Dschi-Anlage zur privaten Wasserspeicherung, sondern ein viel größeres Speicherprojekt für ein ganzes Dorf. Und zudem – Ido ist nicht mehr da. Ist das nicht genau der Fall, für den er sie in sein Wissen eingeweiht hat? Und – die Erbse, ihrer beider Kind, ihr Wasser, ihre Zukunft. Wenn sie dieses Wissen nicht für sie einsetzen darf, wofür denn dann?

Abgesehen von den Überlegungen, wie das Regenwasser optimal aufgefangen, gespeichert, gefiltert und gereinigt werden kann, ist die größte Nuss, die geknackt werden muss, die Umsetzung des privaten Hausdach-Speichermodells in die Größenordnung einer Gemeinde. Sie müssten ein höher gelegenes, großes Speicherbassin zum Auffangen der Regenfälle bauen, was allerdings einige Probleme aufwirft: erstens, die Frage der geeigneten Platzierung hinsichtlich der Bodenbeschaffenheit, Trassenführung und Topographie (Täler, Flussbettläufe, Hügel?), so dass es sich schnell füllen und das Wasser in optimaler Qualität bewahren würde; zweitens, die Verteilerfrage – wie das Wasser vom Bassin zu den Dorfbewohnern gelangt. Sollen sie zum Wasserspeicher kommen und das Wasser dort holen? Soll man das Speicherreservoir an das bestehende Leitungssystem anschließen, das allerdings Ohiya gehört (die sich sicher nicht freuen werden …)? Und wie soll das Wasser weitergeleitet werden? Damit es strömt, braucht man Druck, um Druck zu erzeugen, müsste man das Wasser in die Höhe bringen, was Pumpe und Wasserturm erfordert, außer das Wasser befindet sich von vornherein auf einer Anhöhe, wenn zum Beispiel das Auffangbecken an der Hügelflanke liegt (womit man wieder bei der Frage des Orts ist). Drittens, welche Materialien und welche Technologie soll man benutzen, was ist unabdingbar, und was erlaubt der Etat – zum Beispiel Geo-Synthetik (eine Kombination von Plastikmaterial mit Erdkonstruktion), Abdichtung mit Plastikbahnen, geotechnischen Stoffen und so fort.

Sie erkundet zusammen mit Wadi, dem Ingenieur, und Wassermann, dem Ratsvorsitzenden, das Gelände des Dorfes, um eine geeignete Stelle für das Bassin und die Anlagen zu finden. Die alten Fischteiche im Bett des Tals, die längst ausgetrocknet sind, sind zu niedrig gelegen, um Regenwasser aufzufangen, scheiden also aus, ebenso wie die Becken der einstigen Charod-Quelle in der Nachbarschaft. Der Gilboa-Kamm, der mit steilem Gefälle jenseits des Tals aufragt, hätte geeignet sein können, doch er liegt zu weit weg.

Wadi beginnt, die Pläne zu entwerfen, und schickt Fachleute zu Vermessungen ins Gelände. Jamit, die Maja auf der Versammlung Esched gegenüber verteidigt hat, ist Rechtsanwältin und übernimmt es, das private Speicherungsgesetz und andere mit dem Projekt verbundene juristische Aspekte zu überprüfen. Adwa meldet sich freiwillig für den Etat. Der einzige wichtige noch unbesetzte Posten ist der des Projektleiters – ein Verantwortlicher für die Fachleute und die Arbeiter. Maja könnte es natürlich machen, doch sie zieht jemanden vom Ort vor. Schließlich willigt Wassermann ein, als vorläufiger Leiter einzuspringen, bis sich ein Kandidat gefunden hat.

Maja fällt ein großer Stein vom Herzen. Sie weiß, dass Wassermann für die Aufgabe geeignet ist, auch wenn er, wie sie ebenso weiß, von dem Projekt nicht überzeugt ist. Er ist, wie ihr Lulu erzählt hat, ein guter Freund Escheds, ihres großen Widersachers. Sie hat gespürt, dass Wassermann ihr in den ersten Tagen hauptsächlich aus Neugier und einem gewissen Verantwortungsgefühl heraus nicht von der Seite weicht, und seine Einwilligung, eine aktive Rolle zu übernehmen, ist entscheidend. Sie weiß auch, genau wie er, dass sich seine einstweilige Amtsübernahme ganz leicht als dauerhaft erweisen kann, denn der Dezember ist nicht mehr weit.

Mit der Arbeit soll am Sonntag, dem dreiundzwanzigsten Oktober im Jahr des Schweins, begonnen werden, genau sieben Wochen vor dem elften Dezember, dem voraussichtlichen Einsetzen der Regenfälle. Es bleibt keine andere Wahl, als sofort anzufangen, obwohl Maja noch lange nicht alle Fragen abgeklärt hat, wie zum Beispiel die drängende Entscheidung über den Standort des Speicherbassins. Sie plant, dieses letzte Wochenende für ein abschließendes Brainstorming mit Wadi und Wassermann zu nutzen, nach dem der Ort und der Arbeitsplan endgültig feststehen müssen.

Am Freitagnachmittag erhält sie eine Nachricht. Sie stellt die Telepräsenzverbindung her und sieht ein bekanntes Gesicht. Vorstehende Wangenknochen, mager, helle Augen und das unverwechselbare Zeichen – das sternförmige Kinnbärtchen der Polizei. Sie schließt die Augen. Nein. Bitte nicht jetzt. Er sieht ihren Gesichtsausdruck und fragt, ob alles in Ordnung sei. Sie nimmt sich zusammen und gibt ein schwaches Ja von sich. Sein Blick lässt erkennen, dass er ihr nicht glaubt, doch er hält sich nicht weiter damit auf, sondern kommt sofort zur Sache.

»Ich muss Sie zum Verhör bestellen. Am Sonntag um acht Uhr morgens, hier bei uns auf der Polizeistation in Cäsarea. Wie ich sehe, sind Sie noch in Charod. Wäre es ein Problem für Sie herzukommen?«

Sie will es nicht glauben. »Ja, um ehrlich zu sein, das ist ein Problem. Sonntag ist ganz schlecht. Was ist los?«

»Ein Verhör. Warum ganz schlecht?«

»Was für ein Verhör? Haben Sie etwas Neues herausgefunden?« Eine zaghafte Hoffnung: Vielleicht haben sie etwas, das sie vom Verdacht befreit?

»Es geht um Geld, das von Ewigs Konto verschwunden ist. Wir müssen Ihnen leider ein paar Fragen stellen.«

Dagi mochte Maja. In den Wochen nach dem Fall von Tiberias, als er bei ihnen wohnte, gab es Tage, an denen nur sie beide zu Hause waren. Er studierte sie, verfolgte die Art, in der sie das Geschäft fast allein führte, bewunderte sie und ihre Schönheit mit jedem Tag mehr. Eines Tages hörte er, wie sie die Vier-Minuten-Dusche in der Wohnung in Betrieb setzte, stellte die Zeit in seiner Interface-Brille ein und lauerte ihr im Gang auf, als wäre er gerade zufällig vorbeigekommen. Sie trat in einem dünnen Nachthemd heraus. Er sah ihre aufgerichteten Brustwarzen, das dunkle Haardreieck und blieb stehen, wo er war, während sie für einen Moment wie angewurzelt verharrte. Seine Augen wanderten ganz offen von oben nach unten und wieder zurück, und als sie zwei Minuten später angezogen aus dem Schlafzimmer kam, lächelte er in sich hinein, die Zunge in seine Wange gebohrt, mit spitzbübischem Blick, worauf sie sagte: »Ich könnte deine Mutter sein.«

In diesen ersten Tagen konzentrierte er sich, mit Idos und Majas Hilfe, auf Erholung und Neuorientierung, auf die Wohnungs- und Arbeitssuche. Doch tief in seinem betäubten, verwirrten und verletzten Inneren nistete immer noch die Wut auf Ido. Nach jener erotischen Episode dachte er sogar daran, ihn über Maja zu treffen, aber je mehr er darüber nachgrübelte, desto mehr sah er ein, dass das keine gute Idee war. Erstens glaubte er nicht, dass sie leicht zu verführen war. Er hatte zwar eine sexuelle Anziehung zwischen ihnen gespürt und bemerkt, dass es zwischen ihr und Ido leichte Spannungen gab, doch sie war keine Frau für ein schnelles Abenteuer. Zweitens begann er schon damals zu begreifen, dass er an einer ganz anderen Stelle ansetzen musste, um Ido zu verletzen und wirklichen Schmerz zuzufügen.

Bei seinen Gesprächen mit Ido, bei denen er sich als der verlorene, dankbare Freund gab, entdeckte er, dass der härteste

Schlag gegen ihn über seine Arbeit, über das Wasser, zu landen wäre. Das war das Zentrum von Idos Leben, sein ganzer Stolz, das Objekt seiner Begierde, erst recht in den Wochen nach dem Fall von Tiberias, weil Ido die Hälfte seiner Probleme Ohiya und den Konzernen anlastete. Als Dagi das begriffen hatte, wurde ihm auch klar, dass sich hier die Gelegenheit bot, nicht nur Ido zu treffen, sondern im Vorbeigehen noch eine Stange Geld mitzunehmen. Und Dagi war ein Gelegenheitsjäger, ständig auf der Suche nach Geld und Macht, um sich den Lebensstil leisten zu können, den er wollte, der allen zeigen würde, was er wert war; den Dingen, denen er seit den Gesangswettbewerben in seiner Kindheit hinterhergejagt war, in seiner Karriere in der Investmentbank, bei seinen Aktienspielchen. Nun war er ganz Ohr, wenn Ido von seinen Ideen und Erfahrungen sprach, mit seinem grandiosen sechsten Sinn für den Wassermarkt. Während sie überall in Cäsarea und den schwimmenden Vierteln herumwanderten, um eine Wohnung für ihn zu finden, lauschte Dagi Ido, lernte von ihm und wartete geduldig. Er glaubte fest daran, dass seine Zeit kommen würde. Sie fanden eine kleine, modrige Wohnung in einem der russischen Zerstörer vor Cäsareas Küste. Dagi wollte sie nehmen. Ido versuchte ihn zu überreden, noch bei ihnen zu bleiben, bis er etwas Besseres gefunden hätte, doch Dagi war bereit für einen Neuanfang.

»Die Zerstörer« waren ein verrostetes, von der Sonne ausgeblichenes Armenquartier, wo man mit einer guten Portion Härte ausgerüstet sein musste, um überleben zu können. In ihrer früheren Daseinsform waren sie tatsächlich drei alte russische Zerstörer gewesen, die irgendwie ins Mittelmeer geraten waren. Sie waren vor der Küste Cäsareas festgemacht, zusammengelötet und in ein rudimentäres Wohnviertel umgewandelt worden, das die israelischen Flüchtlinge aufnahm, die im Laufe der Jahre in Kriegen oder anderen Krisensituationen ihr Zuhause verloren hatten. Die Zerstörer lagen südlich der schwimmenden Viertel, die mit ihren neuen Gebäuden und den riesigen, sich nach der Sonne drehenden Kollektoren des Sonnenblüten-Projekts den armseligen Quartierbewohnern spottend zuzurufen schienen: Hier gibt es Energie und Wasser, hier ist Geld und Leben.

Dagi schwor sich, dass er eines Tages in eins der guten Viertel Einzug halten würde. Er begann, sich seiner eigenen Sache anzunehmen. Zu diesem Zweck schloss er Freundschaft mit einem tätowierten Chinesen, der neben ihm im Zerstörer wohnte, und unterstützte ihn, anfangs als Bote und Gehilfe, beim Chiphandel am Schwarzmarkt und bei Piraten-Doy-Operationen. Mit der Zeit sammelte er Erfahrung, Macht und Geld. Es bestand immer Nachfrage nach erschwinglichen Chips, und es gab immer jemanden, der sie beschaffte – illegale chinesische Gesellschaften, Angestellte legaler Chipfirmen, die einen Nebenverdienst betrieben –, oder es waren Chips, die Menschen oder Leichen, auf welche Art auch immer, abgenommen wurden. Wer Mut hatte, einen guten Hacker, ein paar Schläger und Kontakte an den richtigen Stellen konnte in diesem Sektor ein kleines Vermögen machen.

Ido und Maja hielten die Verbindung mit ihm aufrecht. Ido bestand darauf, dass Dagi am Freitagabend immer zum Essen erschien, und er kam, jedes Mal ein bisschen sicherer, ein bisschen gepflegter, ein bisschen mehr er selbst. Maja hätte nicht wirklich seine Mutter sein können, doch sie und Ido verhielten sich in diesen Monaten wie Eltern – riefen an, luden ihn ein, statteten ihn mit Möbeln, Bettwäsche und Küchengeräten aus, schenkten ihm Wärme und Unterstützung.

Dagis Geschäfte wuchsen. Er verdiente immer mehr am Chiphandel und den dazugehörigen Doy-Operationen, und nach kaum einem Jahr in dem russischen Zerstörer zog er in eine eigene Wohnung in Süd 11. Er hielt weiterhin Kontakt zu Ido und wartete auf den richtigen Moment. Eines Freitagabends servierte ihm Ido feierlich ein Glas Wasser.

»Probier mal«, sagte er.

Dagi probierte. Es schmeckte gut.

»Was ist das?«, fragte er.

»Habe ich dir schon mal von dem Dschi-Dschi erzählt?«, erkundigte sich Ido.

»Nein«, antwortete Dagi.

Ido ließ sich neben ihm nieder.

»Es ist ein Patent, das den Wasserkonsum der Leute revolutionieren wird«, sagte er lächelnd. »Das Patent wird die Konzerne zerschmettern.«

Das Erste, was Dagi in diesem Augenblick durch den Kopf ging, war: Der Fisch hängt am Haken.

Maja ist es nicht gelungen, den Termin bei der Polizei zu verlegen. Agam sagte zu ihr, wenn es von ihm abhinge, würde er gerne Rücksicht auf sie nehmen, doch bei dem Termin sei auch Inspektor Nahari dabei, und der würde nicht einverstanden sein. Sie musste Wassermann bitten, den Arbeitsbeginn am Sonntag um einige Stunden zu verschieben, was auf ihn und andere im Dorf keinen besonders guten Eindruck machte.

Was ihr hingegen gelungen ist, war, ein privates Treffen mit Agam am Samstagabend, dem Abend vor dem Verhör, zu vereinbaren. Sie weiß, dass er eine Schwäche für sie hat und ein guter Kerl ist, der ihr vielleicht helfen kann. Sie ist nicht sehr stolz auf sich deswegen, rechtfertigt sich aber vor sich selber, dass sie keine andere Wahl habe, als die ihr zur Verfügung stehende kleine Macht zu ihrem Vorteil zu nutzen. Zur Schadensbegrenzung. Um vielleicht etwas interne Information zu erhalten. Um zu sehen, ob man etwas tun kann.

Im Denscha nach Cäsarea, für das Treffen mit Agam entsprechend gekleidet und mit Lulus Hilfe geschminkt, hat sie Gelegenheit, einen Moment zu verschnaufen, wie ein U-Boot-Matrose, der vor einem tiefen Tauchgang kurz an die Oberfläche steigt. Sie denkt an das Projekt, fiebert dem morgigen Arbeitsbeginn entgegen. Unter dem roten Mond huschen die braungrauen Felder vorbei, und sie fragt sich, was sie eigentlich antreibt, hier in Charod und all die Jahre davor. Ist diese Aktion der Reinigung von Wasser vielleicht ein Versuch, sich selbst zu reinigen, den Schmutz herauszufiltern, um mit dem wahren, geläuterten Kern, ihrem Leben, zurückzubleiben? Was sagt es über sie aus, dass sie an dieser Stelle steht, an der es um Reinigung und Klärung geht? Vielleicht ist es auch eine Illusion, ein Selbstbetrug. Nur die Stelle, an die sie der Mann, den sie liebte, gebracht hat. Sie nimmt einen Lokal-Denscha zur Hafenstation und besteigt ein Meng-Bootstaxi nach Meer 8. Vor ihr glänzen die Lichter der schwimmenden Viertel.

Ihr letzter Besuch in Meer 8 ist der letzte Tag in Dagis Leben gewesen. Sie aßen im Amamizu – bei der Erinnerung läuft ihr sofort das Wasser im Mund zusammen – und gingen dann zu Ewigs Wohnung. Sie weiß nicht mehr, warum. Sie erinnert sich aber, dass er leicht scherzhaft eine gemeinsame Zehn-Minuten-Dusche vorschlug, und sie denkt, wenn das alles ist, woran ich mich von jenem Tag erinnere, ist das vielleicht der Grund, weshalb ich mitgegangen bin.

Agam sieht gut aus in Zivilkleidung. Er wirkt aufgeregt. Sie gibt ihm einen flüchtigen Kuss auf die Wange, sagt, er rieche gut. Er senkt verlegen den Blick auf ihren gerundeten Bauch und bedankt sich murmelnd. Beide wissen, dass sie das Steuer in der Hand hält. Sie dirigiert ihn in ein Restaurant, das verbotenen Alkohol verkauft, der nicht auf der Speisekarte steht, und bestellt beim Ober für zweihundert Kuay eine halbe Flasche Wein. Agams Augen fallen beinahe ins Hafenbecken. Maja sagt, dass sie bezahlt. Als sie anstoßen, fragt er: »Meinen Sie, es wäre von meiner Seite aus ethisch vertretbar, Sie zu fragen, woher Sie das Geld haben, um Wein zu bestellen?« Sie schenkt ihm einen tiefen, glühenden Blick. Sie weiß, dass ihm der Wein, den er trinkt, zu Kopf steigen wird, wie bei jedem, der es nicht gewöhnt ist zu trinken, und das ist schon längst niemand mehr. Sie lächelt.

»Ich glaube nicht, Agam«, erwidert sie, wobei sie seinen Namen lasziv betont. Es ist ein Spiel, das wissen beide, aber sie wollen spielen. »Und es ist auf alle Fälle ein privates Treffen, oder nicht?«, fügt sie hinzu.

Er antwortet: »Ich nehme an, Sie haben recht.«

Worauf sie sagt: »Dann ist das Thema damit erledigt?«

Das Flattern seiner Lider sagt ihr, dass sie das noch ein bisschen mehr kosten wird. Sie kauft ihn. Die zweihunderttausend Kuay von Ewigs Konto muss sie natürlich verschweigen, denn es würde ihr schwerfallen, eine solche Summe zurückzuzahlen. Und sie braucht noch mehr, will einiges von ihm wissen. Nach dem Essen macht sie mit ihm einen Spaziergang auf der dunklen Promenade, hält seine Hand, streichelt seine kantigen Wangenknochen. Es fällt ihr nicht schwer, da sie ihn wirklich mag. In einer anderen Welt, in einer anderen Lage hätte sie ihm vielleicht ein Eckchen in ihrem Herzen oder Bauch eingeräumt. Sie beißt in sein Ohrläppchen, flüstert ihm mit kindlicher Stimme ins Ohr: »Ich bin dermaßen dick mit diesem Bauch, ekelst du dich nicht vor mir?«

Und er: »Spinnst du? Es gibt nichts, das so sexy ist wie eine schwangere Frau!«

»Ist das dein Ernst?« Er nickt. »Oje«, seufzt sie, »was soll aus euch Männern werden? Welchem pervertierten Hormon habt ihr diese Verirrung zu verdanken, dass ein kotzendes, schwitzendes Monstrum mit einer Riesenbeule vorn sexy ist?«

Er lacht. »Vielleicht ist es die blühende Weiblichkeit, die in Fruchtbarkeit explodiert, der Hinweis auf den sexuellen Akt, mit dem das Ganze angefangen hat, die Aura der Mütterlichkeit?«

Sie schüttelt den Kopf: »Ihr seid unheilbar.« Damit drückt sie ihre Lippen auf die seinen, und am Ende des Abends hat sie alles aus ihm herausgekriegt, was er weiß, zwar nicht viel, aber mehr, als ihr bekannt ist. Auf einmal stürzt es auf sie ein, überraschend und verstörend, Tränen sammeln sich in ihren Augen vor Schuld und vor Sehnsucht nach Ido. Sie war nur ein Spielzeug für Dagi. Gerade erst auf dem Weg hierher hat sie an ihren Flirt mit ihm gedacht … Er hat die ganze Zeit mit ihr gespielt, mit ihr und Ido. »Alles in Ordnung?«, fragt Agam leise. Sie nickt schniefend, doch nichts ist in Ordnung. »Ist es wegen …«, setzt er an, doch sie unterbricht ihn.

»Meinst du, dass Dagi und Ewig etwas mit Idos Verschwinden zu tun hatten?«

Er antwortet: »Wir wissen es nicht, jedenfalls ich weiß es nicht, aber das ist, wie du dir vorstellen kannst, eine Richtung, die wir ernsthaft untersuchen.« Er hält ihre beiden Hände, er ist süß, aber hat sie das nicht auch gedacht, als Dagi ihre Hand hielt? Sie ekelt sich vor sich selbst, entzieht ihm ihre Hände und lässt den Tränen freien Lauf.

»Und was ist mit dem Dschi-Dschi?«, fragt sie schließlich. »Haben sie es geschafft, ihm das Patent zu stehlen, es zu verkaufen?«

Er schüttelt den Kopf und sagt: »Ich weiß es nicht, Maja.«

Jetzt schlingt sie die Arme um ihn, klammert sich an ihn,

benetzt seine Halsgrube, und er hält sie nur, sagt kein Wort. Er ist ihr Gefangener. Und sie, obwohl sie ihn dort haben wollte, um ihn zu benutzen, weiß nicht mehr, ob es vielleicht ein Fehler war.

Sie verbringt die Nacht in ihrer Wohnung in Süd 6 – es ist seltsam, allein zu sein, nach fast zwei Wochen in Charod –, und am Morgen behandelt Inspektor Nahari sie auf seine übliche arrogante und aggressive Art, doch sie ist gewappnet, unterstützt von der Wärme, die ihr aus Agams Augen entgegenleuchtet, und dementiert mit unerschütterlicher Sicherheit jeden Zusammenhang zwischen ihr und Ewigs verschwundenem Geld. Abgesehen von den stichfesten Beweisen, dass am Tag der Doy Gelder von Ewigs Konto transferiert wurden, gibt es nichts, was das Geld mit Maja in Verbindung bringt. Sie wiederholt, sie wisse lediglich, dass Dagi an jenem Tag Geld von Ewigs Konto überwiesen habe, aber sie habe keine Ahnung, wohin und wozu. Nahari bleibt keine andere Wahl, als sie gehen zu lassen, mit dem Versprechen, dass er dieser Angelegenheit auf den Grund gehen wird.

Die Erleichterung über diese einstweilige, bedingte Entlassung aus der polizeilichen Untersuchung ist schnell verflogen. Schließlich muss sie immer noch eine endgültige Entscheidung über den Platz für das Wasserreservoir und den Arbeitsplan des Projekts treffen. Auf der Rückfahrt im Denscha nach Charod lässt sie sich noch einmal Idos gesamtes Wissen durch den Kopf gehen in der Hoffnung, einen neuen, bisher unbeachteten Ansatzpunkt zu finden. Sie linkt sich ins Netz ein und beschließt, ganz von vorn anzufangen, in der Geschichte rückwärts zu gehen. Dort, im Denscha zwischen Cäsarea und Charod, liest sie über die Nabatäer nach.

Das Dschi-Dschi-System keimte im Verlauf des ersten Jahres nach dem Tod seiner Familie in Tiberias langsam in Idos Kopf. Nach der anfänglichen Trauerphase, die sich bei ihm in zwanghafter Beschäftigung mit Überlebenden niederschlug, in Versuchen, die letzten Augenblicke seiner Familie zu rekonstruieren, und in der Sorge um Dagi, arbeitete er nur wenig und verbrachte die meiste Zeit damit, hinter seiner großen Toyota-D-Interface-Brille verschanzt im immensen Datenmeer des Netzes zu surfen.

Der Verlust des Sees Genezareth und Galiläas addierte sich zum Verlust der Aquifere in früheren Jahren und zur wachsenden Erwärmung und Austrocknung, die schon im Jahrhundert davor begonnen hatten. Israels Frischwasserressourcen waren nun auf Wüstenniveau gesunken. Es gab keine natürlichen Speicherreservoirs und Wasserläufe mehr. Die Abhängigkeit von Niederschlägen und effektiver Speicherung – jeder Tropfen zählte jetzt – wurde unwiderruflich, zwingend lebensnotwendig. Ido hatte längst begriffen, dass sich die Aufmerksamkeit auf den Himmel, auf den Regen und das richtige, optimale Auffangsystem richten musste. Es hatte keinen Sinn mehr, Grundwasserbohrungen anzustrengen, Dämme oder Wasserleitsysteme zu bauen. Also steckte er seine ganze Energie in die Systemoptimierung der privaten Regenwasserspeicherung: eine neue Generation von Tanks mit einem Fassungsvermögen von hundert bis dreihundert Litern, speziell für erhöhte Auffangleistung von Niederschlägen entwickelt, die auf den Dächern von Privathaushalten installiert werden konnten.

Wäre das Dschi-Dschi-Patent jemals niedergeschrieben worden, hätte es ein mittelgroßes Buch gefüllt. Will man versuchen, das Wesentliche in einigen Zeilen wiederzugeben, könnte es so aussehen: Das Auffangen des Regenwassers in den privaten Speicherbehältern wird mit Hilfe eines speziellen »Ohrs« durchgeführt, das ein steiles Gefälle und eine besondere Absorptionsschicht aufweist, die gehärtetes Quecksilber enthält (ein Material, das im Degania-Projekt entwickelt wurde und magnetische Wirkung auf Wasser hat), Miniatur-Kitschiponpo-Pumpen (in den Vizi-Laboren in der Ukraine entwickelt, wirken wie eine Art Staubsauger auf Wasser) und getriebenes Gongsilber-Quecksilber (eine deutsche Erfindung aus dem ersten Drittel des Jahrhunderts, die die gleiche Wirkung auf Wolken hat wie Feuer auf Eis und auf Wasser so wirkt wie Hitze auf Popcorn). Über dem »Ohr« sitzen die Katamuki, abschüssige Kanvasflächen, die sich je nach Bedarf und Möglichkeiten ausdehnen oder zusammenziehen können. Diese Katamuki werden auf dem Dach (manchmal sogar darüber hinaus) um den Dschi-Dschi-Tank herum, trichterförmig mit ihm verbunden, aufgespannt und lassen das aufgefangene Wasser hineintropfen. Neben diesem Ohr und den Katamuki, die viel größere Regenmengen als früher bei vergleichbarer Fläche auffangen, enthalten die Dschi-Dschi-Tanks einen aktiven Behälter mit einem hochentwickelten Filter, dem Ido den größten Teil seiner Zeit widmete. Der Filter, der das Wasser reinigte und desinfizierte, brachte es auf höchsten Qualitätsstandard.

Fast zwei Jahre lang widmete sich Ido dem Dschi-Dschi wie einem Spielzeug. Weitere Personen wurden in das Projekt mit einbezogen – Wissenschaftler, Chemiker, Lieferanten, Produzenten und Ingenieure. Jeder von ihnen hielt ein oder zwei Stückchen des Puzzles in der Hand, doch nur Ido konnte alle Teile zum Gesamtbild zusammenfügen. Er hatte schon in der Frühphase begriffen, dass es nur ihm bekannt sein durfte – und Maja, aber auch das im Grunde nur gezwungenermaßen, da er das sensible Material nicht in realen, eventuell zugänglichen Dateien speichern wollte und wusste, dass er in einer solchen Lage auf die Hilfe und Absicherung durch eine Person angewiesen war, der er blind vertraute. Maja beschäftigte sich allerdings nicht wie ihr Mann in jedem verfügbaren Moment mit dem Dschi-Dschi. Im Gegensatz zu Ido, der sich in die Zukunft stürzte, um die Schmerzen der Vergangenheit zu vergessen, lebte sie in der Gegenwart. Sie hatte ein Geschäft, einen Überlebenskampf zu führen.

Einer von denen, die einen kleinen Teil wussten und mehr wissen wollten, war Dagi. Als Ido ihm zum ersten Mal von der Dschi-Dschi-Anlage erzählte und ihn das Wasser probieren ließ, tat er das aus Stolz auf sein Projekt, und Dagi gehörte schließlich so gut wie zur Familie. Doch ein paar Wochen später sprach Ido aus einer anderen Perspektive mit ihm darüber, die viel interessanter für Dagi war. Er wusste, dass Dagi Kontakte zum Schwarzmarkt hatte und Verbindungen zu chinesischen Banden, hinter denen starke Leute standen. Er wusste, dort waren Geld und Macht und ein ähnliches Interesse wie seines: vom Kuchen der herrschenden Schicht und der Konzerne ein Stück abzubeißen. Dagi kooperierte bereitwillig. Instinktiv erkannte er, wie brillant diese Erfindung war, und glaubte, dass sich hier die Chance bot, eine Menge Geld in die Tasche dessen fließen zu lassen, der zur richtigen Zeit am richtigen Ort war.

Die Leute begannen, Teile des Puzzles zusammenzusetzen, und Ido spürte ihren hechelnden Atem in seinem Nacken. Er wusste fast von Anfang an, was er in der Hand hielt, dass er damit viel Geld verdienen könnte, mehr als er für sein ganzes Leben brauchen würde, wenn er die Idee an einen der Konzerne verkaufte. Doch er sah in dem Dschi-Dschi-System natürlich etwas anderes. Er dachte an die alte Welt, in der die Menschen die Hähne öffneten und so viel Wasser erhielten, wie sie wollten, beinahe umsonst, aus der Natur, und dahin wollte er zurückkehren. Es war ihm bewusst, dass er vorsichtig agieren und einen Weg finden musste, das Dschi-Dschi bis zum Schluss geheim zu halten und es unter die Leute zu bringen, bevor die Wasserkonzerne reagieren konnten.

Das Dschi-Dschi-System war ein Durchbruch, denn es ermöglichte jedem Menschen das Auffangen, Speichern, Filtern und Klären von Niederschlägen für den persönlichen Bedarf. Ein Durchbruch, der so revolutionär war, dass die Wasserkonzerne auf die Regierungen zahlreicher Staaten Druck ausübten, ein Gesetz gegen private Speicherung zu verabschieden, wobei sie abwegige Behauptungen wie sinkende Hygiene, potenzielle Verantwortungslosigkeit und unzulässige Nutzung staatlicher Ressourcen ins Feld führten; so weitreichend, dass die Wasserkonzerne sowohl gegeneinander als auch miteinander den Versuch unternahmen, Ido dazu zu bewegen, ihnen das Patent zu verkaufen; ein Durchbruch, der so bedeutend war, dass Ido eines schönen Abends im April im Jahr des Schweins wie vom Erdboden verschluckt spurlos verschwand.

Bier aus der Dose, Soda
Totes Meer, teure Knesset
alles dahin
Dunst in goldenen Strahlen
Schafe warten aufs Scheren
Challenger im Schnee

Als er in Jerusalem aufwuchs, als er nach Tel Aviv zog, als er nach Kanada auswanderte, als er nach Berlin kam, als er in die Wüste zog, nach Tel Aviv zurückging, nach Galiläa, hinunter nach Haifa, sich nach Charod rettete – stets hatte er sich geschworen, nicht in dem zu versinken, was war. Immer hatte er Nostalgie gehasst. Immer suchte er in jeder Periode das Gute, wollte glauben, dass die Menschheit voranschreitet, dass die Welt, die sie sich schafft, ständig besser wird, denn wie kann es anders sein? Tag für Tag, Jahr für Jahr konzentrierter Energie, die Milliarden gemeinsam erzeugen, um an einem besseren und schöneren Ort zu leben. Wie viel Protest war zu hören über Sky Eye Earth und den Verlust der Privatsphäre, doch Kriminalität gab es kaum (er erinnert sich an die ständige Furcht und das Misstrauen, an den Blick über die Schulter); stimmt, es ist nicht lustig, wenn die Verkehrspolizei weiß, wohin du in welcher minütlichen Geschwindigkeit mit deinem Ayscha gefahren bist, aber man gewöhnt sich daran, man gewöhnt sich immer daran, und Verkehrsunfälle sind heute immerhin eine Seltenheit geworden; synthetische Glieder, ein Knie aus Plastik, Lasersicht, programmiert, synthetisiert, künstlich erzeugte Medikamente – aber sie lassen uns leben, funktionieren; die Befähigung, seine Gedichte direkt und in Echtzeit an Tausende seiner Bewunderer auf der ganzen Welt zu schreiben, sich davon sogar in seinem methusalemischen Alter bescheiden zu ernähren – ist es also heute gar so schlimm? Und war es früher gar so gut?

Aber. Aber trotzdem. Trotzdem. Es war gut. Ja. Das war es. Als diejenigen, die die Welt beherrschten, reiche Oligarchen waren und keine Wasserkonzerne. Als der amerikanische Kapitalismus seinen Trampelfuß auf jedes gute Plätzchen setzte und Klopse von McDonald's und Kaffee von Starbucks in die gottverlassensten Winkel brachte, anstatt der großen Gesellschaften, die sich hinter riesigen Wassertanks und Wasserrohren verstecken. Als man seine Unterhaltung auswählen und aus seinem Haus sowie aus seiner Interface-Brille hinaustreten konnte, zusammen mit anderen Menschen draußen unter dem großen freien Himmel etwas erleben konnte oder drinnen in Sälen vor großen Monitoren. Als man Süßes und Salziges essen konnte: Einst gab es Brombeermarmeladetörtchen, einst gab es Bissli, es gab Sonnenblumenkerne und Schokolade, einst gab es Wein und Nussriegel, rotes Bamba und Werther's Original, ganz zu schweigen von Coca-Cola, Brause, Ananaswaffeleis, Maccabi und Goldstar, Jameson und Jack Daniel's … Die vergangenen Namen rollen auf seiner alten, stolpernden Zunge, die ihnen einst entgegenschnellte, diesem unvergessenen exklusiven Pseudogeschmack entgegen. Einst gab es Kaffee und Bier – denn all das konnte man mit Wasser hinunterspülen, Wasser, einfach Wasser aus dem Hahn, das damals noch sauber und fast umsonst bis ins Haus geliefert wurde, als sich die Regierung noch mit der Klärung, Instandhaltung und Lieferung abgab.

Auch wenn er das meiste, was er sieht und hört, nicht mag, respektiert er die gegenwärtige Generation und ihren Geschmack. Fährt fort zu überleben, sich weiter zu erhalten. Und was gefällt ihm jetzt? Er liebt die Stille nach dem Sturm. Den reduzierten Spannungsgrad. Die Zeit für sich allein. Nach beinahe neunundneunzig Jahren ist das immer noch die befriedigendste Gesellschaft, die er findet, auch mit verbrauchten Knien und Ersatzteilen. Er liebt das Tempo. Den unermüdlichen menschlichen Hunger nach Neuem. Die Tatsache, dass er und seine Altersgefährten in der Mehrheit noch leben und arbeiten, sehen und hören, ordentlich funktionieren. Denn bei aller Nostalgie, die man für das vergangene Jahrhundert, für das ferne, unschuldige Leben von einst, für das Gefühl menschlicher Nähe und Geselligkeit empfinden mag – in jener Welt wäre er schon längst gestorben. Vor über zwanzig Jahren hat er geschrieben:

Alte Welt
tot wär ich in dir
schon lang

Als Maja durch das Material über die Nabatäer surft, ist sie verblüfft über die große Ähnlichkeit zwischen den Bewässerungssystemen, die dieses antike Volk vor vielen Zeitaltern gebaut hat, und den hochmodernen aktuellen Ideen im Bereich der Speicherung in der Jetztzeit. Ihr wird klar, dass trotz der Jahrtausende, die seitdem vergangen sind, die Bedingungen und die Niederschlagsmengen in Restisrael denen gleichen, die zur Zeit der Nabatäer im Negev herrschten.

Sie liest über ihre Geschichte nach: Nomaden, die von 700–800 vor bis 700–800 nach christlicher Zeitrechnung in dieser Gegend gelebt haben. Anfangs führten sie ein reines Nomadenleben, bauten keine Häuser, säten nichts an, pflanzten keine Bäume und enthielten sich des Weintrinkens. Sie lebten in öden Wüstengebieten ohne gesicherte Wasserquellen, hielten Kleinviehherden und trieben Gewürzhandel. Ihre Berühmtheit verdanken sie hauptsächlich den Bewässerungssystemen, die sie in der Bergregion der Negevwüste entwickelten – als sie ihre nomadische Lebensweise allmählich aufgaben und in Städten siedelten: Elusa, Subeita, Nessana, Avedat, Mampsis und natürlich die Felsenstadt Petra. Sie begannen sich mit Landwirtschaft zu befassen, zogen von Zelten in Häuser und fingen an, Pferde zu züchten. Dafür brauchten sie größere Mengen an Wasser und entwickelten daher eine einfache, aber äußerst kluge Methode zur Wasserspeicherung, die aus zwei Systemen bestand. Das eine fing das Regenwasser an natürlich geeigneten Orten wie Berghängen oder den Böden enger Täler auf, im Allgemeinen entfernt von den Siedlungen. Dort bauten sie Dämme, hoben flache Speicherbassins aus und tiefe Bohrlöcher, die bis in die oberste Grundwasserschicht hinunterreichten. Das zweite System wurde in der Ansiedlung eingerichtet – auf offenen Plätzen, in den Höfen der Häuser oder in den Häusern selbst. Die beiden Systeme wurden so miteinander verbunden, dass das erste – das externe, größere – das zweite, begrenzte System regelmäßig speiste. Dies sicherte eine vermehrte Ausbeute des Regenwassers in jeder Situation. Die Nabatäer vergeudeten keinen einzigen Tropfen.

Plötzlich begreift Maja auf Anhieb, wo sie das Speicherreservoir von Charod anlegen wird. Nach einer solchen Idee zweier getrennter, aber miteinander verbundener Systeme hat sie gesucht. Es wird zwei Orte geben. Das Bassin zum Auffangen des Regenwassers an einer höher gelegenen, am besten dazu geeigneten Stelle und parallel dazu ein internes System, bequem für Nutzung und Speicherung im Dorf selbst; die beiden Systeme werden mit einem dicken, abschüssigen Rohr verbunden werden, durch das das Wasser mit einem Druck von mindestens vier Atmosphären strömen wird. Das Ganze wird noch mehr Zeit, Arbeit, Material, Pläne und Kopfzerbrechen erfordern, doch es ist klar, dass die nabatäische Methode die Ausbeute und Effektivität steigern wird. Es wird funktionieren.

Die Arbeitsmannschaft mit der Ausrüstung hat bereits den ganzen Vormittag auf Instruktionen gewartet und inzwischen fast die Geduld verloren. Als Maja endlich eintrifft und Wassermann ihre neuesten Pläne erklärt, sieht sie in seinen Augen einen Ausdruck auftauchen, der besagt, um Himmels willen, worauf haben wir uns da nur eingelassen. Doch sie bleibt dabei, und auch Wassermann muss schließlich zugeben, dass die neue Idee weitaus besser ist. Das Auffangbassin wird an einem Ort errichtet, der früher ein Aussichtspunkt war, ein Platz hoch über dem Dorf mit einem überwältigenden Blick über das Jordantal und die Berge dahinter. Dort ist eine breite, relativ ebene Fläche vorhanden, die sich zum Bau des Speicherreservoirs eignet. Sie machen rasch eine

Geländebegehung, skizzieren, vermessen und markieren. Das im Dorf vorgesehene Becken wird auf dem Gelände des einstigen Swimmingpools entstehen, der zugeschüttet wurde, etwa achtzig Meter unterhalb des Auffangbassins, wo es auch möglich ist, die Rohrverbindung von oben zu verlegen. Die Arbeit beginnt gegen Ende desselben Tages.

Ido brauchte einen Partner, der den Prozess, das Patent vom Reißbrett zur Ausführung zu bringen, finanzierte, von den ersten Modellen, an denen er in seiner Wohnung in Cäsarea Nord 6 arbeitete, hin zur Massenproduktion und zum Großvertrieb. Er brauchte einen Partner, der nicht aus der Wasserwirtschaftsindustrie kam, aber stark genug war, um es mit den Konzernen aufzunehmen. Jemand, der bekannt war, mit sauberen Händen, gleichzeitig jedoch Beziehungen zu den richtigen Leuten hatte, Leuten, die es möglich machten, die Korporationen zu besiegen, und auch vor schmutzigen Methoden nicht zurückscheuten.

Eines schönen Novembermorgens, bei 29,9 Grad, sagte Ido zu Maja, er würde eine kleine Runde drehen. Auf der Straße setzte er die Toyota-D auf, berührte den Chip an seinem linken Oberarm und verlangte ein Telepräsenzgespräch mit Dagi.

»Ido! Lang her«, lächelte Dagi mit weißen Zähnen.

»Was ist mit deinen Haaren passiert?«, fragte Ido.

»Eine neue Frisur. Warum, schaut es nicht gut aus?«

»Wie steht's?«

»Du weißt ja.«

»Du bist in Süd 100, in den Zerstörern?«

»Ya. Arbeit. Aber ich bin schon fertig. Kommst du irgendwo in die Gegend?«

»Kann ich machen.«

»Komm nach Meer 8.«

»Melde dich, wenn du an der Anlegestelle einläufst.«

»In einer Stunde.«

Das Salz stach ihm in Nase und Augen. Auf dem Oberdeck des Mengs nach Meer 8 sah er eine schöne Frau, und plötzlich durchlief ihn ein Zittern. Er blickte sie an, und sie bemerkte es. Lächelte. Er sah weg, aufs Meer hinaus, nicht um ein Spiel zu treiben, sondern weil er verlegen war. Natürlich wanderte sein Blick ein paar Sekunden später wieder zurück, und sie war da, lächelnd. Als seine Augen sich in ihren verfingen, brach sie in Lachen aus und er ebenso. Sie trat zu ihm, fragte ihn, ob er Meer 8 kenne, für sie sei es das erste Mal in dem Viertel. Er antwortete, nicht wirklich, er komme nur manchmal zu Treffen dorthin, so wie jetzt. Sie fragte, was er mache, mit wem er sich treffe, sicher eine ganz unschuldige Frage, die ihn aber in Bedrängnis brachte. Er blickte aufs Meer und sagte, er sei ein kleiner Geschäftsmann. Dann schwieg er in Gedanken versunken, und das Gespräch erstarb. An der Anlegestelle lächelte sie ihm noch einmal zu und ging. Er wusste ihren Namen nicht. Eine schöne Frau, an einem hellen Novembermorgen an Deck eines Bootes. Er hatte ein weites Gefühl in der Brust.

Seit zwei Wochen arbeiten sie jetzt. Als Maja mit ihrer Nichte neben der Grube steht, die Hand in den Rücken gestützt, sagt Lulu auf einmal: »Ich glaub's nicht, dass wir das alles in zwei Wochen gemacht haben. Vor zwei Wochen war hier absolut nichts!« Maja richtet ihren Blick auf das Speicherbassin mit der inneren Trennwand, die Bohrlöcher. Bloß zwei Wochen. Sie ist so in die Arbeit vertieft gewesen, dass sie das Gefühl hatte, sie sei schon ein Jahr hier und das Projekt komme nur langsam voran. Auf ihrer Stirn haben sich sicher schon Falten gebildet, die ausschließlich diesem Projekt zu verdanken sind. Oder es kommt von diesem Gefühl der Schwere, das mit jedem Tag in ihr wächst.

Zuerst haben sie den Umriss des Beckens ausgehoben und danach angefangen, es innen auszuhöhlen – mit Spitzhacken, Spaten, zwei Ayscha-Kleintraktoren von einem Freiwilligen aus dem Dorf, der sich auch bereitfand, ihnen improvisiertes Grabungswerkzeug zusammenzulöten, und drei Haushaltsbots von Somimoto, die zwar ein bisschen schwach für diese Art Arbeit sind, aber dennoch ihren Teil beitragen. Maja hat sich der Grabungstruppe, wann immer möglich, angeschlossen, und es macht sie glücklich zuzusehen, wie Wassermann, der nicht mehr der Jüngste ist, mit seinem grauen Bart und seinen graumelierten Haaren, in seiner schwerfälligen Leibesfülle, sie alle antreibt, immer mehr in die Rolle des Anführers schlüpft, die in seinen Jahren als Dorfvorstand ein wenig inhaltsleer geworden ist. Maja ist auch etwas aufgefallen, womit sie nicht gerechnet hat: Es gibt mehr Freiwillige, als im Arbeitsplan, den Lulu aufgestellt hat, eingetragen sind. Manchmal sind es sieben statt fünf, sogar acht oder neun Freiwillige, in der Hauptsache Frauen, die trotz Hitze und Durst unter diesen nicht gerade leichten Bedingungen arbeiten. Sie bleiben oft über ihre Schichten hinaus, kommen früher oder einfach so, wenn sie etwas Zeit übrig haben. Kinder schauen nach der Schule vorbei, Erwachsene steigen am Nachmittag zu der Baustelle hinauf. Die alten Leute, unter der wohlgesonnenen Führung Assafdschis, laut seinen Worten Majas Verehrer Nummer eins im Dorf, berufen vor Ort das Charoder Altenparlament ein und fahren mit ihren Ayscha-Rollwagen dort hinauf.

Die Hauptarbeit leisten Wassermann, der die Grabungsarbeiten des Speicherbassins leitet, sowie Wadi und seine Leute, die die Trennwand im Bassin und den Kontrollraum daneben bauen; gleichzeitig werden tiefe Löcher für das Grundwasser gegraben, das man auf längere Sicht nutzen wird, nach den Regenfällen. In den zwei Wochen sind sie ein gutes Stück vorangekommen, aber Maja denkt ständig daran, dass nur noch fünf Wochen bis zur Flut bleiben. Die Grabungsarbeiten müssen vollendet werden, die Rohrleitung zum Dorf gelegt und das Wassersystem im Dorf selbst eingerichtet werden.

Abgesehen von dem Bau an sich ist Maja für das Material verantwortlich: Dichtungsplanen aus Plastik zur Auskleidung des Beckens, ähnliche »Ohren« wie bei den Dschi-Dschi-Tanks mit allem, was dazugehört, Teile für den Filter, Klärchemikalien … Wenn Ido da wäre, denkt sie, würde er aufblühen. Dafür lebt er. Und auch sie, gesteht sie sich ein. Er hat sie mit seiner Leidenschaft für das Wasser angesteckt. Sie arbeitet von Sonnenaufgang bis nach Sonnenuntergang zwischen der Baustelle und dem Zeichentisch im Haus ihres Bruders, fährt von dort mit dem Denscha nach Cäsarea zu Treffen mit Lieferanten und zurück zur Baustelle, um am Ende des Tages mit Wadi oder Wassermann, Jamit oder Lulu etwas zu besprechen. Nachts liest sie so viel wie möglich über die Vermessungsmethoden und die Aquädukte der Römer in Cäsarea, über die Bewässerungssysteme der Nabatäer, über die Kanäle, die im vergangenen Jahrhundert Wasser in die Lagunen von Cäsarea brachten, das auf natürliche Weise durch Versickerung ins Grundwasser gefiltert und durch Dutzende Bohrlöcher, die man grub, wieder heraufgepumpt wurde.

Ido wäre stolz auf mich, denkt sie. Sie genießt die Arbeit mit den Menschen, spielt sogar leicht geschmeichelt bei Wadis Flirtversuchen mit, aber Ido ist immer gegenwärtig, ein verborgener Teil des Projekts, nicht weniger wichtig für den Erfolg als die anderen oder als sie. In der Nacht rekapituliert sie seine Instruktionen, schläft mit ihm ein, erfüllt von einer Sehnsucht, von der sie dachte, sie habe sich im Laufe der vergangenen Monate ein wenig gelegt. Doch sie ist noch immer da, schmerzt immer noch. Manchmal wird sie wütend auf sich selbst – nicht er hat dieses Projekt initiiert und leitet es, nicht er hat die Lücke entdeckt, die den Beginn der Arbeiten ermöglichte, sondern sie war es. Warum setzt sie sich innerlich ständig mit ihm auseinander? Wo ist er denn, weshalb soll ihm ein Verdienst an dem zustehen, was sie macht, an dem, was sie geworden ist?

Ido hatte Dagi schon von dem Dschi-Dschi-System erzählt, doch jetzt teilte er ihm mit, dass er fertig sei. Das Werk sei vollendet, sein Modell habe sich beim letzten Regen vor einem Monat bewiesen. Er sagte zu Dagi, dass die großen Wasserkonzerne für ein solches Produkt auf den Knien rutschen würden. Er suchte einen Partner. Unabhängig, reich, stark. Jemand, der potent war, der keine Angst hatte. Dagi erwiderte, er kenne jemanden, der diesem Profil entspreche. Sein Name sei Go-Fan Tan, ein hohes Tier in der Egg-Silitita-Chipfirma, die auf den Kanalinseln niedergelassen sei und sich in chinesisch-englischem Besitz befinde, ein Mann, der Entwicklungen in die Tat umsetze und auch auf dem Schwarzmarkt äußerst geschätzt werde.

»Lass mich nur machen«, drängte Dagi. »Ich bin sicher, wenn wir ihm das klug präsentieren, wird er interessiert sein …«

»Was schlägst du vor, ein Treffen?«

»Ja. Wir organisieren einen Termin.«

»Ich werde ihn überprüfen«, sagte Ido, »und sehen, ob er geeignet ist.«

»Der ist geeignet«, erwiderte Dagi lächelnd. »Keine Sorge, Ido, wir machen da was Hübsches.«

Ido machte sich natürlich durchaus Sorgen. Er hatte nicht all die Jahre gearbeitet, um seine teuerste Erfindung in die Hände eines Unbekannten zu geben. Er widmete sich einige Tage den Nachforschungen über Go-Fan Tan, bis er sich zuletzt eingestehen musste, dass ihm der Mann gefiel. Go-Fan war Chinese, arbeitete seit über zehn Jahren bei Egg und hatte sich seinen Weg durch harte Arbeit bis an die Spitze gebahnt. Aus Redetexten, Geschäftsmitteilungen und persönlichen Berichten erhielt Ido das Bild eines unnachgiebigen, starken Menschen, der auf persönlicher Ebene sehr geschätzt wurde. Er war entschieden einer von den »guten Jungen« und einer der stärksten, was seine Fähigkeiten anging. Ido unterhielt sich noch ein paar Mal mit Dagi, um von ihm zu erfahren, inwieweit Go-Fan Tan in den Schwarzmarkt involviert war sowie in Geschäftsverbindungen, die darauf abzielten, die Übermacht der Konzerne zu erschüttern. Dann gab er Dagi grünes Licht, die Sache voranzutreiben.

Dagi plante, mit Go-Fan Tan auf der Neujahrsparty auf dessen privatem Meng zu sprechen, doch er bekam ihn auf diesem Fest kaum zu Gesicht. Stattdessen beobachtete er eine Schönheit auf der Treppe zum Deck, sah alles, was unter ihrem Rock zu sehen war, und sie führte ihn zu Ewig.

Viereinhalb Wochen nach dem Beginn der Arbeiten, zweieinhalb Wochen vor der angekündigten Regenflut, tritt die Krise ein. Die Begeisterung, die die Arbeit zur Linderung der Wassernot auf der Baustelle entstehen hat lassen, das Gemeinschaftsgefühl und die zahlreiche Beteiligung haben sie in den ersten Wochen positiv überrascht, doch sie – von Natur aus pessimistisch oder, wie sie es nennt, realistisch – hat schon vermutet, dass das ab einem gewissen Punkt aufhören und in Ermüdungserscheinungen umschlagen wird. Sie hofft nur, dass noch genug Leute übrig bleiben, um das Projekt in zufriedenstellendem Tempo voranzutreiben. Pessimisten täuschen sich oft, doch diesmal hat sie recht, als sie den natürlichen Energie- und Motivationsabfall voraussieht. Die Zahl der Arbeiter schrumpft auf ein Minimum, die Übriggebliebenen erschlaffen zunehmend, und in und außerhalb der Baugrube werden Diskussionen laut: Die Menschen fangen an, sich zu fragen, ob sich diese immense Investition, die auf Kosten ihres Lebensunterhalts und ihrer Zeit geht, wirklich bezahlt machen wird.

Esched kommt hin und wieder zur Baugrube, wirft einen arroganten Blick darauf und redet mit den Leuten. Mit ihr spricht er nicht. Sie versucht ein- oder zweimal, ihn zu grüßen, aber er ignoriert sie demonstrativ. Doch allmählich dringt so einiges zu ihr durch, Dinge, die er sagt oder auf der Internetseite des Dorfes zu verbreiten versucht: dass das Projekt Majas Rache an ihrem Exmann sei, der sie verlassen habe; dass sie seine Pläne und seine Erfindungen gestohlen habe; dass das Projekt eigentlich ein Test sei, den sie dann bei ebenjenen Wasserkonzernen zu vermarkten beabsichtige, gegen die sie angeblich kämpfe; dass sie die Ressourcen der Einwohner von Charod – ihre Arbeitskraft, ihre Zeit und ihr Geld, ihr Land und ihren Regen – zu ihrem persönlichen Vorteil benutze. Maja hegt die Befürchtung, dass die abwegigen Beschuldigungen bei den Leuten im Dorf Gehör finden.

Sie will Esched entgegentreten. Sie steht in der Grube, füllt Eimer mit Erde, als er daherkommt, begleitet von seinem Gefolge. Er stellt sich an den Rand, stützt die Hände in die Hüften und verzieht belustigt das Gesicht. Er ruft Tal, einer der Freiwilligen in der Grube, einen Gruß zu, und diese erwidert ihn mit einem Nicken. Die Freiwilligen wissen Bescheid über Esched. »Was ist das für ein Gefühl«, fährt Esched fort, »sich den Hintern aufzureißen und Dreck zu fressen für, äh, diese Frau? Macht Spaß, he?« Maja hört ihn von der anderen Seite der Grube. Sie lässt den Eimer fallen und geht direkt auf ihn zu. Er nimmt seine Arme von den Hüften und verschränkt sie über der Brust, erwartet sie.

»Ich höre, du erzählst, ich würde hier einen privaten Test machen«, sagt sie zu ihm.

»Beweis das Gegenteil.«

»Beweis du es – und was genau soll mir das bringen?«

Er reibt Daumen und Zeigefinger aneinander: »Viele, äh, Kuay.«

Maja schüttelt verächtlich den Kopf. »Meinst du nicht, da hätte ich bessere Möglichkeiten?«

Er mustert ihren Körper von oben bis unten, verharrt ein paar Sekunden auf ihrem geschwollenen Bauch und stößt am Ende ein knappes »Nein« aus.

»Ich verstehe nicht, was du eigentlich willst, warum dich das dermaßen stört. Du willst nicht helfen, gut, dann hilf eben nicht. Aber warum treibst du dich hier rum, erfindest Geschichten und störst die Leute bei der Arbeit?«

»Warum? Weil du unser Geld benutzt, unser Land. He, du willst unser Wasser nehmen ...«

»Wo sollte ich mit eurem Wasser hin? Das ganze Wasser wird bei euch ankommen. Ich brauche es nicht.«

»Vielleicht willst du ja jemand was beweisen«, sagt er.

»Ja. Ich hab diese Geschichten gehört«, entgegnet sie müde.

»Warum hat er dich verlassen, Maja?« Sie blickt ihn an. »Warum, he? Was ist passiert?« Sie dreht ihm den Rücken zu und lässt ihn stehen. Er schnaubt. »Kommt«, sagt er zu seinen Gefährten.

Maja schleppt an diesem Tag weiter die vollen Eimer, doch in ihrem Kopf spult sich immer wieder der Wortwechsel zwischen ihr und Esched ab. Ich hätte ihm antworten müssen, sagt sie sich, und entwirft im Geiste eine Erwiderung nach der anderen. Die Erdmenge, die sie in den nächsten zwei Stunden hinausbefördert, ist ziemlich hoch für ihre Verhältnisse. Sie ignoriert die ärztliche Anweisung, sich zu schonen, sie vergisst einen Termin und reagiert nicht auf Anrufe. Sie braucht Unterstützung, und Lulu, ihre größte Hilfe, ist nicht da. Wadi schon. Er trifft gegen Abend ein, um mit ihr über die Wasserbecken innerhalb des Dorfs zu reden. In einem Zelt neben der Baugrube breitet er auf dem Tisch seine Entwürfe aus.

»Gib dich doch mit diesem Idioten gar nicht erst ab«, sagt er, während er den Bogen festhält, damit er sich nicht wieder einrollt.

»Das schaffe ich nicht«, erwidert sie. Es wird langsam dunkel, und beide benutzen die internen Lämpchen ihrer Interface-Brillen zur Beleuchtung, wie zwei Glühwürmchen. Er riecht gut.

»Er ist dumm«, sagt Wadi.

Sie seufzt, und für einen Augenblick wird ihr schwindlig – sie schwört sich nachher, dass es ein Schwindelanfall war, eine Schwärze vor den Augen, vielleicht vor Erschöpfung –, und sie legt eine Hand auf seine Schulter, um ihr Gleichgewicht zu bewahren. Er lässt keine Reaktion erkennen. Sie lässt ihre Hand dort liegen und wirft wieder einen Blick in die Pläne. Sie wollte, dass das interne System im Dorf zwei Becken hat, eines im Zentrum an dem Platz, an dem früher der Swimmingpool war, und eines in einem niedriger gelegenen Bereich. Die Arbeit an ersterem ist momentan etwa zur Hälfte geschafft. Mit dem unteren haben sie noch nicht begonnen. Wadi und Maja haben darüber nachgedacht, die Dimensionen des unteren Beckens zu verkleinern, damit die Chance besteht, es in der verbleibenden Zeit zu bauen. Er zeigt ihr den aktualisierten Entwurf – weniger tief und nicht so lang. Sie berechnet das neue Fassungsvermögen. »Das wird nicht reichen«, sagt sie.

»Was machen wir dann?«, fragt Wadi.

Ihre Hand liegt weiter auf seiner Schulter. Er reagiert noch immer nicht. Sie nimmt ihre Brille ab und sieht ihn an. Sie hat diese Wärme wirklich nötig, die aus seinen Augen strahlt, als er ihren Blick erwidert. »Was meinst denn du?«, fragt sie.

»Vielleicht sollten wir die Entscheidung auf morgen vertagen?«, schlägt er vor. »Du hast einen harten Tag hinter dir.«

Sie wendet keinen Blick von seinen Augen. »Verschieben wir's auf morgen«, stimmt sie zu. Sie zieht ihre Hand weg, sie verlassen das Zelt und steigen in seinen Ayscha-Jeep, der sie ins Dorf bringt.

Am nächsten Tag küssen sie sich. Wieder bleiben am Ende des Tages nur sie beide im Dunkeln zurück. Diesmal sagt Wadi: »Ich möchte dir etwas im Zelt zeigen.«

Die Leute um sie herum machen sich zum Aufbruch ins Dorf bereit. Sie hören die leisen Geräusche, wie die Solar-Ayschas angelassen werden und sich entfernen, wie die Stimmen der Menschen schwächer werden und ersterben. Maja fragt: »Was wolltest du mir zeigen?«

Er legt seine Hand auf ihre Wange, beugt sich vor und küsst sie auf die Lippen. Sosehr sich ihr Kopf dagegen sträubt, dass es passiert, so willig ist ihr Körper, ihre Lippen wollen diesen Kuss, sie hat ihn dringend nötig, um zu wissen, dass jemand da ist. Sie braucht diese Berührung so verzweifelt. Wadi war vom ersten Augenblick an auf ihrer Seite, hat sie immer verteidigt, hat das Projekt vorangetrieben, und sie liebt seinen breiten, hochgewachsenen Körper, sein dichtes, blondes Haar. Sie küssen sich minutenlang, halten für einen flüchtigen Atemzug inne und machen weiter. Er gleitet von ihren Lippen zu ihrem Hals, streichelt ihren Rücken … Sie blicken sich lächelnd in die Augen, ohne etwas zu sagen, bis sie mit einem Mal aus dem Traum erwacht und sagt: »Das ist ein Fehler.« Schuldgefühl überflutet sie, durchzuckt sie mit einem schneidenden Schmerz, sie denkt an Como, Wadis Frau, die Kinder, sie kann es nicht glauben, sie will es doch gar nicht. »Es ist ein Fehler«, wiederholt sie, und er versucht zu protestieren:

»Nein, das ist kein …«

»Doch, es ist falsch.« Sie birgt das Gesicht in ihren Händen und dreht ihm den Rücken zu. Wadi fasst sie an den Schultern.

»Das ist in Ordnung«, sagt er, »das musste doch passieren. Lass mich dich halten.«

Sie lässt es zu, den Rücken gegen ihn gelehnt, an seine breite Brust, und er umarmt sie von hinten, streichelt ihren runden Bauch, ihre Brüste, die sich in letzter Zeit stark vergrößert haben, ihr Haar. Sie schließt die Augen und wehrt sich nicht mehr, spürt ihn ganz warm, überlässt sich ihm, den Tränen nahe vor Schmerz, Verwirrung und Genuss. Ihr Atem beschleunigt sich, als seine Finger ihre Brustwarzen finden und sie sanft zwischen Daumen und Zeigefingern halten. Ihre Augen bleiben geschlossen, als er über den Hügel ihres Bauches hinunterstreicht und noch tiefer, tiefer, sie presst ihr Gesäß an seinen Körper, ihren Rücken an seine Brust, reibt sich an ihm, will den großen Körper ganz spüren, seine Finger finden sie, er flüstert mit fast unhörbarer Stimme in ihr Ohr: »Du bist ganz nass«, und sie kommt unter seinen Fingern zum Höhepunkt, erinnert sich nicht, je so geil gewesen zu sein, diese Schwangerschaft, die ist schuld, die Hormone, und dann dringt er von hinten in sie ein, mit kräftigen Stößen, nicht mehr als sechs oder sieben, ein ersticktes Stöhnen entfährt ihm, seine großen Arme umschlingen sie mit aller Kraft, und gemeinsam ringen sie keuchend nach Luft, bis sich der Atem allmählich wieder beruhigt.

Danach, in der Nacht, quält sie sich, hat Angst. Sie kann nicht einschlafen, erbricht sich, hat Durchfall, sehnt sich nach Ido, wo ist er, nur wegen ihm passiert ihr das alles, wie konnte er nur. »Warum hat er dich verlassen, Maja«, hat Esched gefragt – ja wirklich, warum? Wie konnte sie mit Dagi flirten, sich Ewigs Chip einsetzen lassen, wie naiv, wie verblödet kann man sein …

Am nächsten Tag rücken Kontrollbeamte der Wasserwirtschaftsbehörde an. Die Probleme folgen Schlag auf Schlag: Dienstag, der 22.11., Esched; Mittwoch, der 23.11., Wadi; Donnerstag, der 24.11., Inspektor Nachalieli von der Behörde und seine »unwiderlegbaren« SEE-Aufnahmen. Und am Ende – nach den Befragungen und Anschuldigungen, den Telefongesprächen und Treffen, nach einem ganzen Tag ohne Arbeit, der damit endet, dass, laut Inspektor Nachalieli, aller Voraussicht nach gegen Maja und das Dorf Klage wegen des Gesetzesverstoßes erhoben werden wird und außerdem zwanzigtausend Kuay für die Baugenehmigung bezahlt werden müssen –, am Ende dieses Tages kehrt Maja in ihr momentanes Zuhause zurück, das Haus ihres Bruders, ihrer Schwägerin und ihrer Nichte, bricht weinend in Lulus Armen zusammen und sagt: »Es tut mir leid, Lulu, es tut mir so leid, ich gehe morgen, ich geh nach Hause. Ich werde aufhören, allen bloß Schwierigkeiten und Ärger zu machen, und geh nach Hause …«

»Schschsch …«, sagt Lulu und streicht über Majas kurzes Haar, die hemmungslos weint und nun auch noch einen scharfen Schmerz im Bauch verspürt.

»Die ganze Zeit und das viele Geld, das alle wegen mir vergeudet haben …«

Lulu fährt fort, sie sanft zu beruhigen, bis Maja schließlich mit schwerem Kopf in den Armen ihrer Nichte einschläft – Schmerz und Sorge, kein Wasser, keine Hoffnung, Verwicklungen mit dem Gesetz und ihren Emotionen, ein ganzes Dorf hat sie in die Irre geführt …

Dagi traf Ewig auf der Neujahrsparty im anbrechenden Jahr des Hahns auf dem Privat-Meng von Go-Fan Tan, einem Geschäftspartner von ihnen beiden, wie sich herausstellte, der sich mit Chiphandel über (mit Ewig) und unter (mit Dagi) dem Ladentisch befasste. Es gab zahlreiche schöne Frauen auf dem Fest, gutes Wasser und sogar etwas Alkohol. Das Meer war spiegelglatt wie ein Blankochip. Das Meng-Boot lief aus dem Hafen von Cäsarea in einen dramatischen Sonnenuntergang hinein, umrundete die schwimmenden Viertel und die russischen Zerstörer. Dagi unterhielt sich mit einem Freund, und als dieser die Toilette aufsuchte, blieb sein Blick an einem attraktiven Mädchen hängen, das gerade dort heraustrat. Er ging ihr nach, stieg einige Stufen unter ihr und ihrem superkurzen Miniröckchen die steile Treppe zum Oberdeck hinauf. Der Atem stockte ihm, als er entdeckte, dass sie keine Unterhose trug. Der Anblick erregte ihn bei jedem Schritt, vor allem auch weil es heimlich, ohne ihr Wissen, geschah.

Wie trunken stieg er hinter ihr her zum Deck hinauf, doch als er sah, dass sie neben einem Mann stehen blieb, entfernte er sich ein Stück, lehnte sich ans Geländer und blickte aufs Meer hinaus. Er setzte seine Interface-Brille auf und gab vor, mit einer Netzverbindung beschäftigt zu sein, während er zu lauschen versuchte, jedoch nur einzelne Silben aufschnappte. Als ihm seine armselige Lage langsam zu dämmern anfing und er sich gerade entfernen wollte, um nach jemandem zu suchen, den er kannte, ging das Mädchen. Sein Blick folgte ihr. Der junge Mann, mit dem sie geredet hatte, berührte seinen Arm und begann mit jemandem zu sprechen. Er sagte: »Ya«, und lachte, »sie hat gesagt, das interessiert sie nicht ... offenbar nein ...« Er lachte wieder und trennte die Verbindung. Die Blicke der beiden trafen sich, und sie brachen in Gelächter aus. Zuerst redeten sie über das Mädchen, in dessen Gesellschaft sie beide gern das Fest verbracht hätten, und über Frauen im Allgemeinen, danach über alles Mögliche, was ihnen in den Sinn kam. Bis das Meng wieder in der Hafenstation von Meer 8 einlief, hatten sie ausgemacht, sich wieder zu treffen.

Ewig war Rechtsanwalt in einer großen Kanzlei, Spezialist für internationales Handelsrecht. Er vertrat auch Go-Fan Tan, den Dagi natürlich kannte, doch es vergingen mehrere Wochen, bis er Ewig weit genug vertraute, um ihm zu erzählen, dass er von Go-Fan Tan »weiße« Chips erhielt (Chips ohne Identitätsdaten, die am Schwarzmarkt billiger verkauft wurden).

Ewigs Antwort, »Ich weiß«, überraschte Dagi.

»Du weißt das?«

»Was meinst du denn? Ich arbeite eng mit Go-Fan Tan zusammen. Ich weiß alles, was er macht. Ich weiß mehr, als er glaubt, dass ich weiß, und er weiß mehr, als du glaubst, dass er weiß. Egg macht wie viele Chip-Firmen dieser Größe Geschäfte mit dem Schwarzmarkt. Das ist nicht neu. Ich hab sofort kapiert, dass du Go-Fan auf diese Art kennengelernt hast.«

Dagi schüttelte langsam den Kopf. »Sehr schön, ich hätte nicht gedacht, dass sich Rechtsanwälte mit dieser Welt befassen.«

»Tun sie auch nicht, da hast du recht. Aber sie kennen sie, klar wissen sie davon.«

»Wissen und sagen nichts? Wenn ihr das Gesetz nicht hütet, wer denn dann?«, fragte Dagi und erntete damit einen ausgedehnten Lachanfall von Ewig.

Als er sich wieder beruhigt hatte, sagte er: »Du wirst kein schmutzigeres, durchtriebeneres, gesetzesbrecherischeres und lügnerischeres Volk als unseres finden.«

»Als Nächstes wirst du mir gleich noch sagen, dass du als Geschäftspartner bei mir einsteigen willst«, lächelte Dagi.

»Wenn du einen interessanten Vorschlag hast, lehne ich nicht ab«, erwiderte Ewig grinsend.

Dagi hatte einen interessanten Vorschlag. Er erzählte Ewig von Ido und dem Dschi-Dschi-Patent. Ewig reagierte genau so, wie Dagi erwartet hatte – seine Augen begannen zu glänzen.

»Was gedenkst du zu tun?«, fragte er.

»Ich will mit Go-Fan reden. Meinst du, dass ihn das interessiert?«

»Zweifellos«, erwiderte Ewig. Sie schwiegen beide einen Moment. Dann fügte er hinzu: »Aber ich bin nicht sicher, dass er genügend Macht hat, gegen die Konzerne zu kämpfen. Ich mag Go-Fan und schätze ihn, aber du weißt, wo sich das ganz große Geld befindet.« Dagi nickte. »Außerdem«, fuhr Ewig nach kurzer Überlegung fort, »es wird viel weniger in deine eigene Tasche fließen, wenn du ihn bloß mit Go-Fan verkuppelst und damit aus dem Spiel bist. Man könnte an ein Arrangement denken, das mehr abwirft.«

Dagi lächelte. Er hatte Ewig richtig eingeschätzt. Der Rechtsanwalt hatte eine gute Nase für solche Dinge.

»Nein. Ich möchte am Ende ungern ohne alles dastehen«, antwortete er, »aber deswegen rede ich mit dir.« Jetzt war es Ewig, der lächelte.

»Freut mich zu hören«, sagte er. Er hob sein Glas mit Wasser, das, rein zufällig, von Ido-Wasser stammte. Auch Dagi erhob sein Glas und stieß mit ihm an.

Wenn das Knie und die Fußsohle nicht mitmachen, besteigt er den Ayscha-Rollwagen, Kawasaki-Gold, wie etliche seiner Altersgefährten, die Achtzig-, Neunzig-, Hundertjährigen und mehr, der Klub der Hundertzwanziger bis hin zu den Uraltgreisen. Auch das gab es nicht, als er in Jerusalem aufwuchs, so viele Greise rundherum, alle aktiv, die Rechte einfordern und erhalten, nicht so schnell von der Bildfläche abtreten. Einige von ihnen arbeiten weiterhin, andere fangen mit siebzig an, sich ein schönes Leben zu machen. Man sieht sie an den Touristenstätten in aller Welt, wie sie mit ihren Ayschas lächelnd durch die Gegend rollen, sich mit Hilfe von Ersatzteilen aus hochentwickelten Materialien fortbewegen, Lasersicht und Hörprothese von Boss oder Pioneer, gegossene Porzellanzähne und 7-Sterne-Haut aus den Laboren von Mac und Roche und Clinique, und hin und wieder schlüpfen sie schnell hinter ihre neuesten Interface-Brillen und mailen ihren Urenkeln eine kurze Botschaft, damit auch sie die Welt sehen. Und dann wenden sie sich wieder einander zu, singen in einem Computerforum Karaoke und beweinen die Tage, in denen sie zu Hunderten in der Öffentlichkeit sangen, als man noch patriotische Lieder sang, als es noch etwas gab, wofür man Patriotismus empfinden konnte – fühlen und aussprechen, abstimmen und reagieren, die guten alten Tage, die verflossen sind, in denen jeder seine Meinung auf dem Stadtplatz oder im Internetforum kundgetan hat, und jetzt sitzen sie da und gedenken jener wilden, freien Demokratie, jenes unermüdlichen, unverbesserlichen Patriotismus mit sehnsuchtsbitterem Herzen.

Jede Woche versammeln sie sich und bitten Assafdschi, ihnen eines seiner Gedichte vorzulesen, und er räuspert sich einige Minuten lang, schluckt und mümmelt mit seiner großen Zunge, sucht den richtigen Text für diesen Augenblick – eine Sache des Gefühls – und krächzt:

Ein Staat brach zusammen rings um uns
wir sind Ytong
Es brannten die Wasserbrunnen
wir sind Ytong
Toshibankhapokemotosonikon
wir sind Ytong
Sie sehen uns
wir sind Ytong
Schütte deinen Zorn und deinen Dreck ins Waschbecken
Talkback Abrakadabra, denn
wir sind Ytong

Maja schläft lange, ein tiefer, traumloser Schlaf. Lulu geht nicht in die Schule. Ihre Eltern sind einverstanden, dass sie sich in den Unterricht über ihre Interface-Brille einloggt und zu Hause bleibt, um ihre Tante zu betreuen. Im Laufe des Morgens blockiert sie Majas Chip für eingehende Verbindungen. Sie deckt sie gut zu und schottet das Zimmer, in dem sie schläft, gegen Licht und Lärm ab. Maja erwacht schließlich gegen zehn Uhr vormittags, vier Stunden später als sonst. Sie will niemanden sehen und hören außer Lulu, und Lulu sitzt bei ihr, hält ihre Hand, versucht, die Tränen zu trocknen, den Kummer zu lindern. Erst mittags willigt Maja ein, jemand anders zu sehen.

Der Arzt des Dorfes trifft ein. Seiner Meinung nach sind die stechenden Schmerzen nur auf verkrampfte Muskeln infolge der schweren Arbeit, der Anspannung und des natürlichen Wachstums der Gebärmutter zurückzuführen. Möglicherweise drückt der Embryo auch auf einen Nerv oder Muskel auf der Bauchseite. Er ist nicht besorgt, verordnet jedoch Ruhe, verschreibt Padma zur Schmerzlinderung und vereinbart eine Folgeuntersuchung. Ihr zweiter Gast ist Jamit, die Rechtsanwältin. Sie ist seit dem frühen Morgen in Cäsarea gewesen und hat mit den Leuten von der Wasserwirtschaftsbehörde gesprochen. Sie hat ihnen die Interpretation des Gesetzes zur privaten Speicherung gezeigt, die Maja und sie erstellt haben. Sie hat bewiesen, dass das Projekt von Charod gegen kein einziges Gesetz verstößt. Mit allen Wenns und Abers – doch sie haben ihr zugestimmt. Das Projekt schlüpft durch die Maschen des Gesetzes, die geknüpft wurden, um die Bürger des Staates daran zu hindern, Regenwasser zu speichern und privat zu nutzen. Ihre Rechtsanwälte mussten zugeben, dass dies de facto die Lage sei und kein Hinderungsgrund bestehe, dass die Leute von Charod weiterarbeiten. Das Einzige, so berichtet Jamit, sei die Bezahlung. Jeder Bau, einschließlich der Aushebung einer Grube, auch auf Privatgelände, muss beim Bauamt angemeldet werden, und das kostet Gebühren. Für jedes Bauwerk, das mit Wasser zu tun hat, muss eine zusätzliche Abgabe an das Wasserwirtschaftsministerium entrichtet werden.

»Ich hab's geschafft, das Bußgeld und die Zinsen für die Zahlungsverspätung vom Tisch zu kriegen, aber an der Gebühr selber kann ich nichts ändern. Da haben sie recht.«

»Was sollen wir tun?«, fragt Maja, noch leicht benommen und trübsinnig.

»Wir können bis Sonntagabend zahlen, andernfalls müssen die Arbeiten wieder eingestellt werden.«

»Wieder?«

»Die Arbeiten sind gestern früh zum ersten Mal gestoppt worden. Sie haben uns verpflichtet, wieder aufzuhören, wenn wir bis Sonntag nicht bezahlt haben«, wiederholt Jamit.

»Ich weiß, dass wir gestern nicht gearbeitet haben. Ich verstehe bloß nicht, was du mit ›wieder‹ meinst.«

Jamit begreift endlich das Missverständnis. »Die Leute arbeiten jetzt, Maja. In dem Moment, in dem ich die Bestätigung erhalten habe, sind die Leute zurück an die Arbeit gegangen.«

Maja wirft Lulu einen Blick zu. Sie nickt.

»Willst du mit Wassermann sprechen? Er ist dort. Mit neun Freiwilligen.« Maja ist wie betäubt. »Nachdem mich Jamit heute früh über den aktuellen Stand informiert hat, habe ich die Nachrichten auf die Website gestellt. Innerhalb einer halben Stunde ist die gesamte Schicht plus Freiwillige angerückt.« Maja blickt erst ihre Nichte, dann Jamit an, die heftig nickt.

»Warum?«

»Warum? Weil in zwei Wochen und zwei Tagen eine Regenflut kommt! Bis dahin müssen wir fertig sein!«

Maja bedeckt ihr Gesicht mit den Händen, verdaut die Nachrichten und denkt nach.

»Und was ist mit dem Geld?«, fragt sie zuletzt.

Jamit verzieht das Gesicht. »Wir werden sehen. Ich werde

versuchen, Ratenzahlungen zu erreichen, vielleicht noch irgendeinen Nachlass. Wassermann versucht, Spenden aufzutreiben. Er hat überlegt, ob er sich an die Dorfbewohner wenden soll, doch er weiß, dass Esched und seine Leute dafür sorgen werden, dass es nicht funktioniert.«

»Wie viel ist es denn?«, fragt Maja.

»Achtzehntausend Kuay«, gibt Jamit zur Antwort. Maja nickt nachdenklich.

Danach trifft eine Delegation von der Baustelle ein: Wadi, Como und die Kinder, Adwa und Tal. Die Kinder schenken ihr ein Bild, das sie gemalt haben, zwei klitzekleine Engelchen mit geschlitzten Augen und blondem Haar. Tal berichtet von der Baustelle, wo sie seit heute Morgen gearbeitet hat. Wadi zeigt ihr die neuen Pläne für das zentrale Speicherbecken innerhalb des Dorfes. Das zweite ist gestrichen worden. Sie wechseln keinen überflüssigen Blick. Der Akt existiert für sie beide nicht, liegt tief in der Versenkung zweier ereignisreicher Tage begraben. Dann kommt Assafdschi zu Besuch. Lulu versucht ihn abzuwimmeln, doch Maja sagt: »Lass ihn nur.«

»Hoppla, Maja, Tante Maja«, schrillt er mit seiner sonderbaren alten Stimme. »Wo bist du? Die Grube ist leer ohne dich! Das Leben ist langeweilig! Froscheierig … hi hi.«

Alle lachen.

»Stimmt«, sagt Tal.

»Klar stimmt es, ich weiß, wovon ich rede. Ich und die Pfirsiche.« Aus dem Netz seiner unzähligen Runzeln heftet er seine braunen Augen mit einem verliebten Blick auf Maja, der einem Sechzehnjährigen gehören könnte.

»Was ist mit deiner Frau, Assafdschi?«, fragt Maja.

»Meine Frau? Meine Waldbeere, was ist mit meiner Frau? Sie will nicht helfen kommen … meine Frau …« Seine Augen blicken Maja an, als habe er eben der Einfachheit halber beschlossen, sie sei seine Frau.

»Assafdschi, geh nach Hause zu deiner Frau«, sagt Maja.

»Aber … du musst zur Grube kommen. Wir brauchen dich, um das Projekt fertig zu machen …« Er zieht einen himmelblauen Plastikzahnstocher zwischen seinen schiefen Zähnen hervor, gibt zwei kurze Pfiffe von sich und steckt ihn wieder hinein. Maja lächelt ihn an.

»Du bist lieb, Assafdschi«, sagt sie.

Er dreht sich um und humpelt mit seinem schmerzenden Fuß davon, ohne ein Wort zu sagen, denn er möchte sich keinesfalls anmerken lassen, dass er über das Kompliment zu Tränen gerührt ist.

Maja setzt ihre Interface-Brille auf, stellt eine Verbindung mit Wassermann her. Eine Stunde später ist sie auf der Baustelle. Sie ruft Adwa, Wassermann und Jamit zusammen und teilt ihnen mit: »Ich werde die Baugenehmigungen bezahlen.« Sie blicken sie groß an, Jamit will etwas entgegnen, doch Maja hebt die Hand: »Gehen wir wieder an die Arbeit.«

Die Kontrollbeamten der Behörden schnüffeln noch ein- oder zweimal herum, danach lassen sie sie in Ruhe. Maja wundert sich zunächst, aber dann versteht sie. Die Konzerne, die Wasserbehörden, die Regierung – alle sind mit fieberhaften Vorbereitungen für die Regenflut beschäftigt. Auch sie organisieren, bauen, leiten Maßnahmen ein und haben momentan keine Zeit, sich mit einem kleinen, wenn auch ärgerlichen Projekt wie Charod abzugeben. Die Arbeit geht wieder schwungvoll voran. Wenn die Ermattung und Escheds Umtriebe die begeisterte Stimmung der Freiwilligen geschwächt hatten, so hatte das Auftauchen der Wasserwirtschaftsbehörde und der Sieg, den sie davongetragen haben, die gegenteilige Wirkung zur Folge. Die Motivation ist auf dem Höhepunkt, das Adrenalin schießt, so wie sich das Wasser, das sie sich bald erhoffen, durch die Rohrleitung ergießen wird, die jetzt ihr wunderbares Bassin mit dem Dorf verbindet. Schwierigkeiten gibt es natürlich trotzdem noch: Maja lädt einen alten Gefährten aus den Zeiten von Ido-Wasser ein, einen Filterexperten. Er lobt die Anlage, argumentiert jedoch, dass man das Speicherbecken innerhalb des Dorfes mit den gleichen Isolierplanen auskleiden muss wie das Hauptbassin; die Pumpe des Filters geht gleich am ersten Betriebstag zu Bruch, da einige ihrer Auspuffrohre mit Erde verstopft sind, und man braucht eine neue; der Lieferant der Minerale, mit dem bereits ein Preis vereinbart war, ist auf einmal verschwunden, und die anderen Lieferanten verlangen höhere Preise. Doch die Energie des Endspurts treibt sie jetzt an. Und als Maja ihre Geldbörse einmal geöffnet hat, um die behördlichen Gebühren zu bezahlen, lässt sie sie sozusagen gleich offen auf dem Tisch liegen: die HD-Polyäthylen-Isolierplanen für dreitausend Kuay, eine Pumpe für viertausendfünfhundert, Alaunfluorid und Chlor für zweitausend … Sie beschließt, nicht darüber nachzudenken. Es ist Ewigs Geld, und das Projekt ist ihr wichtiger als das Geld.

Ewig wollte einen der Konzerne involvieren. Seiner Meinung nach konnte man Go-Fan Tan außen vor lassen. Simple Logik: Ido wollte einen Geschäftsmann, der in die Produktion des Dschi-Dschi investierte und stark genug war, um dem Druck der Konzerne zu widerstehen. Aber erstens, bei allem Respekt für Go-Fan oder andere unabhängige Investoren, die Chance, einen erfolgreichen Krieg gegen Konzerne wie Vizi, Ohiya und Gobogobo zu führen, war nicht sehr groß. Es war ein Glücksspiel. Zweitens, auch wenn ein geeigneter Investor gefunden wurde, beispielsweise Go-Fan Tan, würde für Dagi, als Vermittler, nicht viel herausspringen. Die beiden Seiten konnten ihm irgendeine symbolische Provision, eine Art Anerkennungsgebühr, zahlen, aber das war's dann. Außerdem wäre es keine Partnerschaft, und er konnte nicht einmal sicher sein, dass er etwas bekam. Der Lohn, sofern es überhaupt einen gäbe, würde nicht annähernd an das Gewinnpotenzial heranreichen. Ewigs Alternativvorschlag lautete, den Geschäftsmann fallenzulassen und sich direkt an diejenigen zu wenden, die Ido zu vermeiden suchte: die Wasserkonzerne.

»Schau mal, niemand tut hier so, als ob«, sagte Ewig zu Dagi. »Ido und seine lauteren Wünsche interessieren uns beide nicht. Wir müssen uns was ausdenken, wie wir das größte Stück für uns abschneiden. Wenn wir Idos Weg einschlagen – wie gesagt, dann sind wir nur Vermittler. Aber wenn wir zu den Konzernen gehen, sieht das schon ganz anders aus. Wir sollten also jemanden dort finden, der mit sich reden lässt. Legen wir ihm die Karten offen auf den Tisch. Schließen wir einen Handel mit ihm ab, bei dem wir Partner sind und ein dickes Stück vom Kuchen für uns abfällt. Verkaufen wir ihm das Patent mit sämtlichen Produktionsanleitungen und allen restlichen Daten, und von mir aus kann man auch Ido aus der Gleichung streichen. Es wird ganz offener Diebstahl sein, aber diese Leute werden es wissen und sind stark genug, dass sie das nicht weiter beunruhigt. Ich weiß schon, wie man das macht, Dagi, ich habe genug Erfahrung.«

Dagi sah die Logik. Sein Problem war nur, dass er mit Ido schon über Go-Fan Tan gesprochen hatte. Aber vielleicht gab es trotzdem einen Weg, ihm das Messer in den Rücken zu stoßen, ohne dass ersichtlich wurde, wer es getan hatte …

»Vielleicht können wir im Hintergrund bleiben«, sagte er

zu Ewig, »die richtigen Schritte einleiten und unsere Prozente mitnehmen, ohne dass es jemand erfährt, ohne dass es Ido mitbekommt. Je weniger Leute Bescheid wissen, desto sicherer sind wir, oder?«

Ewig verzog das Gesicht. »Du hast Angst vor ihm. Du bewunderst ihn immer noch. Du bist nur der Investmentberater, und er ist der Experte Nummer eins auf seinem Gebiet, der Bruder deines Kollegen. Du hast Mitleid mit ihm.«

Dagi schüttelte den Kopf. »Wieso denn? Du weißt, dass es mir nichts ausmacht, ihn abstürzen zu lassen. Du musst mich nicht überzeugen. Ich denke dabei nicht an ihn, ich versuche nur zu überlegen, was der beste Weg für uns ist. Vielleicht ist ohne die Konzerne trotzdem mehr Geld zu holen, wenn es uns gelingt, an die Leute selber heranzukommen.«

»Vergiss es, das sind hübsche Phantasien, die nichts mit der Wirklichkeit zu tun haben«, erwiderte Ewig. »Ich habe den Eindruck, dass du Angst hast.«

»Angst wovor?«, fragte Dagi.

Ewig ignorierte die Frage, blickte Dagi an und sagte: »Ich denke einfach, wir haben keine andere Wahl.«

»Angst wovor?«, wiederholte Dagi.

Ewig hob die Hand. Er erhielt einen Anruf und antwortete. Sein Chef, Peleg. Als er geendet hatte, berührte er seinen Arm und nahm die Interface-Brille ab. Er heftete seinen Blick auf Dagis blaue Augen.

»Du hast Angst. Du weißt, wenn wir das auf meine Art machen, kann Ido nicht hierbleiben, um der ganzen Welt zu erzählen, was wir ihm angetan haben, und beweisen, dass das Patent ihm gehört. Davor hast du Angst.« Dagi blinzelte und erwiderte nichts darauf. »Da rennst du jahrelang mit einem schwarzen Groll im Herzen herum, und am Schluss, wenn der Augenblick der Wahrheit gekommen ist, wenn sich eine echte Gelegenheit bietet, hast du Schiss. Du bist ein Wasserträger. Hast Mitleid. Wagst es nicht, bis zum Ende zu gehen.«

»Wovon redest du? Wer ist denn mit dieser Idee zu dir gekommen? Ich habe kein Mitleid, ich versuche nur, den besten Weg zu finden.«

Ewig schüttelte den Kopf, ließ sich nicht überzeugen.

»Es gibt nur einen Weg«, beharrte er, »und du solltest keine Angst davor haben.«

Die Debatte fand an jenem Tag keinen Abschluss. Auch nicht am nächsten Tag, eine Woche oder drei Monate später. Ido hatte Probleme. Er war gezwungen, Maja in ihrer Firma Ido-Wasser zu helfen, die nach zunehmenden Schwierigkeiten langsam in den letzten Zügen lag. Dagi und Ewig machten mit ihrem Leben und ihrer Arbeit weiter. Hin und wieder trafen sie sich. Das Jahr, das mit der Nacht auf Go-Fan Tans Meng begonnen hatte, verstrich. Dagi verdiente viel Geld mit dem Doy-Geschäft und zog in eine Wohnung in Nord 3. Manchmal besuchte er Ido und Maja, hörte von Ido von den Fortschritten des Dschi-Dschi, und Maja erzählte ihm von Ido-Wasser. Ewig reiste für einige Monate nach Osaka, in Sachen einer Aluminiumfirma, und legte danach einen Stopp in Korea ein, um seinen Chef bei Verhandlungen für die Aysscha-Firma Hyundai zu unterstützen. Am Jahresende kehrte er nach Cäsarea zurück und begann sich mit einem Fall von Vizi, der ukrainischen, zweitgrößten Wassergesellschaft der Welt, zu beschäftigen.

Im Januar befand sich Dagi in China, in Chipgeschäften. Eines Tages, als er sich gerade im Jacuzzi eines Sechssternebordells außerhalb von Dongguan in Gesellschaft eines Geschäftspartners und einiger einheimischer Mädchen in seiner Interface-Brille erotische Zeichentrickfilme anschaute, erhielt er das Signal einer eingehenden Verbindung. Es war Ido, der sagte: »Es ist so weit, Dagi, wir haben genug Zeit vergeudet.«

Dagi rief umgehend Ewig an, der sagte: »Inzwischen habe ich den richtigen Mann gefunden, bei Vizi. Ich bin auch bereit. Wir haben wirklich genug Zeit verschwendet.«

Dagi kehrte im Februar nach Israel zurück und traf sich mit jedem einzeln. Ido umarmte ihn herzlich und sagte zu ihm, er wolle nun mit Go-Fan Tan sprechen. Dagi hatte ihn mehrere Monate nicht gesehen, und er wirkte verändert. Ido hatte immer jünger ausgesehen, als er war, doch inzwischen schien auch ihn sein Alter einzuholen. Sein an den Schläfen ergrautes Haar war kürzer denn je, um seine Augen hatten sich Falten gebildet, aber mehr noch war es sein Lächeln, der Ausdruck in seinen Augen, der von Müdigkeit, vielleicht sogar Resignation sprach. Die Besessenheit, wenn er über das Dschi-Dschi redete und über die Möglichkeiten, die Konzerne zu schlagen, war zwar noch da, doch das Feuer von früher fehlte. Dagi sagte Ido, es sei ein gutes Timing, Go-Fan Tan würde in zwei Wochen in Israel eintreffen und dann würde er mit ihm über das Dschi-Dschi-Projekt sprechen. Go-Fan Tan sei sicher immer noch interessiert.

Danach traf sich Dagi mit Ewig, der sagte, sein Verbindungsmann sei ein hohes Tier bei Vizi, ein Ungar namens Gregej Nagy. Er habe ihm von dem Dschi-Dschi erzählt, und Nagy sei äußerst interessiert und bereit, laut Ewigs Worten, »die Beine breiter als deine Chinesinnen im Jacuzzi in Peking zu machen«.

»Das war nicht in Peking«, korrigierte Dagi, doch Ewig überhörte ihn.

»Für den Prototyp und die Patentunterlagen will er uns hohe Prozente geben plus eine Summe bar auf den Tisch vor der Übergabe ...« Er hielt inne und hob den Blick. »Ich rede mit dir über Millionen, Dagi. Darauf haben wir unser ganzes Leben lang gewartet, Junge. Wir werden nicht darauf verzichten.«

Dagi versuchte, die Begeisterung zu dämpfen: »Ich kenne die großen Konzerne und dich auch. Bis das nicht wirklich passiert, glaub ich keinem was.«

Ewig gab zu, dass da etwas dran sei. Sie vereinbarten, sich die Optionen offenzuhalten. Sie würden es auf beiden Kanälen probieren und sehen, welcher erfolgreich war.

Einige Bilder der letzten beiden Wochen ragen aus dem Nebel der Erinnerung an Arbeit, Dreck und Staub, ihren riesigen Bauch, Menschen und Besprechungen. Das erste Bild: sie und Lulu am Rand der Grube, die jetzt wie ein vollendet planiertes, symmetrisches Becken aussieht, sauber ausgekleidet mit dunklen Abdichtungsplanen. Sie zeigt Lulu die Trennwand im Bassin, den Reguliermechanismus mit dem Schieber (eine simple und schöne Erfindung Wadis) und den dazugehörigen Kontrollraum sowie die Bohrlöcher in die oberste Grundwasserschicht. Sie gehen das Rohr entlang, das vom Speicherbassin zu dem Sammelbecken im Dorf führt, überprüfen die Verbindungsglieder, den Anschluss an den Kontrollkreis, und etwa zwanzig Minuten später erreichen sie das Becken im Dorf, eine kleinere Ausgabe des oberen, ebenfalls mit dunklen Planen abgedichtet.

Das zweite Bild: Sie steht mit Wadi und Wassermann an einer Ecke des Bassins, als sie einen Tumult, Schreie und Pfiffe hören. Sie recken die Köpfe, und eine fast surrealistische Szene bietet sich ihren Blicken dar: Esched am Boden, offenbar betäubt, und über seine Gestalt gebückt steht Assafdschi, der seine Hände wie ein siegreicher Boxer in die

Luft wirft. Als sie hinlaufen, ist Esched schon verschwunden, und Assafdschi hat sich mit gesenktem Kopf an den Rand des Bauplatzes zurückgezogen. Augenzeugen erzählen ihnen, was passiert ist. Esched ist wie üblich gekommen, um die Freiwilligen zu verhöhnen und zu provozieren. Sie kümmerten sich nicht weiter um ihn, da sie schon an ihn gewöhnt waren, doch diesmal war auch Assafdschi da. Als Esched wieder etwas in der Richtung sagte, »es ist doch unglaublich, wie diese Frau das ganze Dorf hier um den Finger wickelt«, stieß Assafdschi einen scharfen Pfiff aus und stellte sich Esched in den Weg.

»Was hast du gesagt?«, verlangte er zu wissen.

»Mach, dass du wegkommst, Alter«, antwortete Esched.

Assafdschis Reaktion bestand darin, dass er seinen Gehstock, der einen Porzellanknauf als Griff hat, wie ein Lasso über seinem Kopf schwang, worauf Esched mit einem verächtlichen Lachen reagierte: »Schaut her, Clint Eastwood!«, und Assafdschi daraufhin den Stock, der sich noch immer über seinem Kopf befand, plötzlich losließ (manche sagen auch, er sei ihm unabsichtlich aus der Hand gerutscht), und der Porzellanknauf traf Esched an der Stirn, und Assafdschi sagte etwas Ähnliches wie: »Du erzählst mir gefälligst nichts von Clint Eastwood, Kleiner!«, denn als Assafdschi jung gewesen war, war er immer in Clint-Eastwood-Filme gegangen – als die Leute noch wirklich in Filme »gingen«.

Das dritte Bild: Agam meldet sich bei ihr, der Termin für das reguläre Treffen stehe an. Sie lädt ihn zu einem Besuch ein und zeigt ihm das Bassin. »Das hast du gemacht?«, fragt er mit vor Bewunderung leuchtenden Augen.

»Nein«, antwortet sie, »die Leute im Dorf haben das gemacht.«

Agam nimmt ihre Hand. Er hat etwas kindlich Reines, Unbeschmutztes an sich. Sie wandern am Rohr entlang, Majas obligatorische Route, und sie beschließt, vom Weg abzuweichen, und führt ihn etwas abseits zu einem kleinen, flachen Felsen unter einem Kaktusgestrüpp, auf dem einer allein bequem sitzen kann und sich zwei eng aneinanderdrücken müssen, um genügend Platz zu finden, besonders wenn eine der beiden doppelt so dick ist. Es kommt ihr immer noch ganz seltsam vor, dermaßen dick zu sein und trotzdem so viel Lust zu haben. Sie gibt den Hormonen die Schuld. Sie will ihn und er sie, und sie sagt wieder: »Aber wie kannst du Lust auf eine Polarbärin haben?« Und er darauf: »Spinnst du? Ich hab noch nie eine Frau gesehen, die so sexy ist.« Seine Körperreaktion gibt ihr unübersehbar zu erkennen, dass er die Wahrheit sagt, denn er ist hart wie der Felsen unter ihnen, hart und groß, erregt und keuchend, kann es nicht erwarten. Es ist ein anderes Gefühl als all die Male, die sie davor mit Männern zusammen war, ihre körperlichen Empfindungen verändern sich fortwährend, je weiter die Schwangerschaft voranschreitet, ihre Körperwinkel und der Vereinigungspunkt zwischen ihnen scheinen völlig neu. Sie reitet auf ihm, und er diktiert den Rhythmus, hebt und senkt sie, hält das Gewicht ihres Leibs mit seinen muskulösen Händen an ihrem Hintern, entschlossen und stark, bis sie beide kommen … Sie bleiben eine Stunde dort, ihre Chips sind im Ruhe-Modus, ihre Brillen liegen zusammengeklappt am Rand. Es ist ein schöner Abend, entrückt, mit sauberer, spröder neuer Luft, und danach weiß sie, dass ihr Agam nicht widerstehen können wird, wenn sie ihn fragt, wie und in welche Richtung die Untersuchung vorangeht.

Sie hat recht. Er erzählt ihr, dass weitere Einzelheiten über Dagi und Ewig ans Licht gekommen sind. Sie blickt ihn fragend an: »Ja?«

»Die Techniker haben Ewigs Bot zerlegt und eigens einen Techniker von der Firma Hayer eingeflogen. Er hat Stücke aus seinem Speicher gefunden, mit deren Hilfe weitere Informationen über die Vorgänge in Ewigs Wohnung rekonstruiert wurden, und ein paar Informationssplitter, deren chronologischer Zusammenhang nicht immer klar ist.«

»Was habt ihr gefunden?«

»Das letzte Gespräch mit Ido.«

Sie wartet darauf, dass er fortfährt.

»Wir wissen, wer der Geschäftsmann war, der ihm das Angebot gemacht und ihn zu dem Treffen bestellt hat.«

»Und?«

»Ein Mann namens Go-Fan Tan, von der Chipfirma Egg. Er hat mit Dagi und Ewig zusammengearbeitet. Wir suchen ihn. Vielleicht führt er uns zu einer Lösung.«

»Go-Fan Tan?«, wiederholt sie. Der Mann am anderen Ende der Leitung.

»Ja …«

Maja spürt, dass er noch etwas sagen möchte. Sie sieht ihn an. Er senkt den Blick. »Hör mal, Maja, ich sollte dir eigentlich nichts erzählen. Das ist wirklich unter Verschluss.«

»Du hast schon angefangen.« Würde Agam auf die Idee kommen, den Ausdruck, der jetzt in ihren Augen liegt, zu entschlüsseln, würde er begreifen, wie hoffnungslos seine Verliebtheit momentan ist.

»Es gibt da noch etwas«, sagt er. »Wir wissen nicht genau, wann, aber es ist sehr wahrscheinlich, dass Ewig im Laufe jenes Tages jemanden getötet hat.« Maja hebt die Augenbrauen. Aus irgendeinem Grund fällt ihr Ewigs Bot mit seinen misstrauischen, metallenen Augen ein. »Vergiss nicht, dass dieses Beweismaterial nicht entscheidend ist. Es wird von keinem Gericht anerkannt. Bots können Manipulationen unterzogen werden, die man manchmal nie entdeckt. Und wir haben kein SEE von dem Treffen.«

Sie nickt. Mit erstickter Stimme fragt sie: »Ido?«

»Wir wissen es nicht«, erwidert Agam. »Aber nicht unbedingt.«

»Wo ist er dann?«

Er antwortet nicht, schüttelt nur mitfühlend den Kopf. Er weiß es wirklich nicht.

»Stehe ich immer noch unter Mordverdacht?«

»Maja, ich glaube dir ja, aber bis wir keine bessere Erklärung haben, können wir dich nicht aus der Überwachung entlassen …«

Bevor er in seinen Ayscha-Streifenwagen steigt, küsst sie ihn auf den Mund, und der Geschmack ihrer salzigen Tränen bleibt während der ganzen Rückfahrt nach Cäsarea auf seinen Lippen haften.

Am nächsten Tag, dem zehnten Dezember, ist die Arbeit beendet. Sie und Lulu, nur sie beide allein, kehren unter dem bewölkten Himmel das Bassin noch einmal sauber aus. Assafdschi sieht von weitem zu, kaut an seiner Zunge, scheut sich jedoch näher zu kommen. Als sie fertig sind, gehen sie Arm in Arm nach Hause, Maja trägt ihren großen Bauch vor sich her, und Lulus Hand liegt darauf, spürt die Tochter ihrer Tante treten. Es gibt keinen bewegenden Abschluss, kein Fest, keine gerührten Dankesreden. Nur zwei Frauen, Tante Maja und ihre Nichte Lulu, Arm in Arm, mit Besen über den Schultern, und die gespannte Erwartung auf den nächsten Tag, den Tag, an dem sich, wie versprochen, der Himmel öffnen soll. Assafdschi blickt ihnen nach, und auf einmal sieht er eine Bewegung über ihnen – zwei Schmetterlinge schwirren durch die Luft.

Anfang März traf Go-Fan Tan in Cäsarea ein. Dagi bat Ido um die Patentunterlagen und die Entwürfe. Ido sagte: »Nenn mir Zeit und Ort, und ich komme.«

Dagi erwiderte: »Du kannst nicht dabei sein. Tan will nur die Unterlagen sehen. Er will nur mich dort.«

»Ich gebe die Unterlagen nicht her, ohne dass ich dabei bin«, entgegnete Ido. »Ich überlasse die Arbeit von Jahren nicht jemandem, dem ich nie begegnet bin.«

Dagi wandte ein: »Ihm überlässt du gar nichts. Die Sachen bleiben bei mir.«

»Trotzdem«, beharrte Ido, »warum kann ich nicht mitkommen?«

»SEE«, antwortete Dagi. »Er sagt, wenn du wirklich das hast, was du behauptest zu haben, und wenn er demnächst in großem Stil in das Projekt und einen Krieg gegen die Konzerne einsteigen will, kann er es sich nicht leisten, dass im SEE dieses Treffen zu sehen ist.«

»Warum nicht?«

Dagi zuckte die Achseln. »Eben deshalb. Er will ihnen kein Material liefern.«

»Was ist mit einer SEE-Abschirmdecke?«

»Man würde immer noch sehen, wie ihr beide an den gleichen Ort kommt«, antwortete Dagi.

»Okay«, sagte Ido. »Dann denk über eine Lösung nach – oder er soll nachdenken. Ich trenne mich nicht einmal für eine Sekunde von den Unterlagen, bevor der Vertrag nicht unterschrieben ist, bevor ich nicht weiß, was passieren wird und meinen Preis erhalten habe oder Unterschriften, die das verbürgen.«

»Ich werd's ihm ausrichten«, meinte Dagi, »aber ich fürchte, dass wir ihn dann bei diesem Besuch nicht mehr erwischen.«

»Dann verpassen wir ihn eben«, stellte Ido fest. »Wir haben bis jetzt gewartet, warten wir eben noch ein bisschen. Er wird wieder nach Israel kommen, oder? Für das Dschi-Dschi-System wird er schon kommen, oder wir fahren zu ihm.«

Dagi erklärte Ewig das Problem, und Ewig verheimlichte seine Genugtuung nicht. Er hatte immer Vizi favorisiert. Sie teilten Go-Fan Tan mit, dass Ido noch nicht für ein Treffen bereit sei. Private Probleme, neue Probleme. Sie hofften, in Bälde einen Temin arrangieren zu können. Sie versprachen, mit Ido in dem Moment, in dem es so weit sei, nach China zu fliegen. Tan zog mit leeren Händen ab.

Zwei Wochen darauf traf Gregej Nagy aus Krementschug in Cäsarea ein, und die drei saßen eine ganze Nacht lang in Ewigs Wohnung zusammen, tranken eine Flasche erlesenen ukrainischen Sake nach der anderen, die Gregej mitgebracht hatte, und suchten nach einer Lösung. Sie fanden sie gegen Morgen und stiegen aufs Dach, um sie bei Sonnenaufgang zu feiern. Das Meer war still, wie die ganze Stadt. Gregej trank sein letztes Gläschen Sake im Angesicht des orangefarbenen Lichts der neuen Sonne, lächelte müde und fuhr mit einem Ayscha-Taxi zum Flughafen.

Im April, dem grausamsten aller Monate, reiste ein anonymer chinesischer Schauspieler aus Shanghai nach Israel ein, der Go-Fan Tan verblüffend ähnlich sah. Sie hatten sein Gesicht nach längerer Suche auf der Website für Schauspieler gefunden. Er traf sich mit Dagi und Ewig in dessen Wohnung in Meer 8, in der inzwischen eine SEE-Abschirm-Raumdecke installiert worden war, finanziert von Vizi. Sie führten eine erste Probe durch. Er setzte seine Honda-Interface auf und berührte seinen Arm, um den Chip zu aktivieren, der rein zufällig ein Produkt von Egg war. Er lud ein Programm, das seine Gesichtsfarbe leicht veränderte und sein Erscheinungsbild vervollständigte, einige Schönheitspunkte hinzufügte, Haar und Augenwinkel etwas korrigierte. Nun sah er aus wie Go-Fan Tan. Dagi und Ewig bestätigten es. Er stellte die Verbindung mit Ido her. Dagi und Ewig verfolgten das Gespräch über ihre Interface-Brillen als stille Beobachter.

»Ya?«, antwortete Ido.

»Ido?«, fragte der chinesische Schauspieler alias Go-Fan Tan.

»Spricht«, sagte Ido.

»Hier ist Go Fan-Tan. Erlauben Sie uns, Ihnen ein Angebot bezüglich des Dschi-Dschi zu unterbreiten?«

Die drei saßen auf dem Sofa in Ewigs Wohnzimmer und sahen, wie Ido ein Gesicht machte, das besagte, ich weiß nicht, aber ich kann's mir mal anhören, schätze ich, und genau das sagte er: »Ich weiß nicht, aber ich kann's mir mal anhören, schätze ich.«

»Meer 8, kommen Sie heute Abend um zehn zur Anlegestelle. Wir denken, dass Ihre Sorgen im Leben vorbei sind.«

Ido sagte: »Ich werde da sein.«

Die drei sahen Idos erstarrten Blick, seine Hand, die sich zum Arm bewegte, und die Verbindung wurde getrennt. Der Schauspieler nahm seine Interface-Brille ab und stieß die Luft aus. Er lächelte seine israelischen Bekannten an, die ihn eingeflogen und nur für diese eine Spielminute großzügig bezahlt hatten. Die ergiebigste Spielminute seines Lebens, dachte er. Vielleicht würde seine Karriere jetzt endlich in Schwung kommen. Ewig zog einen Revolver heraus und schoss ihn in den Kopf.

DRITTER TEIL

Die Flut

Die Tage seines Lebens, die Tage. Die Dinge, die er gesehen, die Reisen, die er gemacht hat. Nächstes Jahr wird er hundert. Und sein Staat hundertzwanzig. Als er klein war, sagte man an Geburtstagen immer »Bis hundertzwanzig!« In letzter Zeit hat er diesen Glückwunsch nicht mehr gehört, doch es sieht so aus, als seien die hundertzwanzig Jahre, was den Staat Israel angeht, eine exakte Voraussage gewesen. Als er geboren wurde, war der Staat auf dem Höhepunkt seiner Ausdehnung und Macht. Etwa ein Jahrzehnt später begann der Schrumpfungsprozess, der sich seitdem schleichend über die Jahre hinzog, bis er selbst an einem gewissen Punkt dazustieß und auch zu schrumpfen anfing, und nun sind sie beide, er, der Neunundneunzigjährige, und der Staat, ebenfalls Kind des zwanzigsten Jahrhunderts, zum Fürchten eingeschrumpft wie zwei verdorrte Rosinen, weiter geht gar nicht mehr, und das nächste Stadium ist das Nichts. Er weiß, dass sie noch Geburtstag feiern werden, er seinen hundertsten und der Staat seinen hundertzwanzigsten, das spürt er, so wie er viele Dinge in seinem Leben gespürt hat – »der sensible Seismograph unserer Generation, der Dichter mit dem Finger am Puls der Zeit«, wie man ihn einmal genannt hat. Ja, sie würden ihre symbolträchtigen Geburtstage feiern und danach, wer weiß. Nicht einmal er weiß es.

Die Tage seines Lebens, die Tage: Kriege und Frieden, Wanderschaften, Sprachen, Scheidungen, Dürren, sein Volk, seine

Welt, seine sieben Frauen, eine in jedem Jahrzehnt – nicht exakt, aber annähernd –, Aufstieg und Fall von Imperien. Alles verändert sich, aber eines bleibt sich gleich: Er ist jedes Mal von neuem überrascht, auch wenn er erwartet hat, überrascht zu werden.

So wie jetzt. Er hätte nicht überrascht sein sollen, monatelang haben sie vom elften Dezember geredet, zehn Tage vor seinem neunundneunzigsten Geburtstag. Das ganze Dorf hat sich vorbereitet. Maja – die hinreißende schöne Tante mit den kurzen Haaren, dem runden Bauch und den hellen Augen wie ein gefangener Vogel, in die er sich mit glühender Bewunderung verliebt hat, wie er sich eingestehen muss – hat alle zu diesem Tag hingeführt, und trotzdem, als es zu regnen anfängt, ist es eine Überraschung. Hat er so etwas in seinem Leben je gesehen? Die Wolken haben sich am Vortag allmählich zusammengezogen, er stand am Rand der Grube und hat Maja und Lulu zugesehen, wie sie die dunkle Fläche auskehrten. Heute früh um sieben ist er hinaus, hat wie in seiner Jugend den Kopf gehoben und den Regen auf sich herunterprasseln, sich von ihm überfluten lassen, seine spärlichen Haare, seine Stirn, die Falten, die Furchen seines Gesichts hinab, bis seine Kleider durchweicht waren. Diese Empfindung und der Geruch bringen ihm sich selbst in Erinnerung, die Natur, das Leben. Er ist überrascht, wie heftig die Erregung ist, die in ihm erwacht, und wie sehr er sich über dieses Gefühl freut – trotz seines schmerzenden Fußes und Rückens, seines Plastikknies, seiner klappernden Knochen und seines pfeifenden Atems, die alle zusammen immer noch jeder computergesteuerten modernen Medizin und Technologie trotzen und ihn und seine Altersgenossen bisweilen zu einem beklagenswerten Zustand verurteilen. Er saugt die frische Luft tief in seine Lungen ein, streckt die Hände aus, in einer den Gehstock, legt den Kopf in den Nacken und lacht.

Assafdschi erinnert sich an Gras und grüne Felder.

Assafdschi erinnert sich an Schwimmbecken.

Assafdschi erinnert sich an das Tote Meer.

Asafdschi erinnert sich an eine Zeit, in der die Natur kein Produkt war, das am Markt gehandelt wurde. Ressourcen wie Luft und Wasser, genetische Kodes und Samen waren alle verfügbar. Die Natur gehörte allen. Bis die Erwärmung kam. Die Korrumpierung des Kreislaufs. Der Wertanstieg des Wassers. Der Aufstieg der Konzerne. Ihre Machtergreifung und Aneignung der Wasserressourcen.

Assafdschi erinnert sich an so viele Kriege, dass er weiß, sie werden niemals aufhören, nur der Auslöser ändert sich, der Grund für die Menschen, sich in die Haare zu geraten, der Vorwand zu töten, der Anlass, sich lebendig zu fühlen: Raumschiffe, Öl, Wasser, Wolken, Sauerstoff, Rache, Überlegenheit, Macht, Geld. Er sieht Maja, sieht das Reservoir, und er denkt an den neuen Anlass zu Streit. Sein runzliges Lächeln ist bitter, denn er weiß, wie es ausgeht.

Ein paar Minuten nachdem sie der Regen geweckt hat, hört sie zu lächeln auf. Nicht wegen der harten Arbeit, die sie in den nächsten Tagen erwartet. Darauf hat sie sich vorbereitet. Sieben Arbeitswochen zielten auf diesen Regen ab, und als diejenige, die das Speichersystem, das gebaut wurde, von allen am besten kennt, weiß sie, welche Arbeit es ab dem Moment erfordern wird, in dem das Wasser zu fließen beginnt: die Inbetriebnahme des Systems, Instandhaltung, Sauberkeit, Austausch von Teilen und mehr. Zwar ist die körperliche Schufterei vorbei, und sie werden nicht mehr viele Freiwillige brauchen, doch sie haben noch viel Arbeit vor sich.

Das Lächeln verschwindet, denn ihr Körper reagiert getrennt von ihrem Kopf. Der Körper spürt den Wetterumschwung und erwartet Ruhe. Am Morgen des Regenbeginns sieht sie Lulu an, und Lulu gibt ihren Blick zurück und bricht in Lachen aus. »Was ist?«, fragt Maja mit trübem Lächeln.

»Du siehst aus, als wäre ein Unglück passiert. Schau doch, wie schön!« Lulu deutet nach draußen. Der Regen fällt wie Nylonschnüre, dicht, stark und laut. »Ich hab dieses Gefühl schon ganz vergessen, was für ein Gefühl!« Maja macht ein fragendes Gesicht. »Komm«, sagt Lulu und zieht einen Regenmantel an. »Wir gehen nachschauen, was dort los ist.«

Unterwegs ruft Lulu die Regenberichte ab und teilt Maja, die fährt, den neuesten Stand mit: »Der Regen hat exakt um sieben Uhr morgens angefangen, wie es die Wissenschaftler erwartet haben. Er fällt weiterhin beständig im ganzen Nahen Osten. Die Menge ist ausreichend und übertrifft sogar die Voraussagen, vorläufig – man darf nicht vergessen, dass noch keine zwei Stunden vergangen sind, seit er angefangen hat.« Lulu späht zu ihrer Tante hinüber und sieht sie nicken. Sie berührt ihren Arm, loggt sich aus und nimmt die Interface-Brille ab.

Als sie die Grube erreichen, sind Wadi und Wassermann schon da, reißen Maja die Wagentür auf, erregt und ungeduldig. »Schau!«, sagt Wadi, und sie blickt in das Bassin. Der Boden ist schon zu ein bis zwei Zentimeter bedeckt.

»Schade, dass wir kein größeres Loch gegraben haben«, sagt sie. Sie betritt die Arbeitshütte und kommt mit einer Probeflasche heraus. Dann beugt sie sich über den Rand des Beckens und füllt die Flasche. Sie richtet sich wieder auf, späht in die Flasche. Ihr Gesicht ist undurchdringlich.

»Nu?«, drängt Wassermann. »Ist es in Ordnung?«

»Ich muss es noch im Labor prüfen«, antwortet sie und führt ihre kleine Gefolgschaft mit der Flasche in der Hand auf die andere Seite der Grube, wo der Kontrollraum mit dem Wasserprüflabor gebaut worden ist.

Sie betreten den Raum. Maja schaltet das Licht ein – wann hat sie zuletzt am Morgen Licht eingeschaltet? Auf der Monitorwand herrscht Hochbetrieb. Der Niederschlag hat die Sensoren und das System aktiviert. Sie kontrolliert die Monitore der Messinstrumente einige Minuten lang. Lulu, Wassermann und Wadi in ihrem Rücken verstehen die Anzeigen nicht, aber sie sind beeindruckt und stolz. Maja gießt das Wasser aus der Flasche in ein Gefäß, setzt die Interface-Brille auf und startet die Verbindung mit dem System. Sie sehen, wie ihre Finger holographische Bewegungen machen, das Programm bearbeiten. Sie vernetzt ihre Probe mit dem Monitor und nimmt die Brille ab. Auf dem Schirm erscheint eine Grafiktabelle, die Maja erklärt: »PH – über 9, alkalisch, o.k. DO – Schätzung der Sauerstoffsättigung, was dem Wasser einen annehmbaren Geschmack gibt. TDS – Total Dissolved Solids, lösliche Bestandteile, gut. EC – elektrische Leitfähigkeit, normal.« Sie umringen sie und den Bildschirm, während der Regen ringsherum weiter lärmend auf das Dach und in die Grube prasselt, und sind fasziniert von den unbekannten Wörtern und Ausdrücken. »Turbidits – relativ hohe Trübung. Es ist noch früh, hoffen wir, dass sie im weiteren Verlauf absinken wird. TC – der Stand der Koliforme ist etwas hoch. Das müssen wir im Auge behalten. NO_2 – Nitrit, was auf Verschmutzungen hinweist – so einigermaßen.« Sie erreicht das Ende der Tabelle und sieht sie an. Ihre Blicke sind verständnislos. »Die meisten chemischen Ergebnisse sind gut«, erklärt sie, »aber man muss das alles in den nächsten Tagen verfolgen. Das Wasser durchschwemmen, Filter durch Rücklauf reinigen und natürlich das Wasser zwischen dem Speicherbassin und dem Dorf mit den ultravioletten Leuchten entkeimen.«

»Aber kann man es trinken?«, fragt Lulu ungeduldig.

»Es sind mehr Schadstoffe im Regen, als ich erwartet habe«, erwidert Maja.

»Woher kommt das?«, fragt Wadi.

»Verunreinigungen, wie mit Kunstdünger. Man erwartet das im Regenwasser eigentlich nicht, aber im Wasserkreislauf der letzten Jahre muss man auf alles gefasst sein. Deswegen kontrollieren wir das alles.« Lulu wirkt verwirrt. »Keine Sorge, der Filter wird das beseitigen. Im Prinzip …« Sie setzt die Brille wieder auf und vollführt eine holographische Bewegung. »Eigentlich passiert das schon. Da.« Auf dem Monitor erscheint das Schaubild des Filters.

»Er funktioniert?«, fragt Wassermann.

»Ja«, antwortet Maja, »kommt mal mit.« Sie ziehen ihre Regenmäntel an und folgen Maja im Gänsemarsch hinaus bis hinter die Trennwand im Bassin, deren Schieber jetzt offen ist, und hinter den Filter, wo sich das saubere Wasser in das Rohr ergießt. Sie öffnet eine Klappe an dem Rohr, die für diesen Zweck vorgesehen ist, und füllt eine neue Flasche ab. Die Abordnung kehrt in das Wasserprüflabor zurück. Sie gießt das Wasser wieder in ein Gefäß. Zwei Minuten verstreichen. »Schön«, sagt sie. »Eine Qualität, die ihr von den Konzernen nicht bekommt.« Sie leert den Gefäßinhalt in ein Glas und trinkt einen kleinen Schluck. Manchmal fällt ihr plötzlich ein, dass dieses Wasser nur eine simple Vereinigung zweier Atome – Wasserstoff und Sauerstoff – ist, was sie immer wieder verblüfft. Wie viele Konflikte, wie viel Mord und Totschlag wegen etwas, das im Prinzip Vereinigung, Zusammenwirken symbolisiert. »Ah …«, sie lächelt, reicht das Glas weiter, und jeder nimmt einen Schluck.

»Scheint mir ganz in Ordnung«, sagt Lulu nach dem Lob der beiden Männer.

»Scheint dir in Ordnung?« Maja zieht die Augenbrauen hoch.

»Ja«, grinst Lulu, »kein mieses Zeug, kein Plochosch.«

»Scheint ihr in Ordnung«, meldet Maja an Wassermann. »Jetzt sollte nur noch dieser Regen so weitermachen. Mit diesem Tempo« – sie stellt ein paar Berechnungen hinter ihrer Interface-Brille an – »ist das Bassin Mittwochabend voll. Einen guten Tag früher als geplant.«

Er berührte seinen Arm und antwortete. »Ya?«

»Ido?« Er sah einen Chinesen. Graues, kurzes Haar. Ein bekanntes Gesicht.

Er sagte: »Spricht.«

Der Mann sagte: »Hier ist Go-Fan Tan. Erlauben Sie uns, Ihnen ein Angebot bezüglich des Dschi-Dschi zu unterbreiten?«

Go-Fan Tan. Der Mann, auf den er gewartet hatte. Dagi hatte schon vor zwei Monaten versprochen, sich mit ihm in Verbindung zu setzen. Jetzt wusste Ido, weshalb ihm sein Gesicht bekannt vorkam. Er hatte Erkundigungen über ihn eingezogen, alles, was er fand, gelesen und sich gut angeschaut. Sein potenzieller Partner. Das Telepräsenzbild informierte ihn, dass er hier, in Cäsarea war, in einem echten, persönlichen Gespräch mit ihm. Doch er war noch immer auf der Hut.

Er sagte: »Ich weiß nicht, aber ich kann's mir mal anhören, schätze ich.«

Der Mann erwiderte: »Meer 8, kommen Sie heute Abend um zehn zur Anlegestelle. Wir denken, dass Ihre Sorgen im Leben vorbei sind.«

Sein Blick erstarrte. »Ich werde da sein«, sagte er. Seine

rechte Hand wanderte zu seinem linken Arm, berührte den Chip und trennte die Verbindung.

Er nahm seine Interface-Brille ab und sagte: »Das war jemand Wichtiges. Ein Geschäftsmann. Er will ein Angebot für das Dschi-Dschi machen. Er sagt, er denke, meine Sorgen im Leben seien vorbei.«

Er lachte, und sie fragte lächelnd: »Was soll das heißen, die Sorgen sind vorbei? Wovon redet er? Wer ist das?«

Er sagte: »Ich habe darauf gewartet, von diesem Mann zu hören. Er will in das Dschi-Dschi investieren.« Dann: »Komm, wir gehen aus und feiern, das ist ein besonderer Abend.« Er bestellte eine große Flasche Vizi und eine Flasche Sake.

Sie fragte ihn nach dem Geschäftsmann, er sagte, er rede jetzt lieber nicht darüber, damit nichts schiefgehe. Wenn er von dem Treffen zurückkäme, würde er alles erzählen.

Sie wurde rasch betrunken vom Sake und sagte mit ihrem hübsch geröteten Gesicht: »Nu, Ido, erzähl mir wenigstens irgendwas, eine Kleinigkeit.« Sie zeigte die Geringfügigkeit zwischen den Fingern an und schnitt ein mitleiderregendes Gesicht.

Er sagte: »Es ist ein Geschäftsmann mit viel Macht. Ich habe ihn schon seit längerem im Visier. Ich habe ihn überprüft, und er erschien mir geeignet für eine Zusammenarbeit. Aber am wichtigsten ist, er scheint für das Dschi-Dschi-Patent geeignet.«

Er füllte das Sakeglas, sie leerte es rasch. Seit langem waren sie nicht mehr zusammen ausgegangen. Sie redeten über Dinge, über die sie seit Jahren nicht miteinander gesprochen hatten – Pläne, einen gemeinsamen Urlaub zu machen, zu verreisen. Sogar über Kinder: Immer hatten sie gesagt, sie würden bis nachher warten – nach der Hochzeit, nach dem Aufbau des Geschäfts, nach Tiberias, nach den Problemen von Ido-Wasser … Vielleicht würde dieses »nachher« nun endlich eintreffen. Maja wurde dieses Jahr vierzig. Wer sagte, dass man noch warten musste?

Er spähte auf seine Uhr. Sagte: »Komm, wir gehen nach Hause, ich will noch genug Zeit haben, bevor ich gehe.«

»Zeit wozu?«

Noch benommen vom ungewohnten Sake spürte sie seine starken Arme, die sie an der Eingangstür hochhoben, sie zum Bett trugen und dort hinlegten, und zuerst hob er die Ränder ihres Hemds, wie immer, um ihre Hüften zu küssen, die zwar nicht mehr die waren, in die er sich vor zwölf Jahren verliebt hatte, aber immer noch glatt, weiß und einladend. Sie hob rasch ihr Gesäß, die Aufforderung, dass er ihr langsam, mit einer einzigen Bewegung, Hose und Unterhose abstreifte. Während er seine Nase an ihrem Bauch rieb und in ihren Nabel bohrte, entfernte seine Hand die Kleidungsstücke und tastete ihren Weg zurück zum Bein, streichelte von unten, vom Knöchel über die Wade hinauf zur Kniekehle und weiter zur Innenseite des einen Oberschenkels und des zweiten. Ihre Atemzüge beschleunigten sich und stockten dann mit einem pfeifenden Laut für eine Sekunde, als sein Mund, der mit seinen Händen nach oben strebte, ihre Brustwarze fand und sie mit Zunge und Zähnen umspielte. Der Sake tanzte in Majas Kopf, sie schloss die Augen und überließ sich der Empfindung, in zwei Richtungen zu zerfließen, mit seiner Zunge und seinen Zähnen auf ihren Brustwarzen und seinem Finger an ihren Schamlippen, ganz leicht, und sie streckte die Hand aus, um seine Hose hinunterzuschieben, traf seine Hüften, und als sie mit ihrer Hand abwärts glitt, war da schon keine Hose mehr.

Zwölf Jahre, alles so vertraut. Vertraut heißt sicher, bekannt, angenehm. Vertraut ist zu wissen, was man bekommt und was man wie gibt. Vertraut ist, diese Atemzüge neben dir, jeden Seufzer und seine Bedeutung zu kennen. Vertraut ist zu wissen, dass du mit jemandem zusammen bist, ohne dich darum zu kümmern, ob das Haar zerwühlt, die Unterhose alt ist oder der Kuss nach Schlaf schmeckt. Vertraut ist, das zu bekommen, was du gibst, nicht mehr zu erwarten und nicht enttäuscht zu sein. Aber natürlich heißt vertraut meistens auch vorhersehbar, bekannt von Anfang bis Ende, vertraut heißt nichts Neues, keine Aufregung, vertraut ist alt, kaum überraschend, heißt, immer wieder und noch einmal an dem Platz einzutreffen, an dem du seit zwölf Jahren arbeitest – der Körper deines Partners –, und einen Routineakt zu vollziehen.

Im Rückblick, aus der Distanz einiger Monate betrachtet, würde Maja nicht sicher sein, ob das die Nacht der Empfängnis gewesen war, doch es war auf alle Fälle der unvergesslichste Akt von allen und nicht nur, weil es der letzte gewesen sein sollte, nicht nur, weil er sate-trunken und ausgedehnt war. Deshalb sicher auch, hauptsächlich aber, weil er trotz all der Vertrautheit überraschend war.

Denn auf einmal, nach der üblichen Routine, Lippen, Zunge und Zähne, die von einer Brustwarze zur anderen glitten, während die eine Hand hinaufwanderte, die Brust umspielte und umschloss, der Daumen der zweiten den Kitzler umkreiste, der Zeigefinger zwischen den Lippen flatterte, leicht eindrang, vor und zurück – auf einmal drehte er sie mit einer raschen, kraftvollen Bewegung auf den Bauch, legte sich auf sie und glitt dann schnell nach unten, spreizte mit den Händen ihre beiden weißen Hinterbacken und steckte tief seine Zunge hinein. Sie liebte dieses Prickeln, liebte es, wenn er dort herumspielte, zart mit der Fingerkuppe ganz langsam den Druck verstärkte, bis der Muskel nachgab, sich öffnete und den Finger einließ, sie wurde vollkommen nass, während sie mit geschlossenen Augen zuließ, dass dieser Punkt für einige Augenblicke zum Zentrum der Welt wurde.

Jetzt wollte sie ihn, ihn sehen, fühlen und schmecken, und wieder war es vertraut und doch nicht, er wusste, was sie tun würde, zuerst ganz leicht lecken, ihn dann in den Mund nehmen und langsam hinunter und hinauf saugen, und jedes Mal, wenn die Lippen ans Ende stießen, würde sie den Druck um einen Hauch verstärken, und er würde einen Seufzer von sich geben, den sie genau kannte, aber immer mit Genuss hörte, und sie wusste, dass dieser Seufzer eine Spur lauter, einen halben Ton in die Höhe steigen würde, wenn sie die Hand den Lippen folgen ließ, Lippen und dann die Hand, Lippen, Hand, hinauf und hinunter, immer noch langsam, und bei jedem Mal aufwärts kam der Seufzer, sie spürte ihre Kiefermuskeln, doch sie wollte es ausdehnen heute Nacht, sie hatte Zeit und Sake im Kopf und die Erregung im Hintergrund über die Veränderungen, die dieser Abend für ihr Leben bringen würde.

Sie hielt inne, umfasste nur die Wurzel seines Glieds, drückte und ließ locker. Beider Atem ging schnell und tief, nur das Geräusch der Maschinen in der Wohnung, der Filter, die Pumpe, das Blubbern, der Klang des Wassers, der sie immer beruhigte, perfekter Hintergrund für so viele Dinge war, und zweifellos würde sie sich in den kommenden Monaten nach diesem Klang in ihrer Wohnung sehnen, und nicht nur danach, nach dem klaren Abend draußen, vor der Terrassentür, mit den im tiefdunklen Nachtblau glitzernden Sternen, und dann übernahm wieder er die Initiative, drehte sie wieder auf den Bauch, wusste, was er wollte.

Und bekam es. So lustvoll, anders, als er über die Ränder glitt, um sie zu befeuchten, langsam hineinpresste. Ihr Kopf war im Kissen vergraben, sie keuchte, spürte ihn, seine Hände seitlich auf ihren Hüften, der Ton in seiner Stimme veränderte sich und auch in ihrer, eine scharfe Empfindung, rhythmisch, sich lösend, durchnässend, gierig, sie wusste, er würde nicht mehr lange aushalten, sie kannte das, das war vertraut, sie liebte diese Töne, die er von sich gab, und sie sagte: »Ido«, flüsternd, um den rhythmischen Fluss nicht zu unterbrechen: »Ido?«

»Was?«

»Ich möchte …«

»Was?«

»Ich will, dass du vorne drin kommst.«

Er schwieg ein paar Sekunden, bewegte sich weiter. War er enttäuscht? Wollte er das nicht? »Klar«, sagte er heiser, glitt heraus, wartete, bis sie sich umgedreht hatte, und drang sofort wieder ein, diesmal von vorne, und in diesem Augenblick küsste er sie, das erste Mal an diesem Abend, dass sie sich küssten – sie weiß nicht, wie lange sie darüber nachgedacht hat, dass sie sich erst da geküsst hatten –, und auf ihren Zungen schmeckten sie das, was sie gekostet hatten, sie wollte ihn genau, wo er war, sein Glied, sein Finger, seine breite Brust, die schwer auf ihrer lastete. Er wusste das alles, ohne dass sie ein Wort verlieren musste, denn alles war vertraut, bekannt und nach Plan, wie er sich jetzt dem Höhepunkt näherte, schon außer Kontrolle, der Augenblick, den sie am meisten liebte, sein Gesicht in den drei, zwei Sekunden, in der einen Sekunde davor und das Zittern vor der Grimasse, vor dem letzten und längsten Stöhnen, das vor dem Verströmen, vor dem atemlosen Zusammenbruch kam.

Er verabschiedete sich mit einem langen Kuss auf ihre Lippen.

Nahm ein Meng zur Anlegestelle Meer 8. Nach dem Sake, dem romantischen, erotischen Abend holte ihn die kurze

Bootsfahrt wieder in die Wirklichkeit zurück. Nach der Erregung die normale gespannte Erwartung auf ein wichtiges Treffen. Er presste die Kiefer aufeinander und dachte sich mögliche Szenarien aus. Mit Dagi oder ohne ihn, mit mehreren Leuten oder allein mit Go-Fan Tan. Merkte sich im Kopf die aus seiner Sicht wichtigen Punkte bei der Transaktion vor. Ido war kein Geschäftsmann, sondern Wasseringenieur. Er wusste, wie man Wasser auffing, speicherte, filterte und reinigte. Doch was ihm in geschäftlicher und politischer Hinsicht wichtig war, hatte er gelernt. Er war lange genug dabei.

Er stieg an der Hafenstation von Meer 8 aus. Vier Minuten nach zehn. Ein roter Mond. Das Bootstaxi war ziemlich leer gewesen, an der Anlegestelle waren nicht viele Menschen. Eine Frau hatte auf ihren Mann gewartet, sie verschwanden mit einem Ayscha. Drei Personen stiegen in einen Ayscha-Bus, der durch das schwimmende Viertel fuhr. Ido blieb allein zurück. Wartete.

Sechs Minuten darauf traf ein Ayscha ein. Der Fahrer warf einen Blick auf Ido und sagte: »Kommen Sie.« Ido stieg in den Ayscha, der sofort losfuhr. Die Lichter der großen Kollektoren des Sonnenblüten-Projekts sagten ihm, wo er sich im Viertel befand. Nach einigen Minuten, in denen kein Wort fiel, hielt der Ayscha. Sie betraten ein Gebäude und nahmen den Aufzug ins zehnte Tiefgeschoss. In den schwimmenden Vierteln befand sich diese Etage unter der Wasseroberfläche. Die Tiefgeschosse dienten Versorgungsleistungen: Instandhaltung, Lagerung, Recycling. Sie waren stets dämmrig, verströmten einen Geruch nach Salz, Urin und Abfall und beherbergten Obdachlose, die vor der Sonne und der Hitze nach unten flüchteten. Ido folgte dem Fahrer durch dieses unterirdische Labyrinth von Meer 8, während ihre Interface-Brillen den Weg erhellten. Es war noch immer kein einziges

Wort gefallen seit jenem »Kommen Sie« am Hafen, der nun meilenweit, Lichtjahre entfernt schien.

Ido ahnte den Grund, weshalb sie in die Tiefen des zehnten Untergeschosses tauchten – das SEE versagte unter der Wasseroberfläche. Er verstand diese Geheimhaltung, begrüßte sie. Sie war ihm genauso wichtig wie Go-Fan Tan, und er fragte sich, ob das Treffen wohl hier, unter dem Meeresspiegel, stattfinden würde. Doch nein. Sein Führer öffnete eine Tür und begann Stufen hinaufzugehen. Anschließend ein Aufzug wieder nach oben. Sie fuhren über das Erdgeschoss hinaus, stiegen in der vierten Etage aus, ein Klopfen, und sie betraten eine Wohnung. Er erblickte Dagi, nickte ihm zu, und neben Dagi stand ein Mann. Blondes Haar, braune, nicht unangenehme Augen. Blasse Haut. Ido ließ seinen Blick von ihm über Dagi zu dem Fahrer wandern, den er nun zum ersten Mal im Licht sah. Die Stille in der Wohnung konnte nur bedeuten, dass niemand sonst da war. Go-Fan Tan war nicht da. Er richtete einen forschenden Blick auf Dagi, doch in dem Moment streckte der zweite Mann seine Hand zum Händedruck aus, räusperte sich und sagte: »Sehr angenehm, Ido, ich freue mich, dass Sie kommen konnten. Mein Name ist Gregej Nagy.«

Ido betrachtete zuerst ihn, dann Dagi misstrauisch. Der Klang seines Namens, der Akzent, mit dem er sprach. Ido gab keine Antwort. Nagy fuhr fort: »Ich möchte Ihnen acht Millionen Kuay für das Dschi-Dschi-Patent anbieten. Plus Beteiligungen an allen Verkäufen. Sie werden für Ihr ganzes Leben ausgesorgt haben, inklusive Ihrer Kinder und Enkel.« Acht Millionen Kuay, dachte Ido. Das war keine Summe, die ein Geschäftsmann wie Go-Fan Tan anbieten konnte. Und es war nicht Go-Fan Tan, sondern ein Osteuropäer. Dafür konnte es nur eine Erklärung geben. Dagi hatte ihn betrogen.

Er betrachtete den Mann, der ihn durch die Tiefgeschosse in die Wohnung geführt hatte. Dann hob er die Augen zur Decke. Er vermutete eine Abschirmdecke. Was in diesem Raum geschah, konnte niemand, der sich nicht hier befand, in Erfahrung bringen. Niemand würde seine Schritte und Handlungen, seit er aus dem Ayscha ausgestiegen war, verfolgen können. Zuvor war er noch froh über den Spaziergang unter dem Meeresspiegel gewesen, doch jetzt begann er sich zu fragen, ob er Grund zur Sorge hatte. Aber Dagi war hier, Dagi, der seit Tschios Tod wie sein Bruder war. Er blickte den Mann an: »In wessen Auftrag machen Sie mir dieses Angebot?«

»Im Namen des Vizi-Konzerns«, antwortete Gregej Nagy.

Ido wandte sich Dagi zu. Sein Gesicht blieb ruhig. »Warum?«, fragte er ihn.

Das Wasser wird im Speicherbassin aufgefangen, sickert in der Umgebung ins Grundwasser, das in den Monaten nach der Regenflut über die zwei Bohrlöcher heraufgepumpt werden soll. Der Beckenboden weist ein leichtes Abwärtsgefälle in Richtung der Trennwand auf, und dahinter beginnt der Behandlungsprozess in der Anlage, die Behälter zur Einspeisung von Chemikalien enthält, Filter zur Beseitigung von Partikeln diverser Größen. Das so vorbehandelte Wasser nimmt seinen Weg durch das Rohr, das mit ultravioletten Desinfektionslampen, betrieben von kleinen lokalen Solargeneratoren, ausgestattet ist, bis zum Sammelbecken im Dorf, wo die Bewohner Wasser holen können. Es ist beschlossen worden, dass sich in den ersten Tagen alle nach Belieben bedienen können – die meisten werden ihre Tanks füllen, sie mit Ayschas nach Hause transportieren und für einige Tage ausreichend Wasser haben. Im weiteren Verlauf soll ein Team unter dem Vorsitz von Wassermann über ein Verteilungsmodell des Wassers aus dem Becken beschließen und entscheiden, ob, wann und wie das Becken an das bestehende Leitungssystem des Dorfes angeschlossen wird, das sich im Besitz von Ohiya befindet, was den Konzern allerdings zu einer Aktion gegen das Dorf veranlassen könnte.

Der momentane Behandlungs- und Leitungsprozess ist relativ einfach, doch er verlangt laufende, fachkundige Beobachtung vor allem im Bereich der Anlage, wo eine tägliche Qualitäts- und Funktionskontrolle durchgeführt werden muss. Maja hat zwei Frauen aus Charod eingewiesen, die ihr nun im Labor helfen – Como, Wadis Frau, und Tal. Die drei teilen die Schichten unter sich auf und lernen gleichzeitig weitere Helfer an.

Der ununterbrochene Regen hört nach drei Tagen, am Mittwochnachmittag, plötzlich auf, doch am nächsten Morgen fängt er von neuem an. Am Donnerstagnachmittag hat sich das Speicherbassin gefüllt, und Maja öffnet den Schieber der Trennwand, durch den bisher nur kleinere Wassermengen zu Prüfungszwecken geflossen sind, zur Gänze. Am Morgen darauf beginnen die Leute im Dorf, das Wasser aus dem System zu benutzen. Erst dann, am Freitag, gibt Maja ihrem Körper nach und fällt in einen 48-Stunden-Schlaf. Como und Tal sagen Lulu und ihrer Familie, sie sollen sie schlafen lassen, und teilen die Arbeit im Kontrollraum untereinander auf. Als Maja am Schabbat wieder aufwacht, am Spätnachmittag, geht es ihr deutlich besser als in den letzten Wochen. Ihr Bauch ist gewaltig, sie fühlt sich wie ein riesiges Pinguinweibchen, das auf den Rücken gefallen ist, aber ihr ist nicht mehr übel. Keine Schmerzen. Dafür ein wilder Hunger, und sie verschlingt alles, was sie findet. Der Regen trommelt noch immer aufs Dach, und das Wasser neben ihrem Bett ist ihr eigenes, das

Wasser des Dschi-Dschi, das man ihr in einer Flasche vom Speicherbassin gebracht hat. Sie hat es geschafft.

Agam kontaktiert sie – wie es ihm nur immer gelingt, genau in den Augenblicken aufzutauchen, in denen ihr die ganze Sache schon fast entfallen ist – und erinnert sie daran, dass ihre Sorgen noch nicht vorbei sind. Sie hat nicht vergessen, was er ihr beim letzten Mal über die Aufdeckung der Identität des Geschäftsmannes, der Ido zu seinem letzten Treffen bestellte, erzählt hat. In ihr keimt die Hoffnung auf weitere Nachrichten, auf gute Neuigkeiten, die der Regeneuphorie entsprechen.

»Wir haben Go-Fan Tan gefunden«, sagt Agam zu ihr, »aber er hat das Gespräch mit Ido nicht geführt.«

»Das verstehe ich nicht.«

»Wir haben seine Stimme mit der auf der Aufnahme verglichen, die wir aus dem Bot geholt haben, und er ist es nicht. Es war eine Täuschung. Go-Fan Tan hat uns berichtet, dass sich Dagi und Ewig ein paar Monate davor in Sachen Dschi-Dschi an ihn gewandt haben. Er sagte, die Idee habe ihm sehr gefallen, und er war an einer Investition interessiert. Aber im März, einen Monat vor Idos letztem Telefongespräch, haben ihn Dagi und Ewig vertröstet. Sie sagten, Ido sei mit dem Produkt doch noch nicht ganz fertig. Bei dem Anruf, den Ido erhielt, hat sich jemand als Go-Fan Tan ausgegeben.«

»Wer? Warum?« Maja ist verwirrt. »Woher wisst ihr, dass er die Wahrheit sagt?«

»Das SEE hat sein Alibi bestätigt. Er war in China. Auch seine Treffen im März mit Dagi und Ewig sind belegt. Er sagt die Wahrheit.«

»Wer war dann der, der sich für ihn ausgegeben hat?«

Agam schüttelt den Kopf. »Das wissen wir noch nicht. Anscheinend haben Dagi und Ewig einen Imitator angeheuert.

Ido ging denjenigen treffen, den er für Go-Fan Tan hielt, und stattdessen haben ihn Ewig und Dagi …«

Darüber hinaus hat Agam keine weitere Information. Er entschuldigt sich, er muss zurück an die Arbeit. Der seltene Regen macht der Polizei eine Menge Arbeit. Auch Maja. Sie hebt den Blick zum Himmel. Es gießt immer noch in Strömen.

Vier Männer saßen in der Wohnung in Meer 8. Ewig, der Wohnungseigentümer, ein Rechtsanwalt, der sich eine Woche Urlaub genommen hatte; Dagi, der Chiphändler am Schwarzmarkt; Gregej Nagy, der Mann der Vizi-Wassergesellschaft, der im Auftrag seiner Firma aus der Ukraine gekommen war, so geheim, dass nur seine direkte Vorgesetzte, die Vorsitzende des Konzerns, von seiner Mission wusste und mit ihm in Kontakt stand. Seiner Familie in der Ukraine war nur bekannt, dass er zu einer weiteren Arbeitsreise aufgebrochen war, die einen Tag, eine oder zwei Wochen dauern konnte. Und Ido, der Erfinder des Dschi-Dschi, der sich von seiner Frau verabschiedet hatte, ohne ihr mitzuteilen, wohin er ging oder wie lange er fortblieb. Sie saßen unter der SEE-Abschirm-Decke und warteten. Die Wohnung war modern und geräumig: ein Badezimmer aus einem Guss mit einer Zehn-Minuten-Dusche; die Wände mit rostfreien Stahlplatten überzogen; eine der Innenwände bestand aus Acrylverbindungen, konnte per Knopfdruck transparent oder opak gemacht werden und Videobilder auf den Suzuki-Bildschirm projizieren; eine hypermoderne, voll computerisierte Küche. Es waren einige Stunden verstrichen, seit sich alle über das Bild der Lage endgültig im Klaren waren, die frühen Morgenstunden kündigten sich an. Keiner hegte die Erwartung, in diesem Augenblick oder in nächster Zeit die Wohnung zu verlassen. Sie warteten, so könnte man sagen, auf den Ersten, der zwinkern würde.

Doch Zwinkern kam nicht vor in dieser Nacht. Ewig und Dagi hatten das zwar in Betracht gezogen, aber sie glaubten, sie hätten den richtigen Weg eingeschlagen, der nur ein minimales Risiko und die wahrscheinlichsten Erfolgsaussichten bot. Das Risiko, wenn sie sich an eine Wassergesellschaft wandten, bestand darin, dass Ido sich weigern würde, da er mit seiner Erfindung die Konzerne auszubooten gedachte. Doch als sie ihn mit Hilfe des Imitators in die Wohnung lockten, hofften sie, dass er Gregej Nagys Angebot nicht ablehnen können würde: acht Millionen Kuay, die im Laufe der Nacht auf zehn und in den folgenden Tagen weiter erhöht wurden, in umgekehrter Relation zur Geduld der Anwesenden. Zudem glaubte Nagy, man könne Ido davon überzeugen, dass der Versuch, die Wasserkonzerne zu umgehen, ein anmaßendes, vielleicht sogar unmögliches Unternehmen sei, wogegen mit Hilfe der Vermarktungs- und Vertriebskraft einer Firma wie Vizi das Dschi-Dschi viel mehr Menschen erreichen würde – was letztlich doch sein Ziel war, oder?

Doch Ido zuckte nicht mit der Wimper. Die Nacht ging vorüber, der Tag verstrich. Gregej bestellte über seinen Geheimchip Essen für jeden, was immer er wollte. Er orderte ein Bett, als sich herausstellte, dass in der Wohnung nur für drei Personen Schlafmöglichkeiten vorhanden waren. Sie aßen gut, schliefen nicht schlecht und warteten. Sämtliche Aufträge wurden durch Ewigs Bot ausgeführt, um jeden Kontakt mit Menschen oder Bots außerhalb zu vermeiden. Die Summe stieg auf vierzehn Millionen. Dann wurden allmählich Drohungen laut: Man werde mit aller Macht gegen das Dschi-Dschi-System vorgehen, wenn es unabhängig verbreitet würde, danach ging es schon bald um das Leben von Idos Frau und sein eigenes, zuerst, am Ende des zweiten Tages, nach einem erlesenen Abendessen mit Sake und Meeresfrüchten, noch in Andeutungen. Ido blieb standhaft.

Gregej begann die Geduld zu verlieren, doch seine Direktorin, die fast laufend mit ihm in Kontakt stand, sagte, er solle warten. Sie habe Zeit. Vizi habe Zeit. Das Dschi-Dschi-Patent sei zu wichtig. Ewig allerdings war mit seiner Geduld schon am Ende. In einer Dreierberatung ohne Ido sagte Dagi: »Ich kenne ihn. Er wird umfallen. Er ist stark, aber wenn er umkippt, bricht er auseinander. Ich spüre, dass er demnächst so weit ist.« Er dachte an Tschio und Tiberias, an die zwei Wochen, die sich Ido dahingeschleppt hatte, bevor er zusammenbrach. Ewig und Dagi hatten ihre Chips beim Betreten der Wohnung deaktiviert und die Mitteilung hinterlassen, dass sie keine Gespräche annahmen. Gregejs Geheimchip war nur auf diesen einen Ort gepolt. Ido konnte keinen Kontakt zur Außenwelt herstellen, da sie die ganze Zeit in seiner Nähe waren und ihn mit Argusaugen beobachteten. Doch er machte ohnehin nicht den Eindruck, als sei er daran interessiert, mit jemandem in Verbindung zu treten. Alles, was ihn interessierte, war, sein Patent nicht den Wasserkonzernen zu geben, die es mit Füßen treten würden, die an Mord, Unterdrückung und Zerstörung beteiligt waren. Dafür hatte er nicht all die Jahre gearbeitet. Sechzehn Millionen Kuay oder jede andere Summe waren nicht das, was er für seine Arbeit erbeten hatte. Auch nicht, mehr Menschen zu erreichen, wenn diese Menschen gezwungen wären, an Vizi zu zahlen. Er glaubte fest daran, dass er am Ende alle Menschen auch ohne irgendeinen Konzern erreichen würde. Die Drohungen gegen sein Leben waren nur dumm, denn wenn er tot wäre, würden sie die Erfindung garantiert nicht nutzen können. Er war der

Einzige, der sie in vollem Umfang kannte und verstand, der in seinem Gehirn die kompletten Daten samt den Passwörtern für Informationen im Netz gespeichert hatte. Auch Maja kannte sie, doch sie würde nichts preisgeben. Und sogar mit Majas Wissen würden sie es ohne ihn nicht schaffen. Wenn sie wollten, dann los, sollten sie ihn eben umbringen. Sollten sie Maja umbringen. Genau das sagte er zu ihnen am Ende jenes Tages, dem dritten Tag, als zum ersten Mal unverhüllt eine tätliche Drohung gegen seine Frau fiel: »Bitte. Bringt sie um.« Er zögerte keine Sekunde, bevor er das sagte, und seine Stimme hatte einen verächtlichen Unterton, als spotte er der Drohung.

Am vierten Tag des gemeinsamen Herumsitzens in der Wohnung, nach dem Mittagessen, verlor Dagi die Beherrschung. In ihrer Dreierkonferenz, die immer im Raum nebenan abgehalten wurde, begann er zu brüllen. Er verfluchte Ewig und Gregej Nagy, er behauptete, sie begriffen nichts, rannte ins Wohnzimmer hinüber und schrie auch Ido an. Er beschuldigte ihn, er habe sein Leben zerstört und seinetwegen sei er in die Unterwelt abgerutscht. Ido beobachtete ihn interessiert. Vier Tage in einer normalen Wohnung in Gesellschaft dreier anderer Männer, das war nicht leicht. Die Bedingungen waren annehmbar: Ewigs Bot putzte, räumte hinter ihnen auf und erledigte Aufträge, sie hatten Platz, eine Suzuki-Monitorwand, unbegrenzt Wasser und Essen, eine Zehn-Minuten-Dusche und bequeme Betten. Das einzige Problem war, dass niemand die Wohnung verlassen konnte, da keiner der anderen damit einverstanden war. Am vierten Tag also explodierte Dagi, und in derselben Nacht leerte er eine fast volle Flasche Marula-Likör – die Flasche mit dem Elefanten auf dem Etikett, weil sich an der saftigen Frucht, aus der der Likör hergestellt wird, Elefanten und Giraffen in

Afrika berauschen –, die er in einem der Küchenschränke fand. Am Morgen darauf nahm er Ido den Chip ab. Er behauptete in einem Anfall von Paranoia, dass Ido Kontakte zur Außenwelt herstelle, dass Idos Chip geortet werden könne, und beschloss, dem ein Ende zu machen. Er fesselte Ido, der vollkommen ruhig dasaß, führte mit Hilfe eines Messers an Idos Arm eine Doy durch – wie er es oft genug gesehen hatte – und holte den winzigen Chip, das flache Reiskörnchen, heraus. Er markierte ihn und legte ihn in eine spezielle Schachtel, die er immer bei sich trug und die einige Chips für den Notfall enthielt. Ido verzog den Mund, als Dagi den Schnitt ausführte, ein ganz leichtes Zucken. Ohne den Chip war er der Kommunikation mit der Welt beraubt, jeder Netzinformation, aller Dienstleistungen. Doch in diesem Stadium war er an derartigen Kleinigkeiten nicht mehr interessiert. Er wartete. Er steuerte nichts zu den müßigen Gesprächen der anderen bei, er sah sich die Filme nicht an, die auf dem Wandmonitor ausgestrahlt wurden, und er beteiligte sich nicht an den Go-Spielen, die sie auf dem gleichen Bildschirm spielten. Die Entnahme seines Chips machte keinen besonderen Eindruck auf ihn, aber es beeinflusste die anderen. Zum ersten Mal, seit die vier versammelt waren, war die Situation in eine andere Bahn gelenkt worden: physischer Kontakt, Messer, Blut, Schmerz. In diesem Moment änderten sich die Regeln.

Am elften Tag des beinahe ununterbrochenen Regens, eineinhalb Tage länger, als vorausgesagt, hört er auf. Die Pause wird mit Erleichterung aufgenommen. Auch für Menschen, die nicht an Regen gewöhnt sind und ihn herbeiwünschen, sind elf Tage genug. Dauerregen ist ein ermüdendes Phänomen, die Monotonie kann einem den Verstand rauben. Wenn man während solcher Tage arbeiten muss … Aber Schluss mit Klagen, wie Ido immer zu ihr gesagt hat, denkt Maja.

Sie geht nach dem Regen hinaus, um die frische Luft einzuatmen, wie die anderen Dorfbewohner auch. Die Menschen grüßen sie. Die meisten haben sich schon das neue Wasser geholt, gratulieren ihr zu der Qualität und beglückwünschen sie zum Erfolg des Projekts. Der Speicher und das Sammelbecken im Dorf sind randvoll, und Maja hat schon am achten Tag alle über das Netzforum, das Lulu betreibt, gedrängt, so viel Wasser wie möglich nach Hause zu transportieren. Sie hat zusammen mit Wassermann den Erwerb großer Plastiktanks initiiert, die gratis an die Bewohner ausgeteilt worden sind, und hat sie mit mehreren Freiwilligen und einigen Bots im strömenden Regen gefüllt, um Platz für mehr Wasser zu machen. Die Ergebnisse übertreffen all ihre Erwartungen, und das Grundwasser wird bald dazukommen, um das Speicherbassin auch in den kommenden Wochen und Monaten voll zu halten. Maja bittet Lulu, jetzt eine Nachricht an alle Dorfbewohner zu versenden, dass sie kein Wasser vergeuden und nicht mehr verbrauchen sollen, als sie momentan haben. Gleichzeitig jedoch gestattet Wassermann, mit Majas Ermunterung, den Delegationen aus den Nachbardörfern, die eintreffen, um sich das Wunder anzuschauen, das Wasser zu trinken und sich pro Person eine Literflasche abzufüllen. Gute Nachbarschaftsbeziehungen können nicht schaden.

Das Sammelbecken in der Dorfmitte wird an dem Tag, an dem der Regen aufgehört hat, zu einem lebhaften Zentrum. Wer nicht gerade seine Behälter füllt, kommt, um zu plaudern, um sich das viele saubere Wasser anzusehen. Mütter mit Kinderwägen, Familien, Alte. Und da ist auch Assafdschi, in einem eleganten Anzug, der ihm zwei Nummern zu groß ist, mit glänzend polierten Schuhen und einer Nelke am Jackettaufschlag. Denn dieser Tag, der elfte und letzte der Regenfälle, der einundzwanzigste Dezember im Jahr des Schweins – er ist Assafdschis neunundneunzigster Geburtstag. Er geht langsam in Richtung des Beckens, auf seinen Gehstock gestützt, bleibt hin und wieder stehen und wälzt seine Zunge im Mund, stößt alle paar Schritte sein bekanntes Pfeifen aus. Manche beobachten ihn, während er feierlich steif seinen Weg zum Becken macht. Als er es erreicht, späht er misstrauisch hinein. Dann legt er die Spitze seines Stocks auf den Rand, und sein ganzer Körper zittert vor Anstrengung hinaufzusteigen. Maja tritt lächelnd auf ihn zu.

»Assafdschi, kann ich dir helfen? Möchtest du einen Wasserbehälter? Komm, wir füllen dir einen ab und schicken ihn mit einem der Ayschas zu dir nach Hause …«

Aber er winkt mit einem verlegenen Lächeln ab: »Nein, nein, nein …«

»Was machst du denn da?« Sie versteht nicht.

»Da …«, krächzt er, »hoppla, hilf Assafdschi da rauf …«

»Wozu?«, fragt Maja. Weitere Leute sammeln sich um sie.

Lulu sagt in tadelndem Ton: »Maja, du bist echt nicht verpflichtet, nett zu ihm zu sein.«

»Einen Moment«, erwidert Maja. »Was möchtest du, Assafdschi? Warum willst du auf den Beckenrand hinaufsteigen? Das ist kein Schwimmbecken, weißt du …«

»Da …«, würgt er heraus, aber weiter kommt nichts. Er wendet ihr verzweifelt seinen Blick zu. Sie begreift noch immer nicht, was er möchte.

»Assafdschi will ein paar Worte sprechen.« Maja betrachtet ihn, nun leicht belustigt. »Assafdschi ist neunundneunzig.« Er sieht sie verlegen an.

»Was?«, ruft sie. »Heute? Assafdschi! Meinen Glückwunsch!« Sie reckt sich über ihren Bauch und pflanzt einen Kuss auf die runzlige Wange, die nach Alter und Seife von früher riecht.

Lulu schneidet eine Grimasse und flüstert: »Iiihhh …«

Dann streckt Maja ihren Arm aus, Assafdschi stützt sich darauf, und sie hievt den schwachen, hinfälligen Körper auf den Beckenrand hinauf. Von seinem improvisierten Podium in etwa siebzig Zentimetern Höhe wirft er einen Blick auf die Leute, die auf dem Platz verstreut sind. Es sind vielleicht dreißig Personen. Die meisten beachten ihn nicht, sind mit dem Füllen der Wasserbehälter beschäftigt, in angeregte Unterhaltungen oder einen Erfahrungsaustausch über die langen Regentage vertieft, genießen die wärmende Sonne und die gute Luft. Maja blickt in die Runde. Sie stellt ihre Toyota-D um, und die Interface-Brille wird zu einem kleinen Sender. Die Verstärkerkapazität der zwei kleinen Lautsprecher an den Brillenbügeln reicht für den Wohnungsbereich, viele hören so Musik, wie zum Beispiel Lulu, in voller Lautstärke.

»Bitte!«, ruft Maja. Lulu legt beide Hände an die Wangen vor Verlegenheit. Etwa zehn Leute in Majas Umgebung wenden sich ihr zu. »Äh … ich will niemanden stören, aber ich denke … neben mir ist jemand, der heute seinen neunundneunzigsten Geburtstag feiert. Und er möchte zu Ehren des Ereignisses ein paar Worte sagen.« Die Leute versammeln sich, ein Kreis von Zuhörern entsteht um Maja und Assafdschi. »Ich muss ihn euch ja nicht vorstellen«, fährt Maja fort, »aber trotzdem, meine Damen und Herren, erlauben Sie mir, in meinem Namen und dem Namen der Bewohner von Charod zu sagen – herzlichen Glückwunsch, Assafdschi!«

Die Zuschauer applaudieren lachend. Maja entdeckt Wassermann unter ihnen, ihren Bruder, seine Frau und noch viele andere ihrer neuen Freunde. Sie lächelt und stellt die Toyota-D auf die Übertragung von Assafdschis Worten ein. Er steht gebeugt auf dem Rand des Beckens, hebt den Blick und versucht ihn auf die Menschen ihm gegenüber auszurichten.

»Ahh … Assafdschi ist heute neunundneunzig. Assafdschi möchte etwas aus einem alten Gedicht zitieren, das er einmal geschrieben hat.« Seine Bewegungen sind umständlich und langsam, die Bewegungen eines alten Menschen, der nicht mit Chips und Interface-Brillen aufgewachsen ist, doch es gelingt ihm schließlich, sich einzuloggen und das Programm erfolgreich zu laden. Als er den gewünschten Text gefunden hat, liest er vor:

»Aus den Höhen deiner Augen fielen Tränentropfen
goldgelber Blätterfall hat gewispert
Quecksilberwolken neigen sich
über deine schmalen Schultern …«

Seine Zunge gerät ins Taumeln, er hält eine ganze Weile inne. Das Publikum bleibt völlig still, manche aus Überraschung oder Verlegenheit, manche vielleicht aus Bewegung. Assafdschi fährt inmitten dieser Stille fort:

»… geflochten dein rotes Haar
durchnässt von Regenfluten
das Lächeln deiner Augen
schöne Tropfen, ein Himmel.«

Assafdschi beschenkt das Publikum mit einer Grimasse, die einem Lächeln so nah wie möglich kommt. Sein echtes Knie schmerzt vom anhaltenden Stehen, ebenso wie sein Rücken und seine Fußsohle. Die Leute klatschen, weitere stoßen dazu. Die Nachmittagssonne entsendet ihre tastenden, noch unsicheren Strahlen nach dem Regen. Assafdschis Stimme krächzt wieder über Majas kleine, effektive Lautsprecher.

»Assafdschi ist neunundneunzig. Das Zitat, das ich vorgelesen habe, ist aus einem alten Buch, das zu Zeiten geschrieben wurde, als Regen ein normales Ereignis im Winter war. Ein feststehendes Ereignis an Assafdschis Geburtstag. Heute früh hat es noch geregnet, an Assafdschis Geburtstag. Da ist er« – er deutet hinter sich, auf das Becken –, »er ist noch da, bei uns. Ich möchte dem Dorf Charod etwas sagen. Früher pflegten wir zu sagen, heute sei der erste Tag unseres restlichen Lebens. Das ist der Anfang der Geschichte des Dorfes Charod von jetzt an. Palmen und Johannisbrotbäume. Süßes, eingefangenes Wasser. Und im nächsten Jahr – das möchte ich allen versprechen – wird es eine echte Feier aus Anlass der hundert Jahre Assafdschi geben.« Etliche Leute im Publikum unterstützen ihn durch ermunternde, lachende Zurufe, lächeln einander und Assafdschi auf seiner Stegreifbühne zu. »Ich möchte …«, fährt Assafdschi fort, während er die Hand hebt, um das Publikum zum Schweigen zu bringen. »Noch ein letztes Wort. Ich möchte das hier …«, er streckt die Hand nach seinem Jackettaufschlag aus, pflückt die rote Nelke – die echt ist, kein Hologramm – ab und reicht sie Maja mit stark zitternder Hand, »… dir überreichen. Und ich möchte dir heute sagen, Maja, Maja, die uns, die Menschen in diesem Dorf, gerettet hat …« In seiner Stimme klingt jetzt eine tiefe Zärtlichkeit an, das heisere Knirschen ist aus ihr verschwunden, sie kommt warm und flüssig. »… Ich habe noch nie im Leben, nie in meinem ganzen langen Leben, eine solche Schönheit, einen solchen Mut gesehen …« Seine Worte verlieren sich, und Maja, in deren Augenwinkel eine winzige Träne glänzt, nimmt die bebende Nelke energisch entgegen. Das Publikum klatscht und pfeift begeistert. Assafdschis Hand hängt noch ein paar Sekunden lang zitternd in der Luft, ohne die Nelke, bis sie seitlich herunterfällt. Maja umarmt Assafdschi mit der Blume in der Hand. Dann hilft sie ihm, vom Beckenrand herunterzusteigen.

Sie nimmt ihre Brille ab und flüstert ein »Danke« in sein Ohr. Lulu lächelt ihr stolz zu. Kurze Zeit später geht sie mit Lulu und deren Eltern nach Hause, der Bäcker trägt einen Wasserkanister über der Schulter. Sie kommen an Esched vorbei, und als Maja ihn anschaut, sieht sie seinen säuerlichen Blick, immer noch feindselig, trotz allem, was sie getan hat, trotz der Millionen Liter Wasser, die sie und ihr tapferer Helfertrupp seinem Dorf in zwei Monaten mit einem Minimum an Ausgaben beschert haben. Sie ignoriert ihn, wie sie es sich angewöhnt hat.

In einem stillen Augenblick dann, auf der Terrasse, kommt der Moment, an dem sie sich fragt, und was jetzt, wie weiter? Sie fragt sich, wo bin ich, wo wohne ich, wohin gehöre ich? Was wird mich jetzt ausfüllen? Doch im Hinterkopf weiß sie bereits, dass man demnächst mit ihr Kontakt aufnehmen und ihr Angebote machen wird. Sie streichelt ihren riesigen Bauch und denkt darüber nach, wie sie reagieren soll.

Und am Freitag … Würde man euch erzählen, dass von den vier Männern, die im heißen April, dem grausamsten aller Monate, im Jahr des Schweins, eine gute Woche zusammen in der Wohnung in Meer 8 verbrachten, nur ein einziger unversehrt an Leib und Leben herauskam, auf wen würdet ihr setzen? Auf Ido – der brillante Erfinder, Freiheitskämpfer, trauernde Individualist und Mann der Prinzipien, der traurige Ehemann und Mann mit dem Finger am Puls, aber nicht am Drücker? Oder auf Ewig – der raffinierte, reiche Rechtsanwalt, der hungrige, ehrgeizige, neugierige, kluge junge Mann, der sich immer arrangierte, Freund mit beschränkter Haftung und Partner, wo es sich lohnte? Oder etwa Dagi – verletzter Märchenprinz, dunkelhäutig-blauäugig, traurig-fröhlicher Bankier, weichherziger Rächer, Liebling der Mädchen, aber Liebhaber der Frauen mit den Unschuldslocken, der sich in sein Ziel verbissen hatte? Oder vielleicht Gregej Nagy – der gerissene Konzernmann, Abgesandter seiner kühl berechnenden Chefin, heißblütiger Osteuropäer, ein Mann mit Geld und Stärke im Namen einer Gesellschaft mit Stärke und Geld, einer von denen, die unschlagbar scheinen, die die Probleme, Gefühle und Zweifel nicht kennen, die am Ende immer siegen?

Man darf das Machtverhältnis in den ersten sechs Tagen in der Wohnung nicht vergessen: drei gegen einen. Drei, die darauf warteten, dass Ido einwilligte, das Patent herzugeben, für soundso viel Geld, für sein Leben und das seiner Frau. Sie hatten die Macht, das Geld und die Waffen. Er war allein. Und dennoch, in wessen Händen befand sich die wahre Macht? Sie brauchten ihn, sie warteten auf ihn, denn er besaß, in seinem Kopf, das Wissen. Den Schlüssel zu ihrer Zukunft. In der Praxis befanden sich damit vier Katzen und vier Mäuse in dieser Wohnung, und jeden Moment konnte einer von den vieren Katze oder Maus sein, abhängig von seiner Stimmung, seiner Entscheidung, der Entscheidung seiner Gefährten oder einer leichten Veränderung in der Atmosphäre oder … Sie schlüpften in Rollen, wechselten Formen und Kräfte. Schlussendlich warteten sie auf Ido. Doch Ido ließ sie warten, und sie verloren zunehmend die Fassung, denn die Tage verstrichen, und der Ausgang war unklar, und ab dem Moment, in dem das Paket geschnürt worden war, gab es keine Umkehr, man konnte es nicht wieder aufknüpfen und so tun, als gehe das

Leben weiter, man konnte nicht mehr zu den Tagen davor zurückzukehren, diese Tage waren vorbei. Denn es würde Leute geben, die enttäuscht wären. Leute, die redeten. Forderten. Und nicht nur Leute. Kreise. Konzerne. Versprechen waren gegeben worden. Geld war investiert worden. Jahrelange Arbeit. Daher lagen die Nerven zunehmend blank.

Und am sechsten Tag in der Früh wollte Gregej Nagy aussteigen. Das war die Weisung, die er von seiner obersten Vorgesetzten, der Vorsitzenden des Vizi-Wasserkonzerns, erhielt, der Einzigen, die außer den Beteiligten von diesem Treffen, seiner Zusammensetzung und dem Ort wusste. Doch sie ließ Gregej in einer etwas verzwickten Lage zurück. Es wurde ihm gestattet, zu gehen und auf das Patent zu verzichten, mit der Zusicherung, dass dies keine Auswirkungen auf persönlicher und beruflicher Ebene haben würde. Unter einer Bedingung, deren Problematik bereits aufgezeigt wurde – dass er das Paket auf den Ausgangspunkt zurücksetzte und jeden Kuay, der investiert worden war (SEE-Abschirmdecke, Reisen, Vorschüsse), wieder zurückholte.

Gregej wollte also gehen und verlangte von Ewig, mit dem das ganze Geschäft bis zu diesem Augenblick durchgeführt worden war, die volle Summe, die bei ihm und bei seiner Chefin zu Buche stand, bis auf den letzten Kuay zurück – wegen Nichterfüllung des Vertrags. Ewig lachte ihm mitten ins Gesicht. Hier muss man die Sache mit den blanken Nerven berücksichtigen. Das kann eine solche Reaktion erklären. Trotzdem ist es nicht üblich, einem ranghohen Manager und geheimen Beauftragten der Vorsitzenden des zweitgrößten Konzerns der Welt mitten ins Gesicht zu lachen. Das tut man einfach nicht, auch nicht nach sechs Tagen zusammen in einer Wohnung mit einem gemeinsamen Interesse. Ewig lachte. Gregej lachte nicht. Ido lächelte interessiert. Er fragte sich, wie sich die Situation jetzt wohl entwickeln würde. Dagi, der gerade aus der Dusche kam und dessen schwarzes Haar in langen Locken über seinen Nacken fiel, sah gespannt zu. Gregej wiederholte seine Forderungen. Ewig lachte wieder, eine Spur weniger selbstsicher diesmal, und sagte: »Ich wüsste nicht, woher ich es nehmen sollte. Was wollen Sie mit mir machen?«

»Das bin nicht ich, Ewig. Das ist Vizi. Soll ich Ihnen das Abkommen zeigen, das Sie unterzeichnet haben?«

»Ich scheiße auf das Abkommen.«

Gregej blieb völlig ruhig. Er setzte sich aufs Sofa und sagte in gänzlich gleichmütigem Ton: »Kein Problem, Ewig, aber nur damit Sie es wissen, damit Sie darauf gefasst sind, ich müsste Ihnen das nicht mal sagen, aber ich tue es in aller Freundschaft als jemand, der mit Ihnen an diesem Projekt zusammengearbeitet und es die meiste Zeit genossen hat. Ein Konzern wie Vizi wird Sie wie eine Fliege zerquetschen. Zermalmen. Ihr Leben wird kein Leben mehr sein. Sie werden Ihnen im Nacken sitzen. Jeder Kuay, den Sie verdienen, jeder Schluck Wasser, den Sie in den Mund nehmen – sie werden einen Weg finden, sich alles zu holen. Sie werden Ihnen das Blut aussaugen. Mit Ihnen spielen wie mit einem Ball, Sie springen lassen, mit Ihnen aufwachen und einschlafen. Ihr Essen, Ihre Muskeln, Ihre Nerven, Ihr« – er klopfte dreimal mit dem Zeigefinger gegen seine Stirn – »Kopf. Sie werden sterben wollen, aber nicht einmal dieses Vergnügen wird man Ihnen gönnen. Und um die Wahrheit zu sagen, sie werden sich dazu nicht einmal anstrengen müssen, sie werden es genießen. Sie sind nicht der Erste und nicht der Letzte. Es gibt eine spezielle Abteilung bei ihnen für Witzbolde wie Sie, die denken, sie seien klüger als sie.« Ido verschluckte ein Lächeln, doch ein Teil von ihm war sich dessen bewusst, dass diese Ansprache auch ihm galt und dass Gregej bei aller Übertreibung und trotz seiner erkennbaren kalten Wut letztendlich recht hatte. Ewig lachte nun nicht mehr. Er streifte Dagi mit einem flüchtigen Blick, holte tief Luft und ging ins andere Zimmer. Gregej blieb gelassen, aber in Bereitschaft, auf dem Sofa sitzen. Dagi und Ido neben ihm studierten ihre Fingernägel. Stille im Nebenzimmer, und dann Ewigs Schritte. Er tauchte im Gang zwischen den zwei Zimmern auf und öffnete den Schrank.

»Komm«, sagte er, und die bekannten Betriebsgeräusche seines Bots wurden laut. Es war ein gewöhnlicher Vorgang. Ewig holte den Bot jeden Tag zur Arbeit heraus, und am Ende des Tages brachte er ihn in den Schrank zurück. Der Bot kam aus dem Schrank. »Ins Wohnzimmer«, sagte Ewig.

Ewig setzte seine Interface-Brille auf. Er klimperte mit den Fingern in der Luft wie ein Klavierspieler. Gregej, Ido und Dagi konnten nicht wissen, welches Programm er aufrief. Der Bot blieb stehen. Ewig öffnete eine Klappe in seinem hinteren Bereich und nahm etwas heraus.

Dagi und Ido erkannten erst, dass es ein Revolver gewesen war, als Ewig schon auf dem Boden lag, mit einer Kugel im Kopf. Gregejs Reaktion war blitzartig, fast übermenschlich. Er hatte gewusst, was Ewig tun wollte. Er hatte es erwartet. Sekunden später stand Gregej über Ewigs Leiche, und mit Hilfe eines Doy-Messers schnitt er ihm den Chip heraus. In dem Moment, in dem der Chip herausgenommen wurde, war der Bot außer Funktion. Gregej legte den winzigen Chip auf den Tisch vor sich, ging kurz ins Nebenzimmer und kehrte mit Silikonfäden zurück, klebte das Ende eines solchen an den Chip auf seinem Arm, auf die Haut, und das zweite an Ewigs Chip. Ido und Dagi verfolgten gebannt seine Handlungen. Sie waren zu betäubt, um denken zu können, und daher starrten sie neugierig den einzigen Menschen im Raum an, der etwas tat. Dagi kannte diese Programme, die nach der unmittelbaren Entnahme aus dem Körper Zugriff auf die Chips und eine begrenzte Kontrolle ermöglichten. Mit der Interface-Brille auf der Nase vollführte Gregej rasch einige Programmschritte. Dann nahm er sie ab, und zum ersten Mal seit etlichen Minuten ließ er erkennen, dass er die Existenz weiterer Personen im Raum wahrnahm.

»So ein Idiot«, sagte er fast bedauernd. »Er hatte genug Geld, um diese Summe zurückzuzahlen. Auf alle Fälle ist die Schuld jetzt beglichen und der Chip draußen, der Bot kann also nicht mehr auf Befehle reagieren.«

Ido nickte, lehnte sich im Sessel zurück und wandte seinen Blick von dem neutralisierten Bot Ewigs Leiche zu.

»Das Wichtigste ist«, fuhr der Ungar fort, »dass der letzte Befehl, den dieser Chip an den Bot gegeben hat, darin bestand, die ganze letzte Woche aus seinem Speicher zu löschen …«

Gregej lächelte schmal. Er hob Ewigs Chip auf, kniff ein Auge zu und zielte in Richtung des Mülleimers in der Ecke des Zimmers. Dann schnippte er den Chip in einem Bogen weg. Das winzige Silikon-Titan-Teilchen gab einen harten Klang beim Aufprall auf dem Boden des leeren Behälters von sich (und fand bei der ersten Gelegenheit seinen Weg in Dagis Chipschachtel, denn man weiß nie, wann man einen überschüssigen Chip brauchen kann).

»Und jetzt«, sagte Gregej und blickte Dagi dabei an, »wie wird man hier Leichen los?«

Vorläufig bleibt sie in Charod. In der Hauptsache dem Projekt zuliebe. Der Regen hat zwar aufgehört, doch die Arbeit ist nicht zu Ende. Man muss täglich die Wasserqualität kontrollieren, die Filterfunktionen überwachen, das Wasser, das von dem oberen Speicherbassin in das Sammelbecken im Dorf fließt, regulieren, sich vergewissern, dass alle Systeme arbeiten, und nötigenfalls Teile auswechseln oder reinigen. Sie hat noch nicht das Gefühl, dass sie die ganze Arbeit in die Hände der Bewohner von Charod legen kann, wenn es zu ihrer Freude auch einige gibt, die sie, nachdem sie sie angelernt hat, allmählich ersetzen können und wollen.

Das Nächste ist die Erbse. Im achten Monat ist sie nun eher eine Melone und Maja mehr ein Nilpferd als eine Frau, die schnaufend unter der Hitze leidet und alle fünf Minuten auf die Toilette rennt. Sie versteht jetzt, wie sehr sie auf die Hilfe einer freundlichen, stützenden Umgebung angewiesen ist. In Charod hat sie eine Familie, und sie hat, ein bisschen zu ihrer eigenen Überraschung, gelernt, ein Teil von ihr zu sein. Niemand vertreibt sie, in Cäsarea wartet nichts auf sie. Ihre Wohnung im Süden der Stadt ist leer, einsam und fern von den Menschen, die ihr helfen und sie respektieren, fern von dem Werk, das sie hier auf die Beine gestellt hat, das Werk ihres Lebens. Sie wird vermutlich nach Cäsarea zurückkehren, sie werden irgendwann zurückkehren, sie und das Baby. Aber noch nicht jetzt.

Die Leute der Produktentwicklungsabteilung von Ohiya sind die ersten, die ungefähr zwei Wochen nach Ende der Regenfälle Kontakt mit ihr aufnehmen. Sie haben über das SEE den Fortschritt des Projekts genau verfolgt. Sie zeigen sich tief beeindruckt, erzählen ihr, wie sehr sie Kreativität und neue Ideen in Zusammenhang mit Wasserspeicherung und -behandlung ermutigen. Sie wüssten, sagen sie, dass ihr Mann und sie keine großen Anhänger der Wasserkonzerne gewesen seien, doch das Klima, so to speak, habe sich verändert. Sie fragten sich, ob sie nicht vielleicht einmal nach Cäsarea komme. Sie beobachtet über das Telepräsenzbild durch ihre Toyota-D, wie drei Männer und eine Frau in teuren Anzügen in einem Büro in Cäsarea – wobei sie annimmt, dass es weitere Personen in China gibt, die das Gespräch gleichzeitig mitverfolgen – ihr schmeicheln und auf ihre Reaktionen lauern. Das ist die Macht, die Ido all die Jahre über sie haben wollte. Auf allen vieren sollten sie zu ihm gekrochen kommen. Und er hätte sie natürlich zum Teufel geschickt.

Und nun sagt sie die Worte selber: »Ich bin geschmeichelt, dass Sie sich an mich wenden, aber nein, danke. Das Projekt gehört den Menschen von Charod und ist nur für sie. Wir sind nicht daran interessiert, es in andere Hände zu geben. Danke.« Sie trennt die Verbindung, und ein süßes Gefühl durchströmt ihre Brust. Es vergehen einige Sekunden, bevor sie es benennen kann: die Macht der Weigerung.

Auch von der Polizei hört sie. Agam setzt sich mit ihr in Verbindung, doch seinem Ton und dem Ausdruck in seinen Augen entnimmt sie sofort, dass das keiner seiner normalen, flirtenden Anrufe ist, die den polizeilichen Aspekt ihrer Beziehungen kaum erwähnen. Es ist jemand neben ihm, vermutet sie, und eine Sekunde später sieht sie auch, wer, als Inspektor Nahari mit strenger Miene ins Bild rückt.

»Ya, Maja«, sagt Nahari.

»Ya, Nahari, Agam.«

»Tut mir leid, Sie bei Ihrer Arbeit zu stören«, sagt Nahari, »aber wir sind gezwungen, Sie zu einem weiteren Gespräch vorzuladen.«

»Darf man fragen, in welcher Angelegenheit?«

»Der üblichen, der üblichen, was sonst. Es gibt einige Entwicklungen, wir brauchen Sie hier. Schnellstmöglich, um ehrlich zu sein.«

Maja weiß, dass Nahari keine Ahnung hat, was zwischen

ihr und Agam vorgeht, von ihren Treffen außerhalb der Arbeitszeit. Es könnte also sein, dass ihr die Entwicklungen, von denen Nahari spricht, schon bekannt sind. Aber möglicherweise auch nicht. Ihre Hoffnungen schwanken, doch es gelingt ihr nicht, mit Agam in den nächsten Stunden eine Verbindung herzustellen, um es herauszufinden.

Nun waren es noch drei. Und wieder veränderten sich die Kräfteverhältnisse, wechselten die Formen. In jeder Dreierkonstellation entstehen unterschiedliche Dynamiken von zwei gegen einen. Die beiden Israelis gegen den Ungarn; die beiden früheren Freunde gegen den Fremden; die beiden einfachen Menschen gegenüber dem Konzernvertreter. Oder zwei, die das Wissen, das Patent und das Geld wollen, das es einbringen wird, gegenüber dem sturen Besitzer dieses Wissens; die zwei glatten Händler gegen den kreativen Erfinder. Aber auch der Dunkelhäutige mit den Minderwertigkeitsgefühlen gegenüber zwei elitären Exemplaren ihrer Spezies; der mit den schwachen Nerven und der verlorenen Beherrschung gegenüber den kontrollierten Kaltblütigen. Gregej beschloss, dass sie sich zu dritt auf den Weg machen müssten, um die Leiche loszuwerden. Sie gingen nicht ins Freie, sondern fuhren mit dem Aufzug ins zehnte Untergeschoss, in die Müllrecycling-Etage, entledigten sich effektiv der Leiche und kehrten innerhalb von fünfundzwanzig Minuten wieder in die Wohnung zurück. Der Ausflug tat allen dreien gut. Die Luft war verändert, die Beinmuskeln bewegten sich, die Augen nahmen etwas anderes auf. Zwei- oder dreimal sahen sie sogar Menschen, was sie daran erinnerte, dass eine ganze Welt außerhalb der hundert Quadratmeter der Wohnung existierte, in der sie sich seit fast einer Woche aufhielten. Als sie zurückkamen, begann Gregej im anderen Zimmer lange Debatten mit seiner Vorgesetzten auf Ukrainisch, die Dagi mit Hilfe des Simultandolmetscherprogramms in seinem Chip entschlüsselte, obwohl Gregej die Tür geschlossen hatte und so leise wie möglich sprach. Dagis Interface-Brille besaß einen hocheffizienten Verstärker, mit dem er auf der Straße, hätte er gewollt, noch vier darunterliegende Etagen hätte auffangen können. Ido hatte keinen Chip mehr, doch er richtete sich nach den verschiedenen Tonlagen, die aus dem anderen Zimmer drangen, und nach Dagis Reaktionen, der ihm einen Teil der Information weitergab.

Sie bekamen mit, dass Gregejs Chefin wütend war. Gregej sagte: »Ich hatte keine Wahl.« Sagte: »Es war Notwehr, ich habe bis zur letzten Sekunde gewartet, bevor er abdrückte.« Wiederholte: »Ich hatte keine Wahl. Ich habe alles andere versucht.« Dagi und Ido saßen einander gegenüber, und Dagi lieferte ihm flüsternd weitere Teile der Übersetzung: »Sechs Tage in der Wohnung ... nein, er ist nicht bereit, seine Meinung zu ändern ... es macht ihm nichts aus zu sterben ... wenn er tot ist, was nützt uns das?« Dann sagte Gregej: »Ja ... ja ... das Geld habe ich vollständig zurückgeholt ... dieser Idiot, er hatte genug ... ja, ich schätze, Sie haben recht. Ja. Stimmt, sie haben keine ... gut.«

Gregej tauchte wieder im Wohnzimmer auf. Er füllte ein Glas mit Wasser und trank es langsam, ohne ein Wort zu sagen. Ido und Dagi sahen ihn nicht an, doch Gregej war klar, dass sie zu lauschen versucht hatten. Nach einer geraumen Weile aktivierte er seine Interface-Brille wieder, überprüfte die Uhrzeit und verschwand erneut im anderen Zimmer. Dagi nahm seine Lauschaktion wieder auf, und Ido verfolgte das Ganze aufmerksam.

»Ich weiß, dass es jetzt komplizierter ist ...«, kam es von

Gregej. »Was sind sie? Ja … ja. Aber auf alle Fälle …« In den folgenden Minuten gab Gregej nur devote Bestätigungen und zustimmende Laute von sich.

Dagi flüsterte Ido zu: »Ich glaube, sie hat ihm gesagt, er soll uns auch umbringen.« Ido erwiderte:

»Das lohnt sich nicht für ihn. Das wäre unlogisch.«

»Ich sehe keine andere Möglichkeit. Siehst du eine?«, fragte Dagi flüsternd.

Ido stellte fest, dass Dagi schwitzte. Panik stand in seinen Augen. Ido stand auf und ging zur Küche. Er öffnete eine der Schubladen, entnahm ihr ein scharfes Messer und steckte es in die Seitentasche seiner Hose.

Gregej kam gerade ins Wohnzimmer zurück, als sich Ido wieder auf seinem Platz niedergelassen hatte. Dagi stand in dem Moment, als Gregej eintrat, auf, mehr aus Nervosität als aus Höflichkeit. Doch der Ungar übersah ihn, blickte direkt Ido an. Er wirkte nicht mehr so gelassen wie in seinem letzten Gespräch mit Ewig. »Ido, verkaufen Sie uns das Dschi-Dschi?«

Das Wort ließ in Idos Kopf die Alarmglocken schrillen. Er hatte es schon seit zwei, drei Tagen nicht mehr gehört, die Verhandlung über die Erfindung war in Vergessenheit geraten, hatte sich zu einer allgemeineren, komplexeren Diskussion gewandelt. Das Dschi-Dschi.

Er schaute Gregej an: »Nein.«

Gregej sagte: »Meine Chefin ist bereit, zwanzig Millionen Kuay plus Tantiemen auszugeben.«

»Nein. Nicht an einen Konzern. Ich kann nicht.« Das war endgültig.

»Ido, Sie haben gesehen, dass ich töten kann. Problemlos. Jetzt habe ich auch nichts mehr zu verlieren.« Schweigen. Ein Herzschlag. Der Augenkontakt wurde nicht unterbrochen.

»Ich hab's gesehen.«

»Wir reden jetzt von Ihrer Frau. Sie haben gesehen, dass wir es ernst meinen. Und nach ihr sind Sie dran.«

Den Blick, der zwischen den beiden hin und her ging, eisiger Stahl, bewahrte der Bot nicht in seinen Eingeweiden, in denen die Polizeitechniker über ein halbes Jahr danach herumstöberten. Aber die Worte, die fielen, speicherte er.

»Ich weiß …«, erwiderte Ido und hielt seinen Blick aufrecht. »Ich sagte es schon: Bitte, dann tötet sie. Ich gebe das Patent nicht her.«

»Zwingen Sie mich nicht dazu …« Gregej Nagys Gesicht wirkte traurig, aufgewühlt. Er hatte bis zu diesem Morgen noch niemals einen Menschen getötet, aber der Mann, den er in der Früh erschossen hatte, war nicht wichtig gewesen. Jetzt dagegen tat es ihm von ganzem Herzen leid. Ido und seine Frau waren die Sorte Leute, die er schätzte. Menschen, die etwas für ihre Gemeinschaft, ihren Staat leisteten. Wenn Ido doch nur einwilligen würde, Gregejs Konzern – und dadurch Milliarden Menschen auf der Welt – an seinem Beitrag zu beteiligen. Gregej schüttelte den Kopf. Er mochte Ido, seine Sturheit, seine aufrechte Ungeschliffenheit. Er wäre jetzt gern weit weg gewesen, in seinem Haus in Krementschug in der Ukraine zusammen mit seinen Kindern.

Dagi setzte an: »Aber …« Doch Gregej wedelte unvermittelt mit der Hand, und er verstummte.

»Du bist ruhig«, sagte Gregej zu Dagi, ohne ihm auch nur einen Blick zu gönnen.

Er sah Ido weiter an, der sagte: »Sie täuschen sich, wenn Sie meinen, Sie hätten nichts zu verlieren. Sie verlieren das Patent. Das Dschi-Dschi. Es gibt keinen Menschen auf der Welt, der so etwas für euch machen kann. Was bringt Ihnen das also?«

»Ich weiß«, nickte Gregej, »und ich stimme dem zu.«

Von oben betrachtet zeichnete sich ein fiktives gleichschenkliges Dreieck ab, das die drei Männer in dem Raum verknüpfte. Gregej zog den Revolver heraus. »Aber ich habe keine andere Wahl. So lauten die Anweisungen, die ich erhalten habe.«

»Vielleicht wird es Zeit, dass Sie das tun, was Sie denken, und nicht nur auf Anweisungen hören?«, entgegnete Ido.

»Nein, Sie haben mich nicht verstanden«, sagte Gregej müde. »Das ist auch, was ich denke. Ich stimme Ihnen zu, dass es uns hinsichtlich des Dschi-Dschi nichts nützt, Sie umzubringen. Aber ich stimme auch mit meiner Chefin überein, dass uns keine andere Wahl bleibt. Ihren Freund werden wir mit Geld kaufen, das ist kein Problem. Aber Sie … Wir können Sie jetzt nicht einfach gehen lassen mit dem, was Sie über mich und über uns wissen, und auch nicht zulassen, dass Sie das Dschi-Dschi womöglich auf anderem Weg in die Welt setzen. Ich bedaure.«

Er schüttelte wieder den Kopf und näherte sich ganz langsam. Seine Augen waren feucht. Ido, der ihn die ganze Zeit über ruhig angesehen hatte, zog in diesem Moment blitzschnell das Messer aus seiner Hosentasche und warf es. Er hatte das noch nie im Leben gemacht, hatte es nur in Ninja-Filmen gesehen. Er wusste nicht einmal, ob es überhaupt realistisch war, diese Idee, Messer durch die Luft zu werfen. Doch um Gregej Nagys eigene Worte zu benutzen: Es blieb ihm keine andere Wahl. Er tat es mit größtmöglicher Geschwindigkeit – Hand zur Tasche, herausziehen und sofort werfen. In den Ninja-Filmen bohrte sich die Messerklinge immer direkt ins Herz. Diesmal geschah das nicht. Der Griff des Messers traf mit aller Wucht Nagys Auge. Er stieß einen Schrei aus und hob die Hände – in der einen immer noch den Revolver – zum Gesicht. Dagi stürzte sich mit seinem ganzen Gewicht auf ihn, und es gelang ihm, dem Ungarn die Waffe aus der Hand zu schlagen und ihn durch den Angriff zu Fall zu bringen. Kein Wort wurde gesprochen. Die beiden Männer am Boden keuchten. Dagi rang mit Gregej, doch der war größer und stärker, und Dagi konnte sich nicht lange gegen ihn behaupten. Ido hob den Revolver auf, während es Nagy gelang, das scharfe Küchenmesser zu erwischen, das Ido kurz zuvor nach ihm geworfen hatte. Er wälzte Dagi auf den Rücken, holte mit dem Messer aus, Dagi stieß ein Gebrüll aus, das Messer schnitt ihn ins Gesicht – doch da drückte Ido auf den Abzug. Gregej sackte sofort zu Boden, eine Hand auf der Brust, und zappelte noch ein Weilchen, wobei er unheimliche röchelnde Laute ausstieß, während Ido und Dagi ihn wie betäubt und keuchend anstarrten, sich weder ihm noch dem Messer näherten, das seinen Händen entglitten war, nur darauf warteten, dass das Zappeln ersterben und das Röcheln verstummen würde, dass sie allein zurückblieben und ein paar wichtige Dinge miteinander und für sich selbst klären könnten.

Manchmal, inmitten der chemorganischen Verbindung
zwischen Zeichen und Ziffern, die Gesundheit und
Lebensdauer anzeigen
Frucht von Schweizer Laboren in den Bergen
Frucht einer Neigung in weißen Kitteln
Frucht von Dekadenforschung
Frucht und auch keine
Manchmal, inmitten der chemorganischen Verbindung
in der Nacht, wenn alle schlafen
und die Antiviren ihr stilles Werk verrichten
sehnst du dich nach Schokolade, nach Coca-Cola,
und Schluss

Seine greisen Gefährten lieben diese Gespräche. Er versucht, sie nach Möglichkeit zu vermeiden, nicht in der Vergangenheit zu leben, doch ganz im Stillen, so manches Mal, gesteht er sich, dass er sich forttragen lässt: Zigaretten, Kaffee, Schokolade, vom Baum gepflückte echte Früchte, Saft, Salz, Bonbonlutscher am Stiel, Begele, Coca-Cola, all diese Dinge, die zu viel Wasser geschluckt haben, die durch billigere, gesündere chemische Verbindungen ersetzt worden sind, organische und später chemorganische. Er erinnert sich an die Menschen, die aus dem Vollen lebten, die lieber ein erfülltes kurzes Leben hatten, als vorsichtig zu sein. Sie liegen schon seit Jahrzehnten unter der Erde, wogegen er und seine greisen Freunde noch da sind, doch das besagt nicht, dass er und seine greisen Gefährten recht hatten, die richtigen Entscheidungen getroffen haben, nicht unbedingt, nicht unbedingt, denn wer weiß, wer will bestimmen, ob ein langes, vorsichtiges Leben besser ist als ein kurzes, wildes und erfülltes? Keine Klagen. Es gibt Klagen. Letztendlich lebt man weiter, und vielleicht ist das der Unterschied, er und seine greisen Gefährten haben akzeptiert, die anderen nicht. Nicht nur die veränderten Regeln und Gesetze beim Essen, sondern bei allem, angefangen von der Gesundheit bis hin zur Administration, sie haben sie angenommen. Das sagen seine greisen Gefährten nicht, aber nicht nur Coca-Cola ist verschwunden, verschwunden sind auch das Geschrei, die Forderungen, der Protest, die Freiheit zu entscheiden, dass Rauch exakt die Luft ist, die du in deine Lunge saugen möchtest. Dass eine schwarze, zuckerbrodelnde Flüssigkeit das ist, was deinen Durst stillt, wenn die Sonne herunterbrennt. Dass ein süßer brauner Würfel, der in deinem Mund zerschmilzt, der essentielle Existenzgenuss ist, und zum Teufel mit den Zähnen in deinem Mund, dem Speckgürtel um deine Hüften und dem Wasser, das es erfordern wird, um deinen gestressten Körper zu beruhigen. Denn du willst es.

Denn du kannst es. Denn du begreifst den Schaden und akzeptierst ihn. Der Rückzug jedes Einzelnen hinter den Computer und danach die Interface-Brille war die Zersplitterung in Einzelwesen, die noch eine Weile krampfhaft versuchten, sich über das Netz zu vereinigen, aber umsonst – sie blieben vereinzelt ohne kollektive Macht und ohne die Organisationsfähigkeit, für Ziele zu kämpfen. Mit dem Essen kommt der Appetit, mit dem Plastik der Gedächtnisschwund, mit der Zeit der Niedergang, und die Macht des Einzelnen hinter dem Brillenterminal ist die Schwäche der Gemeinschaft, eine unmerkliche Bitterkeit, jahrzehntelang, und wieder – wer weiß, was besser ist, was die richtige Entscheidung ist, wo wäre ich heute, wenn, doch welchen Sinn hat das, wir sind hier und jetzt, aber vielleicht wenn … hör auf, akzeptiere, eine kleine Sehnsucht nach Schokolade, und Schluss.

In ihrem Wohnzimmer in Cäsarea in Süd 6 am Abend vor dem Polizeitermin fühlt sie sich sehr fern, nicht zugehörig. Sie und die Hunderte von Kilos, die sie ihrem Gefühl nach mit sich herumschleppt. Ihr Bauchumfang ist auf dem Höhepunkt, von einer Größe, die sie nie für möglich gehalten hätte. Jeder Schritt ist eine Expedition und eine Belastung, die Zugfahrt im Denscha erschöpft sie, und dann das Ayscha-Taxi, dessen Fahrer aus irgendeinem Grund ständig wiederholte, nicht so schlimm, Ihr Mann wird Ihnen helfen, wenn Sie zu Hause ankommen … Das Atmen fällt ihr schwer, und alle Augenblicke spürt sie woanders einen Druck, einen Schmerz, bis sie sich einbildet, dass das Ganze jeden Moment platzen wird, sie wird explodieren, und es wird nichts herauskommen … die Täuschung wird sich als solche entlarven. Sie ist in einem fort hungrig, aber nach zwei Bissen ist sie voll und rennt auf die Toilette. Ihre Füße sind auseinandergegangen, in den letzten Monaten trägt sie Sandalen, die drei Nummern größer sind. Schluss, ich hab's kapiert, sagt sie und weiß nicht, zu wem. Schluss damit. Gleichzeitig ist da die Angst vor der Geburt, eine dumpfe, anhaltende Spannung, die zwischen den Schulterblättern brennt. Dass man ihr nur nicht wehtut, dass alles gutgeht, keine Angst, Erbse, ich werde dich behüten, aber das Herz klopft angstvoll, und der Mund ist wie ausgedörrt.

In der Wohnung hängt ein abgestandener Geruch. Sie steigt mühsam aufs Dach, ganz langsam, hievt sich mit dem gesamten Körper von einer Sprosse zur nächsten. Sie betrachtet die Dschi-Dschi-Behälter und lächelt befriedigt. Jahrelang waren sie stummes Zeugnis für Idos ferne Erfindung, halb Andenken, halb Potential. Halb Vergangenheit, halb Zukunft. Jetzt erscheinen sie ihr wie der überholte Versuch eines kreativen, aber unerfahrenen Wissenschaftlers. Sie hat es wirklich gemacht. Langsam geht sie die Behälter ab, öffnet einen nach dem anderen, Schlösser, Kombinationen und kleiner Finger, und sieht, dass auch sie den Regen entsprechend aufgefangen haben und alle randvoll sind. Sie haben funktioniert.

Das Signal einer eingehenden Verbindung. »Ja, Agam?«, antwortet sie, blickt vom Dach aus auf das Meer.

»Ich sehe, du bist in der Stadt«, er lächelt. Sie visualisiert ihre Umgebung. »Willst du dich heute Abend mit mir treffen?« Sie ist viel zu müde dazu, und wenn Agam meint, dass sie in ihrem Zustand an das, was er ganz sicher im Kopf hat, auch nur denken kann …

»Wir treffen uns morgen, Agam. Ich bin erledigt.« Er schweigt ein paar Sekunden, bemüht, sich seine Enttäuschung nicht ansehen zu lassen.

»Du hast mich gesucht?«, fragt er schließlich.

»Ja.« Sie füllt ein Glas Wasser aus dem Dschi-Dschi-Behälter und trinkt. Wie leicht das auf einmal ist, wie natürlich, wie viel Wasser es seit der Regenflut überall gibt. Die ganze Not davor ist fast völlig in Vergessenheit geraten. »Die Entwicklungen, von denen Nahari gesprochen hat, ist das etwas Neues, das ich noch nicht weiß?«

»Deswegen wollte ich mich mit dir treffen«, antwortet Agam. »Ja, es gibt Neuigkeiten, die du noch nicht weißt.«

»Wichtige Dinge?« Sie sieht in seinen Augen, dass er gern mehr sagen würde, als er kann.

»Es ist ziemlich dramatisch, Maja … ich kann hier nicht.«

»Klar, natürlich.« Sie überlegt kurz, wie sie es anfangen kann. »Na gut, ich ruhe mich ein bisschen aus, und dann sehen wir, ob ich mit mehr Energie aufstehe.« Er nickt. »Schlimmstenfalls«, fährt sie fort, »werde ich das Ganze eben morgen aus dem Mund des Teufels persönlich zu hören kriegen.« Agam lächelt.

Sie klettert mühsam wieder in die Wohnung hinunter, in der sie lange nicht mehr war, und sieht sich um. Plötzlich bemerkt sie die Microcams, die sie installiert hat, bevor sie nach Charod ging. Im ersten Moment fällt ihr nicht mehr ein, weshalb sie das eigentlich getan hat. Sie hat sie in den letzten zwei Monaten von Charod aus nie überprüft, sie war mit anderen Dingen beschäftigt. Soll sie sich jetzt die Mühe wirklich machen? Doch dann lässt sie sich seufzend mit einem weiteren großen Glas Wasser nieder, stellt die Verbindung von ihrer Interface-Brille zu den Kameras her und lässt die Aufnahmen im Zeitraffer durchlaufen.

Datum- und Uhrzeitanzeige am rechten unteren Rand des Bildschirms lösen sich schnell ab, während das Bild immer gleich bleibt: Majas leeres Wohnzimmer, ein Blumentopf mit einer Plastikblume, der Wasserbehälter.

Und dann – eine Bewegung.

Sie hält den Film an, lässt ihn zurücklaufen.

Das Datum – vor gut zwei Wochen. Kurz nach den Regenfällen.

Jemand war in der Wohnung.

Entsetzt legt sie, wie schützend, eine Hand auf ihren Bauch. Sie starrt, hält den Film noch einmal an, geht wieder zurück.

Ein Mann ist in der Wohnung. Steigt auf die Leiter zum Dach. Trinkt ein Glas Wasser. Kommt ins Bild und verlässt es.

Phantasiert sie? Das kann nicht wahr sein.

Er dreht der Kamera den Rücken zu. Sie erkennt ihn nicht. Oder vielleicht doch?

Ihr fällt ein, dass es noch eine Kamera gibt. Im Schlafzimmer. Sie aktiviert die Verbindung, hat rasch den Tag und die Stunde erreicht.

Da ist er. Geht ins Schlafzimmer, öffnet Schubladen, stöbert in Papieren.

Ihr Herz rast, ihr Gesicht rötet sich. Sie fühlt sich überfallen, ungeschützt, verängstigt.

Jetzt dreht er sich um, und sie stellt den Film auf Zeitlupe ein. Nun ist sein Gesicht direkt vor der Kamera. Klar und deutlich. Schon vorher hat sie auf der Wohnzimmeraufnahme den Körperbau, die Bewegungen, die Kopfhaltung erkannt. Aber solange sie sein Gesicht nicht sah, konnte sie es leugnen. Jetzt kann sie es nicht mehr.

Ido.

Als Gregej Nagy seinen letzten Atemzug getan hatte, starrte ihn Ido noch eine Weile unverwandt an, bis er sich Dagi zuwandte und ihm mit den Augen ein Zeichen gab, ihm zu folgen. Im Badezimmer mit den massiv gegossenen Wänden, die auch noch mit Aluminiumplatten verkleidet waren, sagte er leise: »Ab jetzt ein Minimum an Gesprächen, und nur hier. Ich weiß nicht, was dieser Bot noch empfängt und was es sonst in dieser Wohnung alles gibt.« Dagi nickte. Er spülte die Schnittwunde über seinem Wangenknochen mit Wasser ab und fand ein desinfizierendes, blutstillendes Mittel.

Sie ließen sich jeder in einer anderen Ecke des Wohnzimmers nieder, in sich gekehrt, schweigend. Schließlich fing Ido an. »Es macht mir nichts aus zu sterben. Das ist mir lieber, als mein Patent einem Konzern wie Vizi zu geben. Aber ich habe nicht gesagt, dass ich ohne Kampf sterben würde. Wenn es eine Möglichkeit gibt, das Patent und mein Leben zu bewahren, dann ist das meine bevorzugte Option.« Dagi hob den Blick und setzte an: »Ahh …« Doch Ido fuhr fort: »Ich habe gewusst, dass du mir nicht helfen würdest. Gregej war kein Idiot. Er hatte recht. Von deiner Warte aus wäre besser ich gestorben und nicht er, denn hätte er mich umgebracht, hätte er sich dein Schweigen mit viel Geld erkauft. Du wärst auf ein bis zwei Millionen gesessen, hättest dein schönes Leben weitergelebt, und niemand hätte irgendwas erfahren. Alles, was du wolltest, war Geld. Das ist das Einzige, was dein kleines Hirn antreibt. Deshalb bist du Dreck, aus meiner Sicht.« Dagi begegnete Idos Blick auf halber Strecke.

Und so waren es nur noch zwei. Wer zieht am schnellsten im schönen Norden der Stadt? Diese Frage sollte nicht an diesem Freitagabend, dem sechsten Tag, gelöst werden. Der schwere Leichnam des Herrn Gregej Nagy, des in Szegedin geborenen und aufgewachsenen Ungarn, der nach Krementschug in die Ukraine übersiedelt war und dort sein Leben verbracht hatte – und er war ziemlich schwer, vor allem wenn nur zwei da waren, ihn zu tragen –, wurde verpackt und trat seinen Weg nach unten an, zu den Tiefgeschossen des Gebäudes unter dem Meeresspiegel, zu den dämmrigen, schmutzigen Recyclingetagen und gewaltigen Maschinenräumen der schwimmenden Viertel, hinaus durch die Abfallschächte und Klappen, immer tiefer, mit Ewigs Trainingshanteln beschwert, bis auf den Meeresgrund. Sie kehrten verschwitzt und schmutzig, mit den erloschenen, leeren Augen gefangener Männer zurück, die schon seit einer Woche eingesperrt und gezwungen gewesen waren, ein schreckliches Verbrechen zu begehen, und die vorläufig den Waffenstillstand beschlossen hatten.

Sie duschten sich beide, jeweils zehn Minuten lang, bestellten Essen. Sie einigten sich darauf, gemeinsam, ohne Interface-Brillen, einen Film auf der Suzuki-Wand im Wohnzimmer anzusehen. Es war ein rührender chinesischer Liebesfilm, der Dagi fast zu dem Vorschlag verleitet hätte, ein paar Mädchen zu besorgen, doch er behielt ihn wohlweislich für sich. Bis zum nächsten Morgen, nachdem sie aufgewacht waren und ein Glas Wasser getrunken hatten, wechselten sie kein Wort mehr.

Sie saßen einander gegenüber, zu beiden Seiten des Küchentischs, bis Dagi mit dem Kopf in Richtung Bad deutete. Sie standen auf und gingen hinein, ließen sich wie am Vortag dort nieder.

Dagi sagte: »Du hast behauptet, ich sei Dreck für dich, weil ich nur an Geld interessiert bin. Weil ich dir nicht geholfen habe, als Gregej dich umbringen wollte.«

»Stimmt«, bestätigte Ido. »Das habe ich gesagt.«

»Das stimmt nicht genau«, sagte Dagi.

»Aha«, lächelte Ido. »Nicht genau?«

»Es stimmt, dass ich dir nicht geholfen habe. Es stimmt, dass ich Gregej gewählt hätte, wenn ich mich hätte entscheiden müssen, wer von euch am Leben bleibt – du oder Gregej.

Und es stimmt auch, dass ich nichts gegen ein finanzielles Arrangement mit Gregej gehabt hätte.«

»Du hörst dich gerade an wie ein Investmentberater. Gut, also was stimmt denn nun nicht genau?«

»Du verstehst die Geschichte nicht ganz. Du denkst, ich habe dich wegen Geld verraten. Dass ich das Dschi-Dschi deswegen an Ewig und Gregej verkauft und dich getäuscht habe. Ich schäme mich nicht dafür, dass ich Geld liebe, Ido, aber das ist nicht der einzige Grund.« Ido blickte ihn belustigt an. Dagi fuhr fort: »Ich habe kein Problem damit, dass du denkst, ich sei Dreck, aber ich bin ein sehr kleiner Dreck im Vergleich zu dir und besonders im Vergleich zu deinem beschissenen Bruder.«

Ido fuhr in die Höhe und Dagi ebenfalls. Sie standen einander fast Brust an Brust in dem kleinen Raum gegenüber. Ido wirkte nicht mehr amüsiert. Dagi ebenso wenig. Darauf hatte er seit langem gewartet. Er hatte gewusst, dass die Konfrontation irgendwann kommen würde. Er hatte die Situation so oft im Kopf geprobt, dass der Text dort nahezu eingebrannt war.

»Als du begriffen hast, dass Gregej im Auftrag von Vizi kam, hast du mich gefragt, warum. Warum ich dir das antue nach allem, was du für mich getan hast. Aber alles, was du für mich getan hast, kann nie wiedergutmachen, was Tschio und du mir genommen habt.«

»Ich habe keine Ahnung, wovon du sprichst«, sagte Ido. »Ich glaube, du bist verrückt geworden …«

»Ich bin überhaupt nicht verrückt«, unterbrach ihn Dagi in aggressivem Ton, aber er schrie nicht. »Du versuchst diese Geschichte zu vergessen, du verhältst dich, als existiere sie gar nicht, du nimmst mich in Cäsarea auf und hilfst mir, eine Wohnung und eine Arbeit zu finden, du stellst dein Leben und deine Arbeit zurück, weil du meinst, das würde das auslöschen, was ihr mir angetan habt, aber ich habe es nicht vergessen.«

»Wovon redest du, Dagi?«

»Also, Ido, jetzt hör auf, dich blöd zu stellen. Von dem Whiskey aus China. Von der Nachricht, die du mir hinterlassen hast. Von den Aktien Ohiyas. Von deinem dreckigen kleinen Bruder, der zu Mosche Arie gegangen ist und ihm erzählt hat, dass ich interne Informationen erhalte. Davon, dass sie mich mit einem Fußtritt aus der Bank geworfen haben und Tschio ein Angebot für China bekam, und wenn ihm die Palästinenser nicht dazwischengekommen wären … und du, du! Dir ist überhaupt nichts passiert. Woher ist die interne Information? Weshalb nur ich? Deutlicher geht's doch gar nicht mehr!«

Dagi marschierte mit stierem Blick in dem kleinen Raum auf und ab, Nagys Revolver in der Hand. Ido sah ihn völlig vor den Kopf geschlagen an. Er sagte nichts. Dann setzte er sich wieder hin, stützte seinen Kopf in die Hände, den Blick zu Boden gerichtet. Zuletzt sah er zu Dagi auf.

»Und das alles hast du drei Jahre in dich hineingefressen? Die ganze Wut, diesen ganzen Hass? Du hast die ganze Zeit gewartet, es mir heimzuzahlen? Es fällt mir schwer, das zu glauben.«

»Klar fällt es dir schwer. Denn du hast dir nichts gedacht. Du hast dich nicht umgesehen, sondern nur auf dich selber geschaut. Denn in deiner Welt existierst nur du. Du hast dich gut gefühlt, du hast dich ja um den Freund deines Bruders gekümmert, ihm geholfen, auf die Beine zu kommen. Aber du hast das nicht für mich gemacht. Du hast das für dich selber getan, um dich gut zu fühlen. Ich habe dich nicht interessiert. Du bist nur an dir selbst interessiert. Du und dein mistiges

Dschi-Dschi und dein wahnsinniges Ego. Deine Frau kann einem leidtun. Die kleine Frau, die immer an deiner Seite stehen wird, alles für dich tut und erledigt, dich bewundert, auf die du dich immer verlassen kannst. Ich habe mal gedacht, dass ich dich über sie treffen könnte, aber weit gefehlt, denn auch sie interessiert dich nicht. Es gab nur einen einzigen Weg, um dich zu treffen.«

»Aber Dagi! Was soll diese Geschichte, die du dir da zusammengereimt hast, was ist das für eine Obsession? Was glaubst du denn, was passiert ist … ich habe nie … ich habe von dir einen Krug Whiskey bekommen und dich angerufen, um mich zu bedanken. Danach sind sie von der Aufsichtsstelle des Aktienhandels zu mir gekommen. Ich habe ihnen gesagt, dass ich keine Ahnung habe, wovon sie reden, ich erinnere mich nicht einmal, ob mir Tschio erzählt hat, dass sie dich gefeuert haben … Das hatte ich ganz sicher nicht im Kopf, als du nach dem Fall von Tiberias in Cäsarea angekommen bist … Tschio hat mir nichts davon gesagt, dass er zum Boss gegangen ist. Ich kann mich kaum erinnern … ich …«

»Das glaube ich dir nicht«, entgegnete Dagi, »das ist nicht plausibel. Ich weiß, wie nahe ihr euch gestanden habt. Weißt du was? Eigentlich ist es auch schon egal. Ich habe drei Jahre gewartet. Von meiner Warte aus bist du das Ziel. Du musst fallen. Auch wenn du sagst, dass du nichts damit zu tun hattest – wobei mir klar ist, dass es natürlich schon so war –, aber sogar, falls du recht haben solltest, bist du doch der Bruder dieses Hundes, die Schaltstelle. Ich hätte ihn erwürgt, das kannst du mir glauben, wenn ich die Gelegenheit gehabt hätte. Die Palästinenser sind mir zuvorgekommen. Ich hoffe, er hat gelitten …«

»Sprich nicht so von Tschio …«

»Du hältst jetzt den Mund …«

Sie stritten weiter. Bis sie irgendwann aufhörten. Sie verließen das Badezimmer, doch Dagi trennte sich nicht von Gregejs Revolver und ließ Ido nicht aus den Augen. Wenn die vorherigen sechs Tage als schwierig zu bezeichnen waren, dann war dieser siebte Tag die Krönung. Ido war sich dessen bewusst, er spürte, dass Dagi jede Sekunde die Beherrschung verlieren und ihm das Gehirn wegsprengen konnte, und obwohl er im Lauf der letzten Woche schon oft gedacht hatte, das Ende wäre gekommen, tat es ihm leid, sein Leben jetzt, auf diese Art, vor diesem Hintergrund zu verlieren. Nicht einmal auf dem Opferaltar des Dschi-Dschi. Viel weniger romantisch und weniger akzeptabel. Doch alles, was er tun konnte, war, die Situation zu entschärfen. Er setzte sich ans Sofaende und nahm die gelassene Haltung wieder ein, die er sich in der vergangenen Woche zu eigen gemacht hatte. Er hoffte, dies würde Dagis stürmischen Geist beruhigen.

Am Abend, nach stundenlangem wortlosem Schweigen, flüsterte Dagi Ido ins Ohr: »Hör mal, verschwinde einfach. Dein Chip ist bei mir. Den lasse ich auch verschwinden. Fahr weit weg. Damit ich deine Visage nicht mehr sehen muss.«

Ido warf ihm einen überraschten Blick zu. »Woher dieses Erbarmen?«

Von Dagi kam ein Seufzer. »Immerhin, du hast mir gestern das Leben gerettet, als Gregej mich fast erledigt hätte.« Er strich unwillkürlich über den Schnitt in seinem Gesicht. »Und außerdem, ich habe nie jemanden getötet. Ich bin nicht sicher, ob ich Lust habe, jetzt damit anzufangen.«

»Es ist sogar ganz nett«, grinste Ido.

»Du hattest keine Wahl.«

»Hast du eine?«

»Was denkst du?«

»Ich weiß nicht, Dagi. Ich finde, dass die ganze Geschichte, die du dir da zusammengebraut hast, einfach daneben ist. Ich meine, wir könnten uns gemeinsam etwas ausdenken. Um da herauszukommen. Was ist mit Go-Fan Tan, würde er nicht wollen? Ist er noch im Land? Oder jemand anders. Das Dschi-Dschi verkaufen. Ich würde dir Geld geben. Du weißt, dass es mich nicht interessiert.«

Dagi schüttelte den Kopf. »Nein«, sagte er mit leiser Stimme. »Das war nicht Go-Fan Tan, der mit dir geredet hat, Ido. Das war ein Schauspieler. Aber wir können das ohnehin nicht mehr machen. Nicht nach dem, was hier passiert ist. Nicht mit Vizi im Nacken, die jeden Schritt von uns verfolgen werden.«

Ido zuckte die Achseln. »Was soll ich dazu sagen. Tu, was du tun musst, sage ich immer.«

Also tat Dagi, was er tun musste.

Monatelang wartest du auf den Augenblick, malst ihn dir so oft aus. Neun Monate, das ist eine Zeitspanne, in der die Erinnerung tatsächlich zur Erinnerung wird, in der sich das Leben erneuert, festsetzt und geschaffen wird. Zu dem wird, was es ist, und du zu der wirst, die du bist – du lebst allein, aber in dir beginnt eine neue Gemeinsamkeit, die nun wohl bis zu deinem letzten Tag bleiben wird, eine neue Partnerschaft. Und gleichzeitig hast du Sehnsucht, sie ist immer da, ein Teil von dir. Das und die Erwartung. Es ist eine Erwartung mit immer weniger Hoffnung, sie wird zur Gewohnheit, einer Art automatischer Gehirnreflex. Aber sie verschwindet nicht. Etwas Lebendiges, das ohne einleuchtende Erklärung, ohne Geschichte dahinter, ohne erkennbar zwingenden Anlass, Abschiedsbrief oder Nachruf, was ein Begreifen und Verdauen ermöglichen würde, amputiert worden ist – so etwas vergisst man nicht. Und gleichzeitig beginnt etwas gerade erst zu leben. Das alles zusammen ist bewegend, beängstigend, beschwerend, erschöpfend.

Und dann ist der Augenblick da. Es ist nicht überraschend, dass er dann eintritt, wenn du ihn am wenigsten erwartest, wenn du fast schon aufgegeben hast, ihn schon beinahe durch die Sehnsucht ersetzt hast. Und vielleicht, wenn du ihn am allerwenigsten brauchst. Du bist nicht wirklich bereit. Jener kleine Widerhaken, der die ganzen Monate über in deinem Hirn saß und dich mit kleinen Stichen der Einsamkeit durchbohrt hat, erzählt dir jetzt, dass eigentlich alles in Ordnung ist. Du hast dich zurechtgefunden. Denn worauf du ständig gewartet hast, davor hast du dich auch gefürchtet. Die Sehnsucht war von Zweifel durchsetzt. Die Wunden sind verheilt. Inzwischen bist du schon bei deinem neuen Abenteuer, das so aufregend und beängstigend ist wie nichts zuvor. Du wartest auf sie, möchtest sie kennenlernen, sehnst dich nach ihr, noch bevor du sie gesehen hast, seit neun Monaten trägst du sie überall mit dir herum, sie ist ein integraler Bestandteil von dir. Du atmest tief, mit bebendem Herzen, du weißt, sie ist fast schon da, und du hast dich an den Gedanken gewöhnt, dass sie nur dir gehören wird.

Was dich die ganzen Monate verstört und dir das Herz zerrissen hat, war die Ungewissheit. Die offenen Enden. Die Geschichte, die keinen Schluss hatte, wegen der all die anderen Geschichten nicht andauern konnten. Ein Ende ist nötig, doch wie soll man wissen, was wünschenswert ist? Wer hat gesagt, dass das erwünschte Ende ausgerechnet die Rückkehr zu dem sein soll, was gewesen ist – eine Wiedervereinigung?

Ihr Mann. Die Liebe ihres Lebens.

Ihr Kind. Der Rest ihres Lebens.

Sie lässt den Film noch einmal ablaufen. Hat sie ihn tatsächlich gesehen? Doch. Das ist er, zweifellos. Warum hat er keinen Kontakt mit ihr aufgenommen? Wo ist er? Wo war er? Was macht er? Was hat er in der Wohnung gesucht, wenn nicht sie?

Und was soll sie jetzt tun?

Auf ihn warten?

Falls er wirklich da ist, sich in der Gegend aufhält, sie sucht, dann wird er sie finden oder warten, bis sie zurückkehrt.

Ihr Schlaf ist unruhig in dieser Nacht. Jedes Mal wenn sie eingeschlafen ist, schreckt sie panisch wieder in die Höhe, sicher, dass jemand am Eingang steht. Ihr Körper macht ihr mehr denn je zu schaffen, ihre Empfindungen werden immer verrückter, sie atmet nur mühsam.

Als sie das nächste Mal erwacht, ist das Laken unter ihr klatschnass.

Ihr Kopf klärt sich mit einem Schlag. Es ist so weit. Es passiert. Jetzt.

Er nahm das Rettungsseil, das ihm Dagi hinhielt, und trat die Flucht an. Ohne Chip verließ er die Wohnung und begann die lange Wanderschaft: Gehen, Schwimmen, Ayschas, Denschas und Mengs. Bis zum anderen Ende der Welt.

Zuerst fliehen. Dann zur Ruhe kommen. Und nachdenken.

Nachdem er einen ranghohen Manager des zweitgrößten Wasserkonzerns der Welt ermordet hatte, war das alles, was ihm einfiel.

Was macht man, wenn man ganz von vorn anfängt? Er kannte viele Leute in aller Welt – in China, Japan und der Ukraine, in Kanada, Norwegen, Deutschland und sonst wo –, doch alle standen mehr oder weniger in irgendeinem Zusammenhang mit der Wasserindustrie, und vor ihr war er auf der

Flucht. Er setzte sich also mit niemandem in Verbindung. Monatelang wanderte er in Rand- und Grenzgebieten herum, in organischen Gemeinschaften, die keine Fragen stellten und keinen Chip verlangten, überquerte Grenzen auf geheimen Pfaden mit Hilfe guter Menschen, denen er im Austausch dafür seiner Hände Arbeit anbot. Er blickte nicht zurück und wusste ohne Chip nicht, was hinter ihm zurückgeblieben war, wollte nicht daran denken, nur weiter wandern, immer weiter, fern von allem.

Er kam sehr weit. In einem abgelegenen Gehöft namens Monkey Mia, einige Fahrstunden von einer Küstenstadt im Westen Australiens entfernt, bot man ihm Arbeit an. Er beschloss zu bleiben, denn ihm gefiel der Name des Ortes, er war allmählich von seinem Nomadenleben erschöpft, der Besitzer stellte keine Fragen, und sein Blick flößte Ido Vertrauen ein. Er wusste auch, dass er sich nützlich machen konnte – man brauchte dort Hilfe bei der Wasserbewirtschaftung der Farm. Ido sehnte sich langsam nach einer sinnvollen Arbeit. Ein Mann ohne Chip, ohne Vergangenheit und Erklärungen, doch mit einer einzigen ungehemmten Leidenschaft.

Es dauert, noch dazu immer länger, als man sich vorstellt, doch am Ende funktioniert es. Die Routine, die Stille, die Arbeit. Der Farmbesitzer, sein Boss, Waten, ein ehemaliger Schwede, der seine eigenen Gründe gehabt hatte, sich diesen Ort auszusuchen, bedrängte ihn nicht, störte nicht. Ido hatte noch immer Angst. Er benutzte kein Internet, trat in keinerlei Kommunikation, befasste sich mit nichts, das mit seiner Vergangenheit zusammenhing. Doch er hatte seinen Kopf. Die Leute haben schon ganz vergessen, wie man Informationen im Kopf speichert, da es nicht mehr nötig ist – doch bei den raren Gelegenheiten, wenn plötzlich die Notwendigkeit auftaucht, kann man die wunderbare Fähigkeit des menschlichen Gehirns immer noch beobachten. Ido half also Waten, sein Wassersystem zu effektivieren. Er baute Basisfilter für Trinkwasser. Grub Speicherlöcher für den spärlichen Regen in Westaustralien. Man kann Tausende Kilometer fliehen, jeden Kontakt abbrechen, doch sich selbst entflieht man nie.

Er glaubte sich wohlzufühlen. Fern aller Bedrängnisse. Fern von den Kriegen. Fern von der Intensität und den Erwartungen. Fern von dem Mord. So konnte er leben. Weitermachen. Auf der Farm arbeiten, sich ein bisschen um das Wasser kümmern, in keiner grandiosen, globalen Größenordnung, sondern im privaten Bereich. Wirklich privat.

Er hatte die Unschuld verloren. Die Welt würde er nicht mehr retten können, aber vielleicht sich selbst. Vielleicht hatte es passieren müssen. Vielleicht war es das, was er sein sollte.

Doch allmählich stahlen sich Gedanken ins Hirn, anfangs nur in der Nacht, in Träumen, an die er sich nicht einmal erinnerte, außer einem dumpf verstörenden Gefühl am nächsten Morgen. Und dann nisteten sie sich auch untertags im Kopf ein, ruhestörend, aufdringlich. Er hörte so manches. Ohne Chip hatte er keine Verbindung zu den Nachrichten aus der Welt, doch es gab Waten, es gab andere Menschen auf der Farm, er schnappte Sätze, Unterhaltungen auf. Jemand sagte etwas von einer großen Regenflut, die in Palästina und Israel erwartet wurde, und er spitzte unwillkürlich die Ohren.

Fast hatte er vergessen, aber nein, keine Chance. Monate waren vergangen, doch es gab noch immer Gedanken, die ihn nicht wirklich losgelassen hatten: Drei Menschen waren in jener Woche in dieser Wohnung ermordet worden. Es war ihnen gelungen, die Leichen zu beseitigen, aber wer weiß, wie die Dinge standen. Waren sie entdeckt worden? Hatte man ihr Verschwinden untersucht? Ein Konzern wie Vizi würde das Verschwinden eines hohen Managers nicht unter den

Teppich kehren, außer sie wollten es. Was machte Dagi? Ein unberechenbarer, impulsiver Mensch, voller Wut und Frustrationen, und auch ein schwacher Mensch, der sich unter nicht allzu starkem Druck – und Ido kannte Konzerne wie Vizi nur zu gut – gegen ihn stellen würde.

Und diese Regenfälle – wie würde man sich vorbereiten, was würde man tun? Ob die Dschi-Dschi-Tanks noch auf dem Hausdach standen? Würden sie funktionieren? Kümmerte sich Maja um sie? Und Maja … wie kam sie zurecht, was machte sie? Hatte er wirklich Sehnsucht, oder war das in Wahrheit nur eine Randnotiz zu dem zentralen Thema?

Eines Tages erzählte Ido Waten, dass er die Idee habe, ein Auffangsystem für Niederschläge für die Farm zu bauen. Er erzählte ihm von den Rezeptoren, den Filtern, von den Speicherbehältern, den Materialien, der Konstruktion, Ort und Timing. Er schilderte ihm in groben Zügen das Dschi-Dschi. Er war überrascht von Watens Reaktion, der seine Interface-Brille aufsetzte, seinen Arm berührte und mit der Hand einige holographische Bewegungen ausführte. »Kommt mir bekannt vor. Hier. Genau.«

»Was hier?«, fragte Ido verblüfft und neugierig nach. »Was siehst du da?« Waten gab ihm die Nachrichtenmeldung wieder, die er vor sich hatte: Ein Dorf in Israel hatte sich auf die Regenflut vorbereitet, die in den letzten Tagen dort begonnen hatte, und ein System zum Auffangen und zur Speicherung des Regenwassers errichtet. Gesetzesvertreter und Konzerne hatten versucht, sich dem Dorf in den Weg zu stellen, jedoch keine Rechtsgrundlage für einen Arbeitsstopp finden können, und das Dorf speicherte nun selbständig Wasser, ohne von den Konzernen abhängig zu sein … »Wie heißt dieser Ort? Dieses Dorf?«, fragte Ido. Waten brummelte vor sich hin, während er suchte, und sagte es ihm schließlich.

»Charod?« Charod. Charod … Majas Familie. Er stellte Waten weitere Fragen. Nicht auf alle erhielt er eine Antwort, doch was er erfuhr, beunruhigte ihn in wachsendem Maße. Etwas klang da allzu bekannt. Ido brach der kalte Schweiß aus. Er musste herausfinden, was da los war. Was genau Maja gemacht hatte. Welche Technologie, welche Information, welche Materialien sie benutzt hatte.

Die schöne Vorstellung, die er gehegt hatte, sein Leben so weiterführen zu können, dieser ideale Traum eines ruhigen Lebens in der australischen Einöde von Monkey Mia sollte also nicht funktionieren. Er war nicht mehr ruhig.

Mit Watens Hilfe kam er zu einem Chip und machte eine Doy. Alt, abgenutzt und unzuverlässig, doch mehr brauchte er nicht. Es war Zeit, zu seinem großen Bedauern, sich der Vergangenheit zu stellen.

Es ist so weit. Aber was macht man dann? Allein in der Wohnung in Cäsarea, mitten in der Nacht. Ido, der Mann, der jetzt bei ihr sein sollte, ist vielleicht sogar irgendwo in der Gegend, aber sie hat keine Möglichkeit, ihn zu finden. Und Lulu ist zu weit weg.

Sie muss irgendwie nach Charod gelangen. Sie muss das Kind dort bekommen. So hat sie es geplant, und so muss es sein. Sie erinnert sich daran, dass das Abgehen des Fruchtwassers nur das erste Zeichen ist. Es kann einige Zeit vergehen, bis die Wehen einsetzen. Genug Zeit für die Fahrt dorthin.

Sie wird jetzt aufbrechen. Nicht nötig, jemandem Bescheid zu sagen. Alles wird gut … »Auuu!!!«, schreit sie auf, als ein scharfer Schmerz ihren Unterbauch spaltet. Und nicht aufhört. »Auuuu!« Sie kann die Schreie nicht unterdrücken.

Und es lässt nicht nach. Sie schwitzt. Sie keucht. Ihr Plan wird nicht aufgehen. Sie braucht Hilfe.

Agams Blick ist schlafumnebelt. »Was, jetzt willst du dich mit mir treffen?«, fragt er, doch dann sieht er Majas schmerzgezeichnetes, schweißüberströmtes Gesicht. Die erste Wehe ist vorüber, sie fühlt sich jetzt fast wieder menschlich, doch man sieht es ihr noch deutlich an. »Was ist denn los?«

»Es hat angefangen. Ich brauche Hilfe. Ich muss nach Charod.« Sie will nicht weinerlich klingen, versucht, kontrolliert und tief zu atmen, wie sie es gelernt hat.

Agam fährt sie mit seinem Ayscha-Streifenwagen die ganze Strecke nach Charod zurück. Er fragt sie, ob sie sicher sei, dass er sie nicht in ein Krankenhaus in Cäsarea bringen soll. Sie ist sich sicher.

Im Laufe der Fahrt treten zwei weitere Wehen auf, jede eine endlose Minute mörderischen Schmerzes, die Maja völlig erschöpft zurücklassen. Doch diesmal ist Agam bei ihr, gibt ihr Wasser zu trinken, ein nasses Tuch für die Stirn, während er gleichzeitig fährt.

Sie ist ihm dankbar für all die Hilfe, überprüft jedoch ihre eigenen Empfindungen. Er ist gut zu ihr, dieser Mann. Doch sie begreift, dass er in dem Moment, in dem Ido ins Bild rückt, keine Chance hat. Ist Ido in der Gegend? Sie glaubt es immer noch nicht ganz, am liebsten würde sie den Film in ihrer Toyota-D jetzt noch einmal abspielen. Was sie aber noch mehr überrascht, ist, dass es dringendere Dinge als ihn gibt, sogar wenn er hier ist. Sie erzählt Agam natürlich nichts davon. Weder will sie seine Gefühle verletzen, noch möchte sie, dass die Polizei es erfährt. Es ist klar, dass er sich versteckt. Aber sie kennt ihn gut genug. Er wird zur Wohnung zurückkommen.

Sie fragt Agam, was er Nahari sagen wird. Er antwortet lächelnd, dass die Ausrede einer Geburt wohl ziemlich schlagend sei, Nahari könne kaum etwas dagegen einwenden. Die Sitzung wird eben vertagt.

Eine Weile später fragt sie ihn, was denn nun die sensationellen Entwicklungen seien, doch er erwidert nur, so dramatisch seien sie nun auch wieder nicht, das könne bis nach der Geburt warten, bis sie sich erholt habe.

Sie vermutet, dass er das nur sagt, um sie zu schonen, doch sie hakt nicht nach. Es ist wirklich besser, sie konzentriert sich jetzt darauf, was in den nächsten Stunden geschehen wird. Außerdem, sie weiß, dass Ido wieder da ist. Was könnte dramatischer sein?

»Wie willst du ihm erklären, dass du mich hinfährst? Er sieht garantiert jederzeit, wo sich die ganzen Streifenwagen befinden.«

»Ich denk mir was aus, keine Sorge. Konzentrier dich auf die Geburt. Wir werden in ein paar Wochen wieder mit dir reden. Ich werde verhindern, dass das SEE eingeschaltet wird. Diese Zeit gehört dir allein.«

Als sie sich Charod nähern, setzt sie sich mit ihrem Bruder in Verbindung, und er, seine Frau und Lulu erwarten sie alle zusammen, obwohl es mitten in der Nacht ist. Ihre Schwägerin hat schon ein Bett und Medikamente für sie vorbereitet, hat mit einem Arzt gesprochen, der notfalls alarmiert werden kann. Es war richtig hierherzukommen. Auch Agam, der anfangs dachte, ein Krankenhaus in Cäsarea sei weitaus vernünftigerer, stimmt ihr nun zu.

Nachdem er Majas Taschen aus dem Ayscha ausgeladen hat, küsst er sie zum Abschied auf die Wange. »Was hätte ich ohne dich gemacht?«, sagt sie zu ihm und spürt einen leicht bitteren Nachgeschmack im Gaumen, als ihr Ido einfällt. Vielleicht gibt es ja bessere Männer, vielleicht hat Ido diese Sehnsucht und Erwartung, diese bedingungslose, nicht hinterfragte Akzeptanz nicht verdient, nachdem er so lange einfach aus ihrem Leben verschwunden ist, sie alleingelassen hat.

Agam antwortet: »Ich bin sicher, du hättest es irgendwie geschafft«, und steigt mit einem Lächeln in seinen Streifenwagen.

Dann überfällt sie die nächste Wehe. Lulu und ihre Mutter weichen nicht von ihrer Seite. Die Krankenschwester erklärt ihr, wie sie atmen muss, lenkt sie von den Schmerzen ab.

Der Morgen bricht an, und die Wehen folgen nun dicht aufeinander, die Öffnung ist vergrößert, Blut fließt, Schreie – und dann kommt sie, und Maja denkt nicht mehr an Ido oder an Agam, Lulu, ihre Schwägerin und ihr Bruder sind an ihrer Seite, ein ganzes Dorf ist bei ihr, steht hinter ihr. Acht Stunden nach der ersten Wehe allein in ihrer Wohnung in Cäsarea, acht schmerzerfüllte, stürmische, schweißüberströmte, bewegende Stunden, während Lulu die ganze Zeit über ihre Hand gehalten und beruhigend gemurmelt hat, ihr vorgesungen und alles Mögliche mit ihrer süßen Stimme erzählt hat, während ihre Schwägerin die Geburt mit geübten Händen dirigierte, jeden Schritt überwachte, sie mit allem Nötigen, inklusive Wasser und den richtigen Worten, versorgt hat – acht Stunden danach kommt sie, ist sie da, ist sie.

Noch ein Geburtstag, noch ein Jahr. Noch ein Leben und noch ein Kreis. Noch einmal Regen. Noch eine Frau. Ein Kreis und hinter allem, eine Frau. Über und unter allem, Sehnen. Eine machtvolle Sehnsucht nach jemandem, den es noch nicht gegeben hat. Aber jetzt endlich. Das Behagen und die Wärme von jemandem, den es gibt. Unter und über allem, egal, in welchem Jahrzehnt und in welcher Stadt, egal, auf welche Weise man sich von der Welt ernährt und mit ihr verknüpft ist, Liebe. Der Stich im Herzen, wenn es sich zusammenzieht, verändert sich nie. Und solange es sich zusammenzieht, lebst du. Rilke schrieb über die Jugend, über ihre ungeduldige Natur, von ihren stets wiederkehrenden Irrtümern, ihrer totalen Unterwerfung unter die Liebe, von der Aufgabe des Selbst für den anderen … Aber wir sind alle ungeduldige junge Menschen, in dieser Hinsicht immer, das weiß er inzwischen, und was bleibt uns anderes übrig, als es immer wieder zu probieren, uns zu unterwerfen und uns selbst zu verlieren? Gibt es ein wunderbareres Gefühl?

Und es zieht sich zusammen, und wie, jedes Mal, wenn er neues Leben sieht. Es ist um so vieles einleuchtender als diese nicht enden wollende Greisengemeinde um ihn herum.

Ein neues Baby ist im Dorf geboren worden, und eines Tages auf seiner täglichen Runde, langsam, schnaufend und pfeifend, den himmelblauen Zahnstocher zwischen seinen restlichen Zähnen mümmelnd, seine Zunge wälzend, krumm, schief und hinkend mit seinem Plastikknie, läuft er ihnen in die Arme. Allen drei. Maja, die frischgebackene Mutter, strahlt Glück, Müdigkeit, Erleichterung und Verantwortungsgefühl, Panik und Sicherheit zugleich aus, wie sie alle, wie immer, wie schön, und Lulu, ihre vielversprechende, reizende Nichte, und die Kleine selbst, Schui, so winzig, schaut mit zusammengekniffenen grünen Augen still und aufmerksam den alten Mann an, und als er stehen bleibt, bleibt auch sein Herz beinahe stehen.

Wie viel Aufregung in einem einzigen Monat!

Er lächelt, sagt kein Wort, nicht einmal »hoppla«, und der himmelblaue Zahnstocher zwischen seinen Zähnen lächelt mit.

Sie erwidern sein Lächeln, außer Schui, die ihn weiter prüfend anstarrt.

Er streckt einen seiner alten Finger aus und berührt die zarte Wange.

Es ist so viel logischer.

»Schui«, sagt Maja.

»Schui«, wiederholt er mit rauer Stimme aus der Tiefe. Er kratzt sich nachdenklich am Kopf.

»Wasser im alten Chinesisch«, sagt er dann.

»Assafdschi!«, ruft Maja freudig überrascht. »Gibt es irgendetwas, das du nicht weißt?«

»Nur wann«, antwortet er, »nur wann, weiß ich nicht. Aber das spielt schon keine so große Rolle mehr.«

Er pflegte an seinem Geburtstag immer ein Gedicht zu schreiben. Hin und wieder gruppierte er sie dann nebeneinander, um nachzulesen, wie die Jahre vergingen, um sich an Zeitpunkte und Empfindungen zu erinnern – kleine Notizzettel mit Reißzwecken an die Pinnwand der Erinnerung geheftet. Hier, da ist eines, das er vor Jahrzehnten geschrieben hat:

Heiliges Wasser floss
genug. Die Wildernis:
hat uns wieder
und keiner weiß, was in ihrem Herzen fließt

Dieses Jahr ist es ihm aus irgendeinem Grund schwergefallen, ein Gedicht zu schreiben, das Gedicht zu seinem neunundneunzigsten Geburtstag. Er hat geschwitzt, gelöscht, sich gekratzt, ist spazieren gegangen, hat geflucht und gejammert, ausgespuckt, getrunken, vor sich hingestarrt und am Schluss:

Clint Eastwood
ein ungeduldiges Schmetterlingspaar
schwirrt, unterwirft sich
eine Hörnerherde galoppiert – Uff! – am Horizont
der Champagner von morgen
sprudelt zur Dorfquelle
Intimität auf drahtloser Welle
ein Reiskorn-Polizist
ist jetzt aufgehalten, verborgen

Ido gelang es natürlich nicht, sich mit Dagi in Verbindung zu setzen. Dagi war nicht mehr am Leben. Doch da Ido den alten Chip nun schon in seinen Arm implantiert hatte, konnte er im Netz surfen, um herauszufinden, was in all diesen Monaten geschehen war. Nach wenigen Minuten in den Such-, Nachrichten- und Aktualisierungsprogrammen brach ihm der kalte Schweiß aus. Weshalb war es plötzlich so dringend gewesen, sich einen Chip einzusetzen, warum hatte er es so eilig gehabt, was war denn schlecht gewesen an diesen ganzen letzten Monaten, fern und abgeschnitten von allem …

Dagi war tot. Seine Leiche war vor einigen Monaten im Wasser unter Meer 8 treibend entdeckt worden. Was wieder eine Million Fragen aufwarf – wie war er gestorben? Warum in Meer 8? War er in Ewigs Wohnung gewesen? Gab es einen Zusammenhang? Wusste noch jemand, was dort passiert war? Und suchte man immer noch nach ihm?

Von dem Moment an, in dem Dagi die Wohnung verließ, von dem Moment an, in dem er zu Ido gesagt hatte, geh du deiner Wege und ich meiner, saßen ihm die Leute von Vizi wie Blutegel im Nacken – haargenau wie es Gregej Nagy zuvor Ewig versprochen hatte – und erlaubten ihm kaum mehr, als zu atmen und etwas Wasser und Nahrung zu sich zu nehmen, um zu überleben. Ido schlüpfte rasch durch die Maschen des Spinnennetzes, ohne Chip, ohne eine Spur zu hinterlassen, war weniger als vierundzwanzig Stunden, nachdem sie sich getrennt hatten, bereits in einem anderen Staat. Aber Dagi, naiv, wie er war, aktivierte seinen Chip für eine eingehende Verbindung, genau einmal, und befand sich sofort in den Fängen des zweitgrößten Wasserkonzerns der Welt.

Zu seinem Glück besaß er etwas, das sie wollten, und daher war sein Leben sicher. Erstens die vollständige Kenntnis dessen, was sich innerhalb der vier Wände von Ewigs Wohnung in jener Woche abgespielt hatte. Die Vorsitzende des Konzerns war zwar von Gregej Nagy laufend informiert worden, doch jetzt bekam sie, zusammen mit einer begrenzten, geheim gehaltenen Anzahl hochrangiger Eingeweihter, den vollständigen Bericht, einschließlich Nagys Ende und der achtundvierzig Stunden, die Dagi und Ido danach zusammen verbracht hatten. Zweitens wollten die Leute von Vizi die Chance nicht zunichte machen, dass Dagi sie doch irgendwie zu Ido führen konnte, über Bekannte, über Maja, durch irgendein eventuelles Abkommen zwischen ihnen, das ihnen Dagi bei seinen Verhören verschwiegen hatte. Oder sie wollten Dagi dazu benutzen, Ido zu manipulieren, wenn er aus seinem Loch auftauchte oder sich mit Dagi in Verbindung setzte. Sein Schweigen erkauften sie mit einer Geldsumme, mit der es sich gut hätte aushalten lassen, und sie versprachen ihm eine Menge mehr, wenn er für sie den Weg zu Ido finden würde. Alles, was er tat, war transparent für sie, wurde mitverfolgt, beobachtet, abgehört und aufgezeichnet. Er hatte kein eigenes Leben mehr.

Sie versuchten es auf jede erdenkliche Weise. Zuerst übten sie auf Dagi vehementen Druck aus, hielten stundenlange Sitzungen mit ihm ab, in denen sie rhetorische Techniken diskutierten, was genau er Ido sagen sollte, falls dieser mit ihm Kontakt aufnähme, um ihn neugierig zu machen, ihm Angst einzujagen, ihn unter Druck zu setzen und am Ende dazu zu bringen, dass er aus der Deckung käme. Was er über das Dschi-Dschi sagen sollte, über den Mord an Gregej Nagy, über Maja. Wie er das Gespräch hinziehen sollte, um es den diversen Ortungsinstrumenten zu ermöglichen, Ido auf dem Globus aufzuspüren. Allerdings fand dieses ausgeklügelte Gespräch zwischen den beiden bis zu Dagis letztem Tag nie statt.

Als Nächstes bedienten sie sich aller fortschrittlichen Suchmethoden, Systeme, die auf dem SEE und modernsten Technologien basierten. Ein paar Mal stießen sie auf einen Ort, an dem sich Ido nach seinem Verschwinden offenbar aufgehalten hatte. Sie befragten Menschen, die ihm begegnet waren, durchkämmten Zimmer, in denen er gewohnt hatte, doch er bewegte sich in irregulären Sprüngen ständig weiter fort, hinterließ keine klare Linie, wechselte unvorhersehbar Richtung und Distanzen, von Ort zu Ort, ohne irgendeinen Stützpunkt, aus dem sich der nächste Schritt erschlossen hätte. Ido leistete gute Arbeit. Als er schließlich ermüdete und einige Wochen auf Watens Farm in Australien blieb, traf es sich, dass sie gerade da ihren Griff lockerten und ihm eine Verschnaufpause ließen. Dagi war zu diesem Zeitpunkt bereits tot, und Vizi richtete alle Aufmerksamkeit und Anstrengungen auf die Vor- und Nachbereitung der nahenden Regenflut. Zudem war man in dieser Phase bereits mehr daran interessiert, das offen zu Tage liegende Projekt zu beobachten, das Maja in die Wege leitete, als ihren untergetauchten, flüchtigen Mann zu verfolgen.

Drittens gab es da Maja. Ewigs Chip in Majas Arm einzusetzen war selbstverständlich auch eine Idee der Vizi-Leute gewesen. Sie waren überzeugt, dass sie damit Idos Versteck aufspüren würden. Anfangs forderten sie, dass Dagi die Doy-Operation an sich selbst vornehmen solle, doch dann kamen sie zu dem Schluss, dass es von Vorteil sei, wenn Maja Ewigs Chip trüge. Natürlich hätte auch Dagi mit Ewigs Chip den Bot kontrollieren können, um herauszufinden, welche Information er gespeichert hatte, sei es Belastendes über Vizi, das gelöscht werden musste, sei es ein Hinweis auf Idos mögliches Verhalten und Handeln. Doch Maja war am Ende die bevorzugte Kandidatin für den Chip, da Vizi hoffte – und vielleicht sogar nachgeholfen hätte –, dass sie das Geld und die hypermodernen Dienstleistungen benutzte, um das Dschi-Dschi-System allein weiterzuentwickeln. Abgesehen davon wollten sie klipp und klar wissen, ob Ido mit ihr in Kontakt stand, und falls nicht, sie so lange rundum überwachen, bis er, was ihnen eine plausible Option schien, umkippen und irgendeine Verbindung mit ihr herstellen würde.

Bis er umkippen würde – das war, gelinde gesagt, die Untertreibung des Jahres, um Idos Reaktion zu beschreiben, als er seinen rudimentären Chip aktivierte, einige Suchbegriffe eintippte und entdeckte, dass Dagi ermordet worden war, als er die gewaltige Regenflut sah, die im Nahen Osten niedergegangen war, als er die Bilder, Filme und Nachrichtenclips von der neu gebauten Speicheranlage in Charod betrachtete und begriff, wie dieses System aussah und funktionierte, wer den Bau der Anlage geleitet hatte, und vor allem als er den stark gewölbten Bauch seiner Frau erblickte – ohne jeden Zweifel, klar wie die endlose Sonne am ewig wolkenlosen

Himmel, auch nachdem er sich ungläubig die Augen gerieben, den Chip und seine Interface-Brille überprüft hatte, sie abgenommen und in die Ferne geschaut hatte, um den Blick zu fokussieren und sicherzustellen, dass er nicht verrückt geworden war, bevor er sie wieder aufsetzte. In diesem Augenblick wusste er, er würde zurückkehren, um sein Eigentum in Besitz zu nehmen. Das Dschi-Dschi und das Baby.

Er kehrt nach Hause zurück, lässt sich mit knirschenden, schmerzenden Knien nieder und denkt, wie gewöhnlich, an die Jahre, die verflossen sind.

Genehmigt sich einen Luxusgenuss mit all dem neuen Wasser, den er sich seit Jahren nicht mehr gegönnt hat – ein Bad.

Erinnert sich, innerlich lächelnd, an die kleine Schui.

Und erlaubt sich, in dem warmen Wasser zu versinken, das die unendliche Sonne erwärmt hat.

Die erbarmungslose Sonne, die seit Jahren kein Mitleid kennt.

Lässt sich sinken. Früher gab es Menschen. Früher gab es Namen. Sterne. Wolken. Früher gab es süße Kuchen. Liebe. Lange Rasenstreifen, runde Sprinkler und hohe Fontänen. Früher gab es Verbrecher und Diebe, Reiche und Arme, Träume und Wünsche, Gründe, um in der Früh aufzustehen, Gründe, um von Ort zu Ort zu rennen, Gründe, um Luft zu holen, zu singen und ein Gedicht zu schreiben. Früher gab es kleine Mädchen, Teenager, junge und ältere Frauen. Mit Grübchen in den Wangen, hübsch, behaart, rasiert, stehende Brüste, spitze, wippende und sensible, harte Schwänze, aufreizend, rot, Sex in der Luft, im Meer, auf dem Land. Es gab einmal einen Staat. Es gab einmal Politik, Ideologie, einst brannten Herzen, brüllten Kehlen, schwitzten Stirnen, erhitzten sich die Geister.

Er schließt die Augen und taucht mit Gesicht und Haaren im Badewasser unter. Früher gab es Bäder. Seines ist in den letzten Jahren nur noch ein Mausoleum, eine Gedächtnisstätte. Eine von vielen. Früher gab es Denkmäler. Früher, als das Wasser frei strömte, strömten auch wir in Freiheit, denkt er. Und was wird aus der kleinen Schui werden? Es wird ihr gutgehen. Er taucht mit dem Kopf aus dem Wasser auf und öffnet seine kleinen, braunen Augen. Er lächelt. Der kleinen Schui muss es gutgehen.

Sie zerschmilzt. In seiner Umarmung, seinem Geruch, seinen Lippen. Gab es je einen Widerhaken, hatte sie je Zweifel? Er ist alles, was sie all diese Monate wollte, er ist alles, was sie jemals wollte. Nur bei ihm sein, mit ihm zusammen, ihn reden sehen, essen, sein Streicheln spüren. Sie sprechen kaum. Es erinnert sie an die ersten Tage in ihrer Wohnung in Cäsarea vor zwölf Jahren, und sie möchte denken, dass es wirklich so wie damals ist. Es gäbe so viel zu reden, zu verstehen, zu fragen, doch sie schiebt es lieber hinaus, weiß gar nicht, wo sie beginnen soll, fürchtet sich vielleicht auch vor den Antworten. Zum Beispiel, weshalb er ihr nie ein Lebenszeichen gegeben hat.

Es ist so schön mit ihm, dass all das uninteressant ist. Sie war mit Agam, mit Wadi zusammen, doch wenn man mit jemandem zusammen ist, von dem man weiß, dass man mit ihm zusammen sein muss, dann passt alles ganz genau, die Mulden und die Erhebungen, die Gerüche, die Bewegungen. Und Schui, besonders Schui fügt sich zwischen ihnen ein wie ein ergänzendes Glied, das gefehlt hatte. Ihre kleine Erbse. So muss es sein.

Sie sind in der Wohnung in Süd 6. Sie ist so schnell wie möglich mit Schui dorthin zurückgekehrt, um ihr die Wohnung, die Stadt zu zeigen, und auch, weil sie wichtige Dinge zu erledigen hat, der Polizeitermin zum Beispiel. Doch sie gesteht sich ein, dass sie der Gedanke, Ido könnte da sein und warten, um den Verstand gebracht hat. So schnell wie möglich ist sie also zurück. Er hat noch am selben Tag an die Tür geklopft, und sie hat ihn mit einem Lächeln voller Tränen und dem Baby an ihrer Brust erwartet.

Er möchte einstweilen nicht nach Charod mitkommen. Er will die Wohnung nicht verlassen. Will in der kleinen, neuen Familienzelle eingeschlossen bleiben, sich daran gewöhnen, sich Zeit lassen. Als sie ihm erzählt, dass sie ihn in den Kameras gesehen und so erfahren hat, dass er zurück ist, gerät er in Bedrängnis, will wissen, womit sie vernetzt sind, und montiert sie ab. Eine Familienzelle mag etwas Schönes sein, doch er hat auch Angst. Er weiß, dass Vizi hinter ihm her ist. Er hat jemanden ermordet. Deshalb ist er geflohen. Deshalb konnte er keinen Kontakt aufnehmen. Deshalb lässt er sich nicht auf der Straße sehen. Aber auch, um sie zu schützen, damit sie sie in Ruhe lassen, nicht nur ihn.

Sie akzeptiert seine Antworten. Er ist zu ihr zurückgekehrt. Er ist bei ihr. Schui reagiert auf ihn, ruhig und zufrieden, weint nie, wenn er sie hochhebt, weiß offenbar, was er für sie ist, auch wenn sie bisher seine Stimme noch nie gehört hat, ihn nicht wie andere Kinder ihre Väter schon aus dem Bauch heraus kennt.

Maja ist glücklich. Die Geschichte ihres Lebens war ungelöst, offen, und nun endlich hat sie die Antwort. Zwei Antworten, drei. Warum bist du am Ende doch gekommen?, fragt sie ihn, und er antwortet, was sie hören möchte – weil ich Sehnsucht hatte, weil ich mit dir zusammen sein wollte, weil ich auf den Bildern den Bauch gesehen habe, weil das wichtiger ist als alles andere.

Er sagt das, während er Schui dicht an seiner Brust hält, ein leichtes Kind, ein ruhiges Kind, ein Kind der Liebe. Dann stellt auch er Fragen, was mit Dagi passiert sei, wie er gestorben sei, und was das für eine Geschichte mit dem Projekt in Charod sei, ob das eine Dschi-Dschi-Anlage sei, ob sie das Wissen benutzt habe, das er sie gelehrt habe, seine Ideen.

Sie berichtet ihm vom Ende ihrer Firma Ido-Wasser, vom Umzug in den Süden, von Ewigs Chip und der Doy, von Dagis Tod und von dem Projekt in Charod. Er sagt zu ihr, er bewundere sie. Sie habe alles in die Tat umgesetzt, was er immer zu tun hoffte – sowohl den Menschen Wasser gebracht, als auch die Konzerne geschlagen. Alles allein. Sie erzählt ihm lächelnd, dass Ohiya sie zu einem Treffen eingeladen habe, und er sagt lachend: »Klar, das kann ich mir vorstellen!« Sie lachen gemeinsam darüber.

Dann wird er ernst und fragt: »Bist du hingegangen?«

»Nein, wieso?«, erwidert sie.

»Wag es nicht, lass nicht zu, dass sie dich kaufen.«

Sie reden leise, im Bett in der kleinen Wohnung neben der Wiege mit ihrem Kind, das fest schläft. Maja ist süchtig nach den stillen kleinen Lauten von Schui, nach ihren Atemzügen, ihren winzigen Bewegungen. Sie ist glücklich. Sie denkt, dass sie glücklich ist. Und ihr scheint, dass Ido erneut Feuer gefangen hat, die glimmende Glut aus all den Jahren ist wieder entfacht worden. Als sie sich ganz entspannt fühlt, stellt sie ihm alle Fragen, die sie zuvor aufgeschoben hat.

Er erzählt ihr von der Woche in Meer 8, von den Drohungen, den Nervenkriegen, den Kämpfen. Von den monatelangen Wanderschaften und den heimlichen Grenzüberschreitungen. Von der Sehnsucht, der Angst und von dem Zwang, abgeschnitten zu bleiben, auch wenn er Kontakt aufnehmen wollte. Er wiederholt, dass er wegen Vizi und der Konzerne untertauchen musste, aber auch für sie, damit sich alles beruhigte und sie in Ruhe gelassen wurde.

In einer entfernten Ecke ihres Gehirns sitzt eine Stimme, die sie daran erinnert, dass man bei der Polizei auf sie wartet, aber sie meldet sich nicht von sich aus, und man lässt ihr Zeit. Lange Tage und Nächte liegen sie sich im Bett in den Armen, verlassen kaum die Wohnung, reden, essen, füttern das Baby, schlafen miteinander und trinken das wunderbare Wasser aus dem Dschi-Dschi auf dem Dach.

Sie fragt ihn, was er jetzt tun will. Sie ringt mit sich, sagt sie zu ihm, ob sie nach Charod ziehen oder in Cäsarea bleiben soll. Sie schwankt, was sie mit dem Projekt anfangen soll, ob sie es im Dorf fortentwickeln und in weitere Dörfer bringen oder in der Stadt bleiben und Arbeit suchen soll. Sie müssen eine Entscheidung treffen. Sie müssen zusammenarbeiten.

Natürlich will er mit ihr zusammenarbeiten, antwortet er, doch er weiß noch nicht, wo und was. Er fragt sie, ob sie nach Australien kommen wolle, wo das Leben leichter, ruhiger sei. Sie könnten sich weiter mit Wasser beschäftigen, eines Tages damit vielleicht etwas Größeres anfangen oder, falls nicht, einfach für sich selbst arbeiten. Doch am nächsten Tag ändert er seine Meinung, begeistert sich wieder für das Projekt in Charod, lobt sie in höchsten Tönen, sagt, sie müssten weiterführen, was sie angefangen hätten – er mit seinen Plänen, sie mit ihren Taten.

Sie sagt, sie würde alle Möglichkeiten überdenken. Sie sind sich einig, dass sie noch Zeit brauchen, sich wieder aneinander gewöhnen und Schui kennenlernen müssen, einfach die Stunden und Tage zusammen verbringen, sich für die aufgezwungenen Monate der Trennung entschädigen, gemeinsam nachdenken, was das Beste sei.

Dann fährt Maja eines Tages nach Charod, um zu überprüfen, ob die Anlage in Ordnung ist, und um Lulu und ihrer Familie Schui wieder zu zeigen. Ido will noch nicht, dass seine Rückkehr bekannt wird, was sie akzeptiert. Doch ihre Familie in Charod, die ihr in den letzten Monaten sehr ans Herz gewachsen ist, fragt sich, weshalb sie nicht öfter kommt. Oder ganz hinzieht. Auch sie hat Sehnsucht, nicht nur nach ihrem Bruder, seiner Frau und ihrer Nichte, sondern auch nach den Menschen, die ihr beigestanden haben, die mit ihr gearbeitet haben – sogar ein bisschen nach Assafdschi und seinem unermüdlich werbenden Gepfeife.

Sie sitzt im Denscha nach Charod und lächelt Schui zu, die mit großen Augen auf die öde, flirrende Landschaft starrt, die vorüberfliegt. Sie denkt an Ido und wie seltsam das alles ist. Die ganze Zeit hat sie davon geträumt, und plötzlich scheint es völlig natürlich, dass er da ist, mit ihr am Morgen oder mitten in der Nacht aufsteht, neben ihr und Schui einschläft. Sie ist sich ihrer Gefühle nicht ganz sicher, vielleicht ist da doch noch eine kleine Wut? Doch sie unterbricht sich innerlich, sie muss ihm Zeit lassen, er hat eine traumatische Erfahrung durchgemacht und muss zu sich selbst zurückfinden. Es kommt alles wieder in Ordnung, sagt sie sich, alles wird gut.

Gerade als sie zu diesem Schluss gelangt ist, erhält sie einen Anruf von Agam, der sie fragt, ob sie zur Polizeistation kommen könne – der aufgeschobene Termin.

Ido setzt sich mit Waten in Verbindung und sagt ihm nur, dass er beschlossen habe, seine Rückkehr zu verschieben. Er will sich die Option zur Sicherheit offenlassen. Die Tatsache, dass Dagi tot ist, dass niemand übrig ist, der ihn anklagen könnte, ist zwar ermutigend, doch wenn er wieder auftauchen wollte, müsste er natürlich Antworten geben. Und er wird es auch tun – zu gegebener Zeit. Es ist keiner mehr da, der ihn widerlegen könnte. Was Vizi angeht, so wird er seine Schritte genau überlegen müssen, doch es ist nicht sicher, dass er sich in einer unterlegenen Position befindet. Er besitzt Informationen und hat etwas, womit er drohen kann, falls sein Leben in Gefahr geraten sollte. Er wird mit ihnen reden, ihnen etwas geben müssen, womit alle leben können. Er glaubt, dass sich das regeln lässt.

Abgesehen davon hat er sich erneut in Maja verliebt. Als er in Australien war, hatte ihn der Gedanke, dass sie seine Pläne und Erfindungen verwirklichte, entsetzt und war offenbar stärker als alle Sehnsucht gewesen. Er befürchtete, sie würde alles preisgeben, und seine Erfindung, an der er so hart gearbeitet hatte, würde in falsche Hände gelangen. Doch aus der Nähe, als er es von ihr selbst, mit ihrer Stimme hörte und die vertrauten Bewegungen sah, als er dieses Baby, diese lebendige Miniaturausgabe eines Menschen hielt, das absolut nichts von der Welt wusste, nur dass es angenehm war, ganz dicht an die Brust von Vater und Mutter gehalten zu werden – da begriff er, dass ihn ihr Werk in Charod überraschte und begeisterte, mit Stolz erfüllte und in ihm den Wunsch weckte dazubleiben. Hierher zurückzukehren, zum Wasser, zu ihren Projekten. Sie war so lebendig, seine Frau mit den vollkommenen Hüften. Zu ihr zurückzukehren, zu der Frau, die er immer geliebt hatte. Waten wird ohne ihn zurechtkommen, beschließt er. Das ist sein Zuhause. Er bleibt in Cäsarea.

Nahari eröffnet die Besprechung in dem gleichen Raum wie bei allen früheren Gelegenheiten. Nur Agam sitzt neben ihm, und ihnen gegenüber wartet Maja mit Schui auf dem Arm auf das, was man ihr zu sagen hat. Nahari lächelt säuerlich, mit Blick auf das Baby.

»Es wird keine lange Besprechung werden, Maja. Mehr verfahrensrechtlich als praktisch. Agam, bitte.«

Agam räuspert sich und schenkt ihr einen verschämten Blick, setzt dann rasch seine Polizei-Interface-Samsung auf und liest ab: »Das Verschwinden Idos, eines hochrangigen Wasseringenieurs, ist seit über zehn Monaten, seit April im Jahr des Schweins, ein ungelöstes Rätsel. Vor circa fünf Monaten, im September des Jahrs des Schweins, wurde neben den Abwasserklappen des schwimmenden Viertels Meer 8, Cäsarea, die Leiche eines jungen Mannes aufgefunden. Der Mann wurde als Dagi, ehemaliger Bankangestellter aus Tiberias, identifiziert, der nach dem Fall seiner Stadt im Jahr des Pferds nach Cäsarea gelangte …«

Maja lässt ihren Blick verwirrt von Agam zu Nahari wandern. »Was ist hier los? Könnten Sie mir vielleicht erklären, weshalb er das alles erzählt …«

Nahari bringt sie mit einer Handbewegung zum Verstummen. »Lassen Sie ihn fortfahren. Ich sagte Ihnen bereits, Verfahrenstechniken. Wir gehen den kompletten Bericht gemeinsam durch, um sicherzustellen, dass alle Einzelheiten klar, bekannt und richtig sind. Machen Sie sich keine Sorgen. Ja, Agam, wir hören.«

Maja wirft einen raschen Blick auf die Microcam an der Raumdecke.

»Dagi war der Polizei als Händler von Chips und Doy-Operationen auf dem Schwarzmarkt bekannt. Kein Schwerverbrecher. Seine Leiche war durchlöchert. Nicht von Kugeln, sondern von einem scharfen Instrument. Drei runde, symmetrische Löcher in seinem Hals. Bei der SEE-Überprüfung, die durchgeführt wurde, entdeckte man, dass Dagi einen Tag vor Auffindung seiner Leiche die Wohnung in Meer 8 betreten hatte, die sich unweit der Stelle befindet, wo er gefunden wurde, in Begleitung einer Frau. Maja, Idos Frau. Sie kam nach einiger Zeit allein heraus.«

Agam hält inne und trinkt einen Schluck Ohiya-Wasser aus dem Glas, das neben ihm auf dem Tisch steht. Auch Maja trinkt das Glas aus, das man ihr anbietet – das Gratiswasser der guten Menschen von Ohiya, das sie dem Volk nach der Regenflut versprochen haben. Früher hat sie gedacht, das Wasser von Ohiya sei hervorragend. Jetzt hat es einen schalen Geschmack. Zu viel Alaun und Magnesium.

Agam fährt fort: »Wir haben Sie für vier Tage in der Haftanstalt Nord inhaftiert. Wir haben entdeckt, dass Sie den Chip tragen, der dem Wohnungsbesitzer gehörte, ein Rechtsanwalt, Experte für internationales Handelsrecht in der Kanzlei Peleg & Partner, mit Namen Ewig, der seit zehn Monaten vermisst wird, in etwa die gleiche Zeitspanne wie Ihr Mann. Das hat uns alarmiert. Sie haben erzählt, dass Sie Dagi seit einigen Jahren kennen, dass er ein enger Freund ist. Dass er wenige Tage zuvor die Doy durchgeführt hat, mit der Ihnen Ewigs Chip eingesetzt wurde, mit Ihrem Einverständnis. Sie erklärten, Ihr Beweggrund sei wirtschaftlicher Natur gewesen. Sie beharrten darauf, keinerlei Verbindung mit Dagis Tod oder ein Mordmotiv zu haben. Im Gegenteil, er war einer Ihrer wenigen Freunde.«

Maja nickt, das stimmt alles. Oder um genau zu sein, nicht ganz. Nicht Dagi hat die Doy durchgeführt, sondern diese kleine Chinesin mit dem Pferdeschwanz. Doch sie korrigiert Agam lieber nicht.

»Ihre Geschichte klang nicht überzeugend. Sie waren die Letzte, die mit Dagi die Wohnung betrat, Sie verließen sie allein, und in Ihrem Körper befand sich der Chip des Wohnungsbesitzers, der seit dem gleichen Zeitpunkt wie Ihr Mann vermisst wird. Doch dann fanden wir Ewigs Bot. Ein Dienstleistungs-Bot der Marke Hayer, das neueste Modell. Die Techniker zerlegten ihn in seine Einzelteile und untersuchten ihn. Es war harte Arbeit. Offenbar wurden Manipulationen an seinem Betriebssystem vorgenommen, von wem, ist nicht klar. Nachdem Ihnen, auf unseren Befehl hin, Ihr alter Chip wieder eingesetzt wurde, stand den Technikern auch Ewigs Chip zur Verfügung, und mit seiner Hilfe holten sie Informationen aus den Eingeweiden des Bot. Sie rekonstruierten das Telepräsenzgespräch, das im April zwischen einem chinesischen Geschäftsmann, der sich in Ewigs Wohnung aufhielt, und Ido hergestellt wurde. Das war das letzte Gespräch Idos, das letzte Zeugnis von ihm, dessen Zeugin Sie wiederum waren. Anschließend brach er zu einem Treffen mit dem Geschäftsmann auf und kehrte nie zurück. Go-Fan Tan, den – scheinbaren – Gesprächspartner bei diesem Anruf, haben wir aufgespürt, und er hat uns mit Hilfe des SEE ein Alibi geliefert. Er war nicht dort, sondern in China. Wir schlossen daraus, dass ein Doppelgänger mit im Spiel war. Die Techniker arbeiteten weiter und entschlüsselten irgendwann später ein Schussgeräusch.«

Maja, deren Blick während der ganzen Zeit auf einen unbestimmten Punkt am Boden des Raumes geheftet ist, hebt nun abrupt den Kopf. Bisher kannte sie jedes Detail der Geschichte. Aber das ist neu. Schüsse?

»Dem Wortwechsel nach ist klar, dass Ewig den Imitator des Geschäftsmanns getötet haben muss. Der genetische Abdruck und die Stimme identifizierten ihn als einen chinesischen Schauspieler, der tags zuvor nach Israel gekommen und seitdem verschwunden war.«

Maja nickt langsam mit erstarrtem Gesicht.

Agam spricht weiter: »Der Geschäftsmann war ein Köder, um Ido dazu zu verleiten, seine Erfindung, das Dschi-Dschi-Patent, zu verkaufen. Und ab da ist der Speicher des Bot gelöscht, eine Handlung, die wohl anschließend an dieses Gespräch vorgenommen wurde. Offenbar vorsätzlich.«

»Das war es dann also?« Maja ist bereits daran gewöhnt, dass Agams neueste Nachrichten sie enttäuschen. Doch er fährt wieder fort.

»Nein. Nach etwa einer Woche gibt es weitere Bruchteile von Gesprächsaufnahmen, anscheinend nachdem die gezielte Löschaktion durchgeführt wurde. Ich komme gleich dazu. Davor möchte ich die Szene in Ewigs Wohnung beschreiben, wie sie unsere Techniker mit Hilfe zusätzlicher Befunde, die in der Wohnung entdeckt wurden, rekonstruiert haben: genetische Abdrücke, Blutzellen, Wimpern, getrocknete Speicheltropfen, Krümel, trockene, abgeblätterte Hautpartikel, Kleiderfasern, Fingerabdrücke. Dinge, die für das Auge nicht sichtbar sind, die ein Bot nicht mit der nötigen Gründlichkeit säubern kann. Genetische Abdrücke sowie Fingerabdrücke identifizieren Menschen und ermöglichen Rekonstruktionen ihrer Physiognomie. Speisekrümel lassen den Zeitpunkt ihres Aufenthalts bestimmen. Alles zusammen erzählt eine Geschichte. Vielleicht nicht bis ins letzte Detail, aber eine relativ vollständige Geschichte von dem, was sich vor Ort wann und mit wessen Beteiligung abgespielt hat.«

Maja wendet jetzt kein Auge mehr von Agam.

»Gemäß der Rekonstruktion befanden sich an jenem Tag im April in dieser Wohnung Ewig, Dagi, Ido und ein vierter Mann, der als ein Ungar mit Namen Gregej Nagy identifiziert werden konnte. Sagt Ihnen der Name etwas?«

Sie runzelt die Stirn, versucht sich zu erinnern. »Hat er etwas mit Vizi zu tun?«, fragt sie schließlich.

»Ja«, bestätigt Agam. »Kennen Sie ihn?«

»Nein. Aber ich habe von ihm gehört. Und bei einem solchen Treffen ist das plausibel.«

»Auch er ist im gleichen Monat verschwunden«, konstatiert Agam.

Fast hätte Maja laut aufgelacht, doch sie trinkt rasch einen Schluck Wasser zur Beruhigung.

»Setzen Sie die Brille auf, Maja«, sagt Nahari, und ihr scheint, als klinge seine Stimme eine Spur weicher als sonst. »Wir lassen Sie ein Gespräch mithören, das der Bot aufgezeichnet hat, größtenteils zwischen Gregej Nagy und Ido. Das ist das letzte Gespräch von jener Woche, das wir entschlüsseln konnten.«

Sie starrt ihn an, dann setzt sie stumm ihre Toyota-D auf.

»Ido, verkaufen Sie uns das Dschi-Dschi?« Dem Akzent nach ist das der Ungar, Nagy.

»Nein.« Ihr Ido. Aufregung drückt ihr die Brust ab, eine Träne beginnt sich im Augenwinkel zu sammeln.

»Meine Chefin ist bereit, zwanzig Millionen Kuay plus Tantiemen auszugeben.« Maja schluckt. Zwanzig Millionen.

»Nein. Nicht an einen Konzern. Ich kann nicht.« Ja. Das ist Ido. Zweifellos.

»Ido, Sie haben gesehen, dass ich töten kann. Problemlos. Jetzt habe ich auch nichts mehr zu verlieren.« Majas Herz hämmert in dem Schweigen, das diesem Satz folgt. Sie atmet schwer.

»Ich hab's gesehen.«

»Wir reden jetzt von Ihrer Frau. Sie haben gesehen, dass wir es ernst meinen. Und nach ihr sind Sie dran.«

Die Träne rollt schon und noch eine und noch eine. Sie hört ihren Mann erwidern: »Ich weiß … ich sagte es schon: Bitte, dann tötet sie. Ich gebe das Patent nicht her.«

Der Rest ist eine Nebelwolke in ihrem Gehirn. Auf der Aufzeichnung reden sie noch kurze Zeit, vielleicht eine Minute, weiter. Danach dumpfe Kampfgeräusche. Und ein Schuss. Maja hört es, doch der letzte Satz steckt in ihrem Kopf fest und übertönt alles andere. »Bitte, dann tötet sie.«

Sie spürt eine Hand auf der ihren und reißt sich abrupt die Brille herunter. »Alles in Ordnung?«, fragt Agam. Ihr Nicken ist fern der Wahrheit. Langsam trinkt sie einige Schlucke kaltes Wasser.

»Das Nächste, was der Bot gespeichert hat«, sagt Agam, »ist der Besuch von Ihnen und Dagi ein paar Monate später.«

Sie bleibt stumm.

Er fährt fort, antwortet auf eine Frage, die sie nicht gestellt hat: »Es kann sein, dass in den Monaten seitdem einfach niemand in der Wohnung gewesen ist.«

Maja seufzt abgrundtief. Sie wiegt Schui, die rosig gähnt. Sie dachte, Ido hätte ihr alles erzählt, sie hat mit keiner Überraschung mehr gerechnet, und damit schon gar nicht. Agam und Nahari schweigen.

»Was ist also dort passiert? Wer hat geschossen?«, fragt sie schließlich.

»Der Kampf, den wir am Ende des Gesprächs gehört haben, wurde nicht entschlüsselt. Das Programm unserer Rekonstruktionen nimmt unfundierte, vor Gericht nicht zulässige Einschätzungen vor, die wir nur inoffiziell und unverbindlich übermitteln können.«

Maja nickt wieder.

»Das Programm nimmt mit achtzig Prozent Wahrscheinlichkeit die Einschätzung vor, dass Ewig noch vor diesem Gespräch in der Wohnung ermordet wurde, anscheinend von einer oder zwei Kugeln aus einem Revolver. In dem Dialog kann man ein Beinah-Geständnis von Gregej Nagy hören –

›Sie haben gesehen, dass ich töten kann‹ –, mit höchster Wahrscheinlichkeit hat also er Ewig getötet. Das Programm schätzt mit siebzigprozentiger Wahrscheinlichkeit, dass Gregej Nagy am Ende des Kampfes, den wir gehört haben, umgebracht wurde. Vielleicht mit einem Messerstich, vielleicht durch einen Schuss.«

»Und Ido?« Sie versucht vorzufühlen, ob sie etwas von seiner Rückkehr wissen.

Agam schüttelt den Kopf. »Der Bot hat noch eine sehr gedämpfte Unterhaltung registriert, später, zumindest dem Anschein nach zwischen Dagi und Ido. Es war nicht möglich, sie klar zu hören oder eindeutig zu sagen, wer die Beteiligten waren. Wir wissen natürlich, dass Dagi lebendig dort wegging. Also können wir eine Vermutung abgeben, was passiert ist. Aber es gibt keinen eindeutigen Beweis. Das Programm bewertet die Wahrscheinlichkeit, dass Dagi Ido ermordet hat, gegenüber der Möglichkeit, dass Ido lebend dort herauskam, mit fünfzig zu fünfzig.«

Sie betrachtet ihre Hände. Die Tränen sind versiegt. Bitte, dann tötet sie …

»Gut«, sagt Maja und blickt die beiden Männer an. Sie will aufstehen. »War's das?«

»Nein. Augenblick noch«, hält Nahari sie auf. »Es gibt noch etwas außer dem Gedächtnisspeicher des Bots. Weiter, Agam.«

»Im Inneren des Bots fanden sich auch Stacheln. Drei. Dagis Blut und DNA waren darauf. Die Löcher in Dagis Leiche stammen mit Sicherheit von diesen Stacheln. Dagi wurde von dem Bot ermordet. Die Tatzeit ist auf 16.20 Uhr an diesem Tag fixiert. Nach dem Zeitpunkt, an dem das SEE zeigt, wie Sie die Wohnung verlassen. Der Mordverdacht gegen Sie ist somit aufgehoben.«

Sie blickt Nahari an. »Was?«

Nahari nickt langsam, sein übliches säuerliches Lächeln auf den Lippen.

»Warum hat der Bot Dagi ermordet?« Es hört sich an, als interessiere sie diese Frage mehr als die Tatsache, dass sie gerade von einer Mordanklage freigesprochen wurde.

»Das ist eine schwierige Frage«, antwortet ihr Nahari. »Eine der Erklärungen, die aufgetaucht sind, ist, dass Dagi versucht hat, ihn loszuwerden, da er wusste, dass er belastende Informationen gespeichert hat. Der Bot besaß allerdings ein Selbstverteidigungsprogramm. Dieser Version nach überredete Dagi Sie nur deshalb dazu, Ewigs Chip zu übernehmen, weil er mit Ihrer Hilfe und dem Chip Zugriff auf den Bot erhalten wollte. Und auf Ewigs Geld. Da er vorher starb, konnte er seine Pläne natürlich nicht mehr verwirklichen, und so werden wir wohl nie erfahren, wie sie genau aussahen.«

Maja trinkt wieder einen Schluck Wasser, in Gedanken versunken.

Agam nimmt seine Samsung ab. Nahari sagt zu Maja: »Alles Gute, Sie sind frei. Was die Sache mit der illegalen Doy und dem Chip angeht, werden Sie noch von uns hören. Unterschreiben Sie bitte die Papiere hier.«

Als sie die Polizeistation verlässt, ist sie nicht imstande, nach Hause in die Wohnung zurückzukehren. Sie fährt mit dem Denscha nach Charod, wie ursprünglich geplant, will sich erst einmal voll und ganz Schui widmen. Sie fragt ihren Bruder, ob sie ein paar Tage bleiben kann. Sie fühlt sich krank. Sie hat gedacht, dass die Übelkeit und das Erbrechen mit der Geburt ein Ende gefunden hätten, aber jetzt kehren sie wieder, anders.

Ido ruft an, fragt, ob alles in Ordnung sei, warum sie nicht, wie versprochen, zurückgekommen sei und wie der Termin gewesen sei. Sie sagt, es sei alles in Ordnung. Sie habe beschlossen, nun doch auf einen Sprung nach Charod zu fahren, Schui gehe es so gut hier, sie wolle noch zwei, drei Tage bleiben.

Ido sagt, er habe Sehnsucht nach ihr. Sagt, er habe Waten inzwischen mitgeteilt, dass er nicht nach Australien zurückkehren werde. Sie sagt, sie freue sich. Sie sei bald wieder da.

Sie freut sich nicht. Sie will nicht zurückkehren. Nichts ist in Ordnung.

Von ihm aus konnte man sie also töten. Die kleine Frau. Die Geschäftsfrau, die sonst nichts verstand. Seine Rückendeckung. Die Frau in seinem Schatten. Die Ferien allein. Die Nächte in Tiberias. Sie stellte keine Fragen. Das gute Frauchen. Das von ihm aus ruhig sterben kann. Nur damit seine verfluchte Erfindung nicht in die Hände eines Wasserkonzerns gelangt.

Er hat Sehnsucht. Sitzt in der Wohnung im Süden Cäsareas, die sie allein gefunden hat, in die sie allein umgezogen ist, die sie allein in ein Zuhause verwandelt hat, nachdem er sie mit einem zusammenbrechenden Geschäft, Gerichtsklagen am Hals und einem Kind im Bauch zurückließ. Hat seine Erlaubnis gegeben, sie zu töten, und ist in die australische Einöde geflohen, ohne ihr ein einziges Zeichen zukommen zu lassen – und jetzt hat er Sehnsucht. Der Arme.

Die Leute von Ohiya melden sich jede Woche seit der Regenflut. Sie geben nicht auf. Wiederholen den Lobgesang auf ihre Arbeit, fragen nach, ob sie ihrem Vorschlag noch einen weiteren Gedanken gewidmet habe, schmeicheln ihr. Sie betrachtet sie wieder in ihrer Toyota-D – immer dieselben drei Männer und die eine Frau in ihren schönen Anzügen in Cäsarea. Die Macht liegt in ihren Händen. Die Macht der Weigerung.

Diesmal lehnt sie nicht ab. Sie ist nicht Ido, das weiß sie jetzt genau. »Ja«, sagt sie, »ich habe nichts dagegen, mir Ihre Vorschläge anzuhören.« Die stumme Überraschung der vier klingt wie Musik in ihren Ohren.

Seit er zurückgekommen ist, haben sich gewisse Gewohnheiten eingestellt. Das Leben hat zu einer neuen Routine gefunden. Sie gesteht sich ein, dass es angenehm ist. Wie soll sie das Kind allein großziehen? Darüber hat sie sich während der Schwangerschaft viele Gedanken gemacht, doch da wusste sie noch von nichts, da hatte sie noch die sichere Hoffnung, dass er zurückkäme, und jetzt weiß sie, was sie verlieren wird. Vor allem, was Schui verlieren wird. Ihr scheint jetzt, als sei es viel schwieriger, ein Kind allein aufzuziehen, als ein ganzes Dorf dazu zu bewegen, Speicherbecken und Filteranlagen für eine Regenflut zu bauen. Gleichzeitig krampft sich alles in ihr vor Wut zusammen, wenn sie nur an ihn denkt. Und sie sagt sich, wenn man keine andere Wahl hat, als zurechtzukommen, dann kommt man zurecht.

Dann nimmt sie den Denscha zurück nach Cäsarea und ein Ayscha-Taxi vom Bahnhof zu ihrer Wohnung in Süd 6, betritt die Wohnung und sagt zu Ido: »Pack deine Sachen und verschwinde.«

Er sagt: »Was?«

Sie sagt: »Ich will, dass du mein Haus verlässt.«

Er sagt: »Bist du verrückt geworden? Was ist los mit dir?«

Sie blickt ihn an und sagt: »Neun Monate, Ido. Du hast mir nicht einmal ein Lebenszeichen gegeben.«

Er sagt: »Maja, wir haben darüber geredet, ich hab's dir erklärt, oder nicht? Ich will hier sein, ich konnte nicht … es war …«

»Weißt du, was man mir auf der Polizei vorgeführt hat? Sie haben mir eine Aufzeichnung von dir und Gregej Nagy in Meer 8 vorgespielt.«

»Und was …?« Er richtet seine Augen auf sie. Erschreckt, wie ihr scheint.

»Ich habe gehört, was du gesagt hast, als er drohte, mich zu töten.«

»Was ich gesagt habe …« Er schüttelt den Kopf, sieht elend aus. »Maja, das war doch nur Strategie, ich musste …«

»Egal. Ich will dich nicht und ich brauche dich nicht, Ido. Du weißt selber nicht, was du willst. Du lässt dich vom Leben treiben. Das Leben für dich entscheiden. Also dann, jetzt entscheide ich für dich. Geh. Geh nach Australien zurück oder auch nicht, mach, was du willst. Aber nicht mit mir.«

»Ich verstehe dich nicht. Ich bin doch zu dir zurückgekommen, nicht?«

»Du bist nicht zu mir zurückgekommen. Du bist zum Dschi-Dschi zurückgekommen. Zu Schui. Beides ist kein Grund dafür, dass wir zusammen sein müssen, wenn wir ohne sie nicht zusammen waren. Du … du bist niemand, mit dem ich zusammen sein möchte.« Nun weint sie und wendet ihm den Rücken zu. »Das ertrage ich nicht. Ich gehe jetzt, und wenn ich morgen zurückkomme, will ich, dass du weg bist.« Sie dreht sich um und verlässt die Wohnung.

Sie trifft sich mit den Leuten von Ohiya. Sie schlagen ihr vor, auf ihre Art und Weise, ins Leben einzutauchen. Behandeln sie wie eine Königin. Die drei Männer und die Frau, die sie immer angerufen haben, und drei Chinesen, die kaum reden, sitzen um sie herum. Sie wiederholen ihre bereits bekannten Loblieder. Maja bedankt sich. Sie fragen nach der Anlage.

Nach dem Speicherbassin. Dem Filter. Den Mineralen. Den Sensoren. Den Rezeptoren. Den Pumpen. Sie lässt genug durchblicken, um die Neugier anzuregen, aber natürlich längst nicht alles. Sie fragen sie, ob das ein Dschi-Dschi sei. Sie antwortet: »Es ist besser. Das Dschi-Dschi ist nie über das Stadium des Prototyps hinausgekommen. Diese Anlage funktioniert und bewährt sich in viel größerem Umfang als das Dschi-Dschi. Das Dschi-Dschi-System ist für die häusliche Speicherung bestimmt. Ich habe Wasser für eine ganze Gemeinde gespeichert. Wenn es uns in dieser Größenordnung gelungen ist, dürfte es ein Kinderspiel sein, es in großem Maßstab in Privathaushalten einzusetzen.« Sie fragen sie nach den Rechten. Sie erwidert: »Es ist mein Wissen, und die technischen Details sind von mir. Die Rechte habe ich.« Sollte jemand anders darüber denken, kann er gern seine Meinung kundtun, sagt sie sich. Doch niemand widerspricht.

Sie bieten ihr eine hohe Summe für das Patent und die Details an. Sie will mehr. Verlangt auch Tantiemen aus dem Verkauf der privaten Dschi-Dschi-Anlagen. Und einen hohen Posten im Projekt mit Kontroll- und Entscheidungsbefugnissen sowie Vetorecht.

Einige Tage nach diesem Treffen eröffnen die beiden anderen Konzerne, Gobogobo und Vizi, den Wettbewerb. Sie geht zu Terminen, lässt Schui bei ihrer Schwägerin und Lulu oder nimmt sie mit, um Vertragsentwürfe zu studieren, Vorgehensweisen zu kalkulieren, Verhandlungen zu planen. Sie hat in der Rechnungsabteilung des Finanzministeriums gearbeitet, sie hat Ido-Wasser geleitet. Sie kennt sich auf dem Gebiet aus. Weiß, was sie will, weiß, wo sie keine Kompromisse schließt. Die Konzerne ihrerseits überhäufen sie mit Geschenken, versprechen ihr den Himmel auf Erden. Sie sitzt in luxuriösen, gläsernen Büros, jenseits der Fenster blendet die untergehende Sonne über dem Meer, das Baby hängt an ihrer Brust, und in der Hand hält sie einen Marker, während ihre Augen prüfend über Verträge gleiten.

Im April, dem grausamsten aller Monate, im Jahr der Ratte, lässt Vizi sie zu einem Treffen mit der Vorsitzenden der Gesellschaft in die Ukraine einfliegen. Sie erscheint ihr von allen bisherigen Kandidaten am ernsthaftesten. Sie ist mit dem größten Teil ihrer Bedingungen einverstanden. Maja bedingt sich vierundzwanzig Stunden aus, um das Angebot zu überdenken, und fliegt zurück nach Cäsarea.

Sie liebt das Dorf und die Menschen, sie ist stolz auf die Arbeit, die sie alle geleistet haben, und sie erinnert sich, dass alles aus dem Antrieb heraus begonnen hat, die Alleinherrschaft der Konzerne zu brechen und von ihnen unabhängig zu sein. Doch heute ist sie nicht mehr so naiv. Vielleicht weniger idealistisch. Sie begreift, dass das alles ihrer immensen Loyalität Ido gegenüber entsprungen ist, dass sie blind seinem Charisma, seinem Talent und ihrer Liebe gefolgt ist. Wenn sie ihn aus der Gleichung eliminiert, wenn sie keinen Grund hat, ihm zuliebe für seine persönliche Erfindung zu kämpfen, sieht sie in den Konzernen nicht die große Katastrophe. Durch sie wird das Dschi-Dschi-System, und damit gutes Wasser, Milliarden Menschen erreichen. Die Regenwasserausbeutung auf der ganzen Welt wird effektiver sein. Dann müssen die Leute eben etwas zahlen, nicht viel, doch es wird den Preis wert sein, es wird viel mehr wert sein. Ja, sie werden sie beschuldigen, sie habe ihre Seele verkauft, aber sollen sie nur. Bei allem Respekt für das Dorf, aber sie muss vorwärtskommen. Sie muss Ido kleinkriegen, ihn auf seinen Platz verweisen. Diesmal werden ihre Sorgen wirklich vorbei sein.

Im Denscha nach Charod setzt sie die Toyota-D auf, berührt ihren Arm und stellt eine Verbindung mit Lulu her. »Ya,

Tante Maja! Und Schui, das Herzchen!«, ruft Lulu. »Was ist das denn? Sehe ich richtig, hast du einen neuen Chip?«

»Es wurde Zeit, oder?«

»Aber klar wurde es Zeit! Es war schon längst Zeit! Hoffentlich bleibt dir der jetzt auch, nicht wie beim letzten Mal.«

Maja lächelt, hofft, dass man ihr die Spuren der Tränen nicht ansieht.

»Diesmal werde ich ihn behalten. Du siehst umwerfend aus, Lulu, so lebendig. Was ist los?«

»Das ist der Chip, du Scherzmenü. Das ist, was zweihundert Peta-Byte anstellen können. Ist das Chinese Express?«

»Visa«, erwidert Maja.

»Visa?! Ich hab gedacht, diese Chips sind gar nicht mehr aufzutreiben! Das kostet ja mindestens irgendwelche …«

»Hat nichts gekostet. Habe ich geschenkt bekommen«, unterbricht sie Maja. »Holst du mich am Bahnhof ab?«

»Wann? Ah, ich seh schon, ihr kommt in acht Minuten an. Bye.« Maja berührt ihren Arm, schiebt die Interface-Brille nach oben und betrachtet still die karge, öde Landschaft draußen, auf dem Weg nach Charod.

Am achten Mai feiert Israel sein hundertzwanzigjähriges Bestehen.

Eine Woche nach den Feierlichkeiten unterzeichnet Maja den Vertrag mit Vizi.

In der Woche darauf trifft sie wieder in Charod ein. Sie beruft mit Lulus Hilfe die Dorfversammlung ein und teilt allen mit, dass das Dorf für die nächsten fünf Jahre mindestens in den Genuss freier Wasserversorgung kommen wird. Vizi wird es übernehmen, das neue Wassersystem an die bestehende Leitung anzuschließen und für alle Wasserbedürfnisse des Dorfes zu sorgen.

Jamit hebt als Erste die Hand: »Du hast uns erzählt, dass die

Konzerne so ungefähr alle bösen Übel repräsentieren, dass sie Ausbeuter, Betrüger und Diebe sind, dass wir uns gegen sie stellen müssen, für uns selber sorgen …«

Maja antwortet nicht gleich. Es herrscht gespanntes Schweigen.

»Das ist alles richtig, Jamit«, sagt sie schließlich, »aber ich hoffe sehr, dass sich das in den nächsten Jahren ändern wird. Mein Abkommen mit Vizi besagt, dass sie die nächsten fünf Jahre das volle, alleinige Recht auf das Dschi-Dschi-Patent besitzen, so wie wir es hier umgesetzt haben. In den fünf Jahren darauf werden die anderen Konzerne das Produkt gratis produzieren können, was einen Wettbewerb erzeugen und verhindern wird, dass sie die Menschen ausbeuten, und gleichzeitig allen Bürgern ermöglichen wird, das Dschi-Dschi zu nutzen. Und am Ende dieser fünf Jahre, das heißt, in zehn Jahren von jetzt an, werden das Patent und das Produkt ganz freigegeben, jeder kann sein Wasser speichern, aufbereiten und nutzen und damit in den Genuss von natürlichem, sauberem Wasser kommen. Ich glaube, das ist ein phantastischer Erfolg gegenüber den Konzernen.«

»Also gehört es in den nächsten fünf Jahren nur Vizi, und sie sind unser alleiniger Wasserlieferant?«, wiederholt Jamit.

»Das stimmt zum Teil. Im Fall von Charod sind wir momentan unser eigener Wasserlieferant, wir haben noch eine Menge Wasser, das wir gespeichert haben, und das wird niemand anrühren. Und in der Folge werden wir dann von Vizi gratis beliefert, wenigstens für fünf Jahre. Ich glaube, ich habe das bestmögliche Abkommen für den Normalbürger erreicht. Und für Charod, wie ich schon sagte, wird es kein Wasserversorgungsproblem mehr geben.«

»Und du? Was ist mir dir, he? Was für ein Abkommen hast du für dich, äh, zurechtgebastelt?«

Maja wendet den Kopf, die Stimme ist wohlbekannt. Es ist Esched, natürlich, der unvermeidliche Esched. Maja antwortet nichts darauf. Sie dankt den Leuten von Charod für ihre Gastfreundschaft in den letzten Monaten, für die Hilfe und Bemühungen um sie und ihre Tochter. Sie teilt ihnen mit, dass sie zwar in Cäsarea wohnen und arbeiten wird, aber in absehbarer Zeit für sich und ihre Tochter hier im Dorf ein Haus bauen will. Sie hängt an den Menschen hier, sagt sie, sie möchte ihnen und dem Werk, das sie zusammen aufgebaut haben, nahe bleiben.

Wadi, Wassermann, Assafdschi und alle anderen schauen sie mit aufgerissenen Augen an, als sie sich mit der Hand durch das kurze Haar fährt, verkrampft lächelt und vom Podium heruntersteigt. »Danke, meine Herrschaften …«, würgt sie noch unter Tränen heraus, dreht sich um und geht.

Lulu, die während der Versammlung Schui gehalten hat, bringt sie zur Denscha-Station. Sie hat feuchte Augen. Maja umarmt sie. »Nimm's nicht so schwer, Lulu. Wir werden viel zu Besuch kommen. Schui wird Sehnsucht nach dir haben.«

»Nach allem, was du über diese Konzerne gesagt hast, hätte ich nie gedacht …«, setzt ihre Nichte an, und die Worte ersterben in ihrem Mund.

Maja antwortet nicht gleich, denkt nach, während sie Lulu betrachtet. Die Falten um ihre Augen haben sich in den letzten Wochen vertieft. »Man kann nicht alles erreichen, Lulu«, sagt sie schließlich sanft. »Ich glaube wirklich, dass ich das Beste für uns – für alle – erreicht habe.«

Sie umarmt Lulu noch einmal und nimmt die kleine Schui aus ihren Armen entgegen. Lulu gibt dem Baby einen Kuss, zaust seinen Haarflaum und streicht ihm mit einem Finger über die Nase. Mutter und Kind steigen in den Denscha nach Cäsarea.

Ihr privater Fahrer und persönlicher Assistent holt sie am Bahnhof ab und bringt sie zu ihrer neuen Wohnung in Nord 9. Am nächsten Tag wird er nach Charod fahren, um dort ihre persönlichen Sachen bei ihrem Bruder und aus dem Kontrollraum am Speicherbassin außerhalb des Dorfes abzuholen. Auch um die Habseligkeiten in ihrer Wohnung in Süd 6 wird er sich kümmern. Er wird seine Arbeit lieben. Sie wird interessanter sein, und er wird viel mehr verdienen als bei der Polizei. Wenn er morgen das Wasserreservoir mit einem Stapel Unterlagen, einer Geräteschachtel und den Computern verlässt, die Maja für ihn zur Abholung bereitgestellt hat, werden dort, am Rande des Speicherbassins, an dem Ort, der seit vergangenem Oktober zum beliebten Treffpunkt der Dorfbewohner geworden ist, der immer noch mit den Dekorationen der 120-Jahr-Feier geschmückt ist, einige Leute stehen und dem sich entfernenden Ayscha nachblicken.

Einer von ihnen wird sagen: »Hab ich's doch gesagt, ich hab's euch gesagt, he, die ganze Zeit. Ihr könnt nicht behaupten, ich hätt's euch nicht gesagt. Beim nächsten Mal hört ihr vielleicht auf mich, äh, wenn …« Jamit, die Rechtsanwältin, die von Maja einen bewegten Abschiedsanruf erhalten hat, wird traurig den Kopf schütteln. Und Assafdschi, gebeugter und verrunzelter denn je, der wegen lähmender Rückenschmerzen auf die 120-Jahr-Feier verzichten musste und sich erst jetzt wieder zu einer kurzen Runde in Begleitung seiner jungen Frau hinausbewegen konnte, wird mit seinen braunen Augen dem sich entfernenden Wagen nachblicken, mümmelnd, den himmelblauen Plastikzahnstocher zwischen den Zähnen. Er hat in seinem Leben schon zu viel gesehen, um noch überrascht zu sein. Aber schau an, hoppla, nun ist er trotzdem überrascht.

Besonderen Dank an Eitan Gavron

NAMENSGLOSSAR

Adwa: leiser Wellenschlag
Agam: See
Charod: ursprüngl. Ein Charod, Name eines mythischen Kibbuz der zionistischen Pioniergeneration
Dag: Fisch
Degania: Name eines mythischen Kibbuz der zionistischen Pioniergeneration
Esched: Wasserfall
Jamit: kleines Meer
Ma'jan: Quelle
Melach: Salz
Nachalieli: Bachstelze
Nahar: Fluss
Peleg: Wasserstrom
Tal: Tau
Wadi: Trockental